最強の男

三国志を知るために

竹内真彦
TAKEUCHI, Masahiko

春風社

最強の男　三国志を知るために

目次

序

三国志というのは奇妙な「書物」だ。

今更言うまでもなく、現代日本における中国発コンテンツとしては抜群の知名度を誇る。三国志に比肩できるのは『論語』くらいであろう。

しかし、「三国志とは何か?」と言われると、ハタと答えに詰まる。

狭義には、三世紀末（これも議論の餘地があるけれども）に成立した歴史書が『三国志』である。しかし、この歴史書しか存在しなかったならば、現代日本で、多くの人が「三国志」の名を知ることはなかったであろう。

歴史書『三国志』（「正史」と称される。以下は誤解を招かない程度に通例に従う）については、附章一で扱うが、この書は、本文のみで読まれることがほとんどない。本文成立後、百三十年ほど経って附けられた「註釈」と一緒に読まれているのである。では、註釈もセットとなれば「三国志」なのか?

そうではない。註釈をセットにしたところで、三国志は完成しない。

何故なら、はじめて手にとった三国志が、正史（註釈も込みで考えるべきであろうが）だという人はほとんどいないと思われるからである。というか、いきなり正史を手に取ったとしたら、通読することさえ至難であろう（この理由も附章一で触れる）。そもそも、正史しか存在しなかったら、現代日本語に翻訳されることすらなかったのではないか?

しかし、現実には正史三国志の現代日本語訳は存在するし、三国志というコンテンツは抜群の知名度を誇っている。何故か？

　日本での普及の要因は、直接的には、江戸時代に『通俗三国志』という書物が大流行したからであり、二十世紀になって吉川英治が『三国志』という長篇小説を著したからであり、横山光輝がこれまた大長篇のマンガをものしたからであり、光栄（現コーエーテクモゲームス）が「三國志」というパソコンのシミュレーションゲームを発売したからであり、それ以降、ブームの消長はありながらも途方もない数の日本産三国志コンテンツが生まれてきたからである。そして、忘れてはならないのは、この無数の三国志コンテンツの根源には一篇の歴史小説が存在する、ということだ。

　その名を『三国志演義』という。

　この文章を読んでいる多くの方にとっては既知のことかも知れないが、筆者としてはこの点こそが本書で最も強調したいことである。『三国志演義』（少し長いので、これも誤解を招かない範囲で『演義』と称する）がなければ、巷に溢れる三国志コンテンツは存在しなかったのは間違いない。ほとんどの三国志コンテンツは、『演義』で語られる物語をベースにしているのであり、正史ベースのものはごく少数であるのだから。

　無論、『演義』の叙述の源流を遡ってゆけば、正史に突き当たることがほとんどであり（突き当たらないこともある）、正史がなければ『演義』もない。しかし、（いい加減しつこいが）正史だけでは、現代日本に溢れる三国志コンテンツは存在しなかった。

　つまり、正史と『演義』の二つがなければ三国志ではないのだ。

しかし、『演義』は不幸な書物である、と思う。

前述したように、多くの三国志コンテンツは『演義』の物語をベースに置く。もちろん『演義』そのままではなく、多種多様なアレンジが加えられているが、ベースが『演義』なのは変わらない。それゆえ、三国志コンテンツの受け手の多くは、『演義』の物語を「共有」している。しかし、『演義』そのものを読破したのはその中のごく一部であろう。（編輯の仕方にもよるけれども）文庫本で二千頁を優に超える長篇である。通読だって決して簡単な話ではない。

そんな状態にあって、三国志コンテンツの受け手の一部は気づく。「正史」の存在に。

現代日本人は「歴史好き」であると思う。この背後には非常に無邪気な「事実重視」があると私的には思うのだが、それは措こう。ともかく歴史好きだ（という前提にしたい。附章一を参照）。

そして、『演義』は歴史小説であり、正史は歴史書だ。歴史好きから見ると、文句なく正史の方が「重要」である。ここに『演義』の不幸が生ずる。『演義』（をベースとしたコンテンツ）から三国志を知ったはずなのに、熟知されぬままに『演義』そのものは打ち棄てられ、受け手（ここからは「読者」と言ってよいだろう）の興味は正史へと向かう。

正史は迷宮だ。そこから「事実」を紡ぎ出すことは容易ではない。それゆえに読者の多くは、『演義』に帰って来られない。

大して読まれもせぬまま、存在だけは知られている。これが『演義』の不幸である。読まれぬゆえ、多くの場合、『演義』はイメージによって語られる。いわく、『演義』の曹操は悪役だ、いわく、劉備は仁君だ。

いや、本当にそうなのか？

『演義』そのものを読めば、このような読み方はあまりに一面的であることに気づく。『演義』の叙述はもっと複雑（怪奇）で、重層的だ。だが、そのことについて語られることは残念ながらあまりない。現代日本において、三国志に関する著作のほとんどが「歴史」としての三国志を重視するからである。そして、この現象は、三国志読者の多くが「歴史」を重視していることの裏返しであろう。

しかし、正史をどれだけ深く読んでも、それだけでは三国志を知ったことにならない。必ず、『演義』が必要だ。

というわけで、本書の主題は（そうは思えないかも知れないが）『演義』である。具体的には正史を出発点とし、そこから一千年以上の紆餘曲折を経て『演義』に辿り着く経過を追うことで、「『演義』とは如何なる存在なのか」を述べてみたい。ただし、その全体像を描き出す力は筆者にはないし、紙幅も足りない。そこで、呂布《りょふ》という人物をめぐる物語の変遷を追うことに絞る。

呂布についての詳細は第一章以降に譲るが、決して物語の主人公ではない（三国志物語序盤の主要人物の一人ではある）。しかし、三国志物語が変遷する過程で、呂布には様々な要素が附加されたり削除されたりして『演義』に至っている。それゆえ、呂布の物語の変遷を追うことで、『演義』とは如何なる存在であるか、の一端は明らかにできると思うのである。

なお、三国志「初心者」の方は、一七一頁以降の「附章一」「コラム7〜11」「附章二」から読まれると読み易いかと思う。

【凡例】

本書では、正史『三国志』と『三国志演義』を頻繁に引用する。煩雑を避けるために、以下のような規準《ルール》を決めておきたい。

一、正史『三国志』の引用について

正史『三国志』は、魏書三十巻、蜀書十五巻、呉書二十巻の計六十五巻で構成される書物である。換言すれば、魏の歴史書、蜀漢の歴史書、呉の歴史書の三部構成になっている。成書当時からこの三部構成であった、という説が有力だが、後世、三国それぞれについて別々の書物として扱われることもあった。その場合、『魏志』『蜀志』『呉志』と称される。

邪馬臺《やまたい》(壹)国の卑弥呼について記す「魏志倭人伝」が、実は正史『三国志』の一部であることはよく知られている。この「魏志倭人伝」というのは甚だ簡略な言い方で、

『三国志』巻三十魏書巻三十烏丸鮮卑東夷伝の東夷伝倭人の条

というのが、正確を期した名称になる。魏書の第三十巻は、「烏丸鮮卑東夷伝」と称され、烏丸伝と鮮卑伝と東夷伝から成る。所謂「倭人伝」は、その東夷伝のそのまた一部なのである。正確なのかも知れないが、冗長に過ぎる。本書では(他の正史も)巻号は省略、判りきっている場合は『三国志』も省く。烏丸鮮卑東夷伝のように複数の伝で構成されている場合は、引用したい伝の名称だけを記す。「魏志倭人伝」であれば、「魏書東夷伝倭人の条」と呼称するのが本書の

規準である（本書で魏志倭人伝を引用することはないが）。また、他の正史を引用する際も巻号は省略した。

二、『三国志演義』の引用について

附章二で述べるように、『三国志演義』には多数の版本《エディション》があり、その内容も異なる箇所が数多い。『三国志演義』というのは、いわば通称であって正式名称ではない（というか正式名称がないに等しい）。本書で『演義』を引用する際は、原則として「葉逢春《ようほうしゅん》本」と称される版本を用い、他の版本を引用する際は、その旨を明記する。

なお、漢字表記については、中国語の原文表記であっても、原則的に常用漢字体に拠っている（「龍」を除く）。ただし、常用漢字にあって、元来、複数の字であったものを一字に統合している場合、字義に従って使い分けている。

例えば、常用漢字では『弁』に統合されているが、「辯」「辨」「弁」は本来別字である。ゆえに、第一章に登場する少帝辯については「弁」の字を用いていない。他に「余」と「餘」、「予」と「豫」、「台」と「臺」、「画」と「劃」等がある。やや衒学的に過ぎるかも知れないが、中国文学研究者の端くれとして、筆者なりにこだわりたい点であった。諒とされたい（不徹底な箇所があるとするなら、それは筆者の不見識に起因する）。

また、引用文中の〔 〕と傍点は筆者の加筆したものである。

第一章

呂布

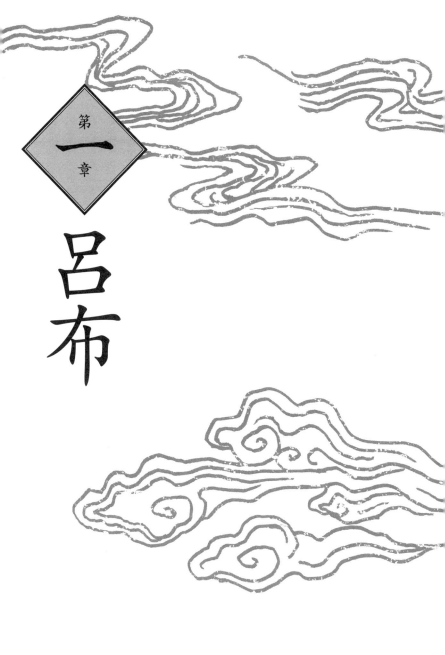

呂布の略歴

本章では、本書の主人公である呂布の生涯を追う。まず、魏書呂布伝／『後漢書』呂布伝／魏書武帝紀／『後漢書』霊帝紀・献帝紀等によって、略歴をまとめておこう。

呂布、字《あざな》は奉先《ほうせん》（字についてはコラム1参照）。生年は未詳だが、延熹四年（一六一）生まれの劉備《りゅうび》を弟扱いしたという挿話《エピソード》（魏書呂布伝裴註所引『英雄記』）から、劉備より年上であろうとの推測はできる。劉備より六歳年長の曹操《そうそう》（延寿元年［一五五］生まれ）と同世代であろうか？

呂布は幷州《へいしゅう》五原郡九原県（現在の内蒙古自治区に含まれる）の出身。当時の中国においては辺境の出身であり、呂布自身、自らのことを「辺地の人」と表現している（魏書呂布伝裴註所引『英雄記』、当時の地理的イメージについてはコラム3参照）。勇猛（驍武）であったため、幷州の府（役所）に召しかかえられ、当時、州の刺史（長官）であった丁原《ていげん》に厚遇された。

その呂布が歴史の表舞台に現れるのは、中平六年（一八九）のことである。この年、曹操三十五歳、劉備二十九歳。次頁に、呂布の略歴を年表として示す。

元号と西暦を併記し、日付は算用数字に変換している。元号の表す一年と西暦の一年は厳密に一致するわけではないし（コラム2参照）、日付は、正史本紀では「干支」を用いて表される（コラム4参照）。例えば、呂布の処刑された日付は、『後漢書』献帝紀に記されているものだが、「十二月二十四日」ではなく「十二月癸酉」と記される。二十四日というのは、それを算用数字に直したものである。附言すれば、正史『三国志』や『後漢書』において、日付は本紀に集中して現れ、少なくとも列伝に用いられるのは例外的である（正史の体裁については附章一を参照）。

呂布 略年表

中平 6（189）	4月11日　後漢霊帝が崩御
	4月13日　皇太子であった劉辯が即位（少帝辯）
	丁原は大将軍何進（少帝辯の外伯父）に招聘され首都洛陽へ **呂布はこれに随行**
	8月25日　何進が敵対していた宦官一派に殺害される
	8月28日　何進の部下の袁紹・袁術等が報復。多数の宦官が殺害されるが、宦官の領袖張譲等は少帝辯と皇弟劉協を連れて洛陽城外に脱出。袁紹等はこれを追撃し、張譲等は逃げ切れないと見て自害。少帝辯等は保護される。前後して、涼州を本拠地とする董卓が洛陽に入り、朝廷の実権を掌握
	呂布が丁原を殺害。董卓の幕下に加わる
	9月1日　董卓が少帝辯を廃し、劉協を帝位に就ける（献帝）
	9月3日　皇太后何氏（少帝辯の生母）が董卓に殺害される
	何進の部下筋であった袁紹・袁術・曹操等は洛陽を脱出
	12月　曹操が反董卓を掲げて挙兵
初平 元（190）	正月　袁紹等、洛陽より東に本拠地を持つ地方長官（関東諸侯）が挙兵
	2月17日　董卓が洛陽から長安への遷都を決定
	3月5日　献帝が長安に到着
	3月9日　董卓が洛陽の宮廟や人家を焼き払う
	董卓は引き続き洛陽近郊に駐屯。この年、曹操は董卓の部下徐栄と交戦し大敗する
2（191）	2月　董卓は胡軫を派遣して陽人の孫堅を攻めるが、胡軫は大敗する **呂布は胡軫の麾下として従軍するが、協力的ではなく敗因を作った**
	4月　董卓が長安に入る。**前後して呂布も長安へ**
3（192）	**4月23日　司徒王允と呂布によって董卓が殺害される**
	6月1日　董卓の部下の李傕・郭汜等が長安を占拠。呂布は東方へ逃れる
	6月7日　王允が処刑される
	呂布はその後、袁紹の下に身を寄せ、張燕を撃破する。しかし、袁紹に殺害されそうになり、その下を離れる
4（193）	曹操が徐州牧の陶謙を攻める
興平 元（194）	夏　曹操が再び徐州を攻める。陶謙は病死し、劉備が徐州を支配する
	曹操が本拠地の兗州を留守にした隙を突き、張邈と陳宮が呂布を兗州に引き入れる。兗州は陥落寸前となるが、曹操の部下荀彧と程昱が3城を何とか死守。徐州から撤退した曹操は呂布と戦う
2（195）	**夏　劣勢となった呂布は兗州から撤退。徐州の劉備を頼る**
建安 元（196）	**呂布は劉備が袁術に向けて出兵した隙を襲い、徐州を支配する。劉備はその後、呂布と和解し、小沛に駐屯**
	劉備と袁術の部下紀霊との争いを呂布が仲裁（轅門射戟）
2（197）	春　袁術が皇帝を僭称。**この頃、一時的に呂布と袁術との関係が悪化**
3（198）	**袁術との関係を回復した呂布は劉備を攻撃** **9月　劉備は敗北し曹操の下へ**
	同月　曹操自ら出兵し、呂布を攻撃
	12月24日　呂布は曹操と劉備の聯合軍に敗北し、処刑される

正史の呂布は、「一瞬天下に近づいた男」と言えるかも知れない。初平三年（一九二）、司徒（官僚の最高職である三公の一）王允《おういん》と共謀し、朝廷を牛耳っていた董卓《とうたく》を殺害、ともに朝廷を掌握したからである。

もっとも、当時の中国においては、関東（現在の河南省と山東省を中心とした黄河中下流域。漢族文化の中心地）において朝廷権力とは直接関係のない形で群雄たちが争いを繰り広げていた。朝廷（中央政府）の主導権を握ったとはいえ、その実態は「天下を取る」というイメージから程遠いものではあった。

しかも、約一箇月で呂布は長安を逐われ、王允は殺害された。その後、呂布は関東における群雄の争いに身を投じる。だが、（基準の置き方にも拠るが）政治家・軍事家としての呂布の実績は大したものではない。関東に至ってからの特筆すべき事績としては、興平元年（一九四）、曹操の留守を突いて兗州を制覇しかかったこと（しかし、翌年には兗州から撤退）、建安元年（一九六）には劉備の留守を突いて下邳（徐州の州治）を奪い、徐州刺史を自称したこと、が挙げられる程度であろう。

そして、一旦は劉備と和解した呂布であったが、建安三年（一九八）に再び決裂。その年末に、曹操と劉備の聯合軍に敗れ、下邳は陥落し、呂布は処刑された。その享年は未詳。曹操は四十四歳、劉備は三十八歳であった。

正史の撰者陳寿（附章一を参照）は呂布の人生を次のように総括する。

呂布には哮える虎のような勇があったが、長期的な戦略眼がなかった。軽佻狡猾にして裏切りを繰り返し、ただその場の利のみを見ていた。古今、このようであって滅びなかった者はいない。

（魏書呂布伝陳寿評）

何故、呂布なのか？

このように見て来ると、そもそも「何故、呂布なのか？」という疑問があろう。

例えば、呂布と争った曹操はその後、建安五年から六年（二〇〇～二〇一）にかけて大敵袁紹《えんしょう》を撃破、建安十二年（二〇七）には華北（黄河流域）を征圧する。翌建安十三年（二〇八）、劉備と孫権《そんけん》の聯合軍に敗れた（赤壁の戦い）ものの、建安十八年（二一三）に魏公、二十一年（二一六）には魏王に昇進。建安二十五年（二二〇）正月に六十六歳で死去するが、その年の十月に後を継いだ嫡子曹丕《そうひ》が漢王朝から禅譲を受け帝位に就いた（魏の建国）。父曹操に対し、曹丕は「武帝」という謚号を追贈する。

また、劉備は紆餘曲折を経た後に荊州南部と益州を平定。建安二十四年（二一九）に漢中王を自称し、章武元年（二二一）、漢王朝を継承するという名目で帝位に就いた（蜀漢の建国）。章武三年（二二三）に死去。享年六十三。死後、「昭烈帝」の謚号を追贈され、史書では「先主」と称される（謚号についてはコラム7を参照。三国成立の経緯および三国の皇帝の呼称については附章一を参照）。

つまり、呂布と争った曹操と劉備は、後の三国の基礎を作った「英雄」であり、当然、三国志物語における重要人物である。三国志物語について、曹操や劉備を中心に据えて語るのは必然性があるわけである。

これに対し、呂布が処刑されたのは建安三年（一九八）。三国の中、最初に建国された魏が成立する二十年以上も前なのであり、三国志、すなわち魏蜀呉三国の興亡の物語に深く関与しようがない。

ならば、「何故、呂布なのか？」

端的に言ってしまえば、政治家・軍事家として大した実績がないにもかかわらず、呂布が三国志物語において、特別な存在だからである。呂布は、しばしば「三国志最強」と謳われるのだ。呂布を「最強」と看做すことは、特に日本において顕著なようだ。本家中国やその他の地域においては、事情はかなり異なるであろう。もっともこれは呂布に限った話ではない。本家中国では神として崇拝される関羽であるが、日本でそこまで絶対的な人気があるとは言えまい。逆に、諸葛孔明は、日本人が特に好むキャラクターとして知られる。

日本人にとって、呂布が特別な存在であることは、以下のような記事からも推測できる。

まだ『三国志』を書く前に、中国文学者の井波律子さんとお会いし、三国志について語ったことがある。井波さんはそのとき「誰がいちばん強いって、呂布がいちばんじゃないかしら」とおっしゃった。井波さんは『正史三国志』の全訳に携わり、後に一人で『三国志演義』を全訳するほどの三国志ファンである。ふつうの女性ならば趙雲と答えそうなところを呂布がいちばんとは……。どこか女心をくすぐるようなところが、呂布にはもともとあったのかもしれない。

（北方二〇〇六、七八頁）

北方謙三は、井波が呂布を最強とすることを意外に思ったようだが、井波の見解そのものは、むしろ（日本における）多くの三国志物語の読者が共有するものであろう。

近い例で言えば、マンガ『終末のワルキューレ』第一巻においても、呂布は「中華最強の英雄」「三国志最強の『英雄』」と称されている。そこに、何故、呂布が「最強」とされるかの説明はなく、呂布が「最強」であることはあたかも自明であるかのように語られている。

現代日本において、「最強」呂布というイメージが広く流布した最大の要因は、三国志のゲーム、就中《なかんずく》、光栄（旧社名。現在はコーエーテクモゲームス）が一九八五年に発売した「三國志」を嚆矢とする、シミュレーションゲームの存在に求められるであろう。

人物を駒として扱うシミュレーションゲームにおいては、人物の能力を数値化して表現することが多い。そのため、「誰が誰よりこの能力が高い」ということが直截《ちょくせつ》に示されるわけである。そして、そのようなゲームにおいて、呂布は必ずと言ってよいほど「最も戦闘力の高い人物」として表現されて来た。

例えば、前述の「三國志」では、「武力」というパラメータで戦闘力が表現される。固定された値としては、呂布が最高値の一〇〇であり、張飛と関羽、趙雲が九九でこれに続く。続作として一九八九年に発売された「三國志Ⅱ」でも、呂布と張飛等の武力はそのままであったが、体感的には呂布が飛び抜けて強く、張飛等とのパラメータ差が一しかないとは思えないものになっていた。二〇二〇年現在、この「三國志」シリーズは「XIV」まで発売されているが、呂布の武力は一貫して一〇〇（最高値）である（なお、ゲームの表現が多様化した現在、三国志のゲームであっても呂布を最強として表現しないものも、当然、存在している）。

この三十年来、三国志のゲームは数知れず発売／配信されて来たから、「最強」呂布というイメージも果てしなく繰り返されて来たことになる（ただし、同じ三国志物語の読者であっても、享受して来た三国志コンテンツは千差万別である。ゲーム等とは縁遠い読者にとっては、当然、呂布を「最強」として扱うことに違和感があろう。だが、少なくとも、一部の読者にとって、呂布は「最強」として認識されている、ということは言えよう）。

しかし、それはそれで奇妙な話である。呂布は歴史上に「実在」した。その呂布が「最強」であるとはどういうことか？ そもそも、ある時代において、「この人物こそが最強である」などという認識が広く共有されることがあり得るのだろうか？

例えば、日本の戦国時代において、「最強」が決められるだろうか？ おそらく議論百出、結論など出まい。江戸幕府を開き、「最終的な勝利者」たる徳川家康であっても、これが「最強」だと衆目が一致することはなかろう。「最強」というものが明確に定義できない以上、当然のことではある。

しかし、呂布は「三国志最強」として語られる。ならば、その所以を明らかにしたい。これが、本書の主人公に呂布を据える理由である。

史書における呂布の武勇の評価

史書に現れる呂布は、勇猛な将ではある。それが確認できる表現を挙げておこう。

（A）**呂布は弓馬にすぐれ、人並み外れた膂力《りょりょく》があり、「飛将」と号された**（魏書呂布伝本文）。

呂布の武勇を称賛する表現である。しかし、「弓馬にすぐれ（便弓馬）」「人並み外れた膂力があり（膂力過人）」は、ほとんど定型表現と言ってよい。正史『三国志』に限っても、麋竺《びじく》・麋威《びい》・麋照《びしょう》

（以上、蜀書糜竺伝）／韓当《かんとう》（呉書韓当伝）／孫峻《そんしゅん》（呉書孫峻伝）において「便弓馬」が、曹彰《そうしょう》（魏書任城王彰伝）には「膂力過人」が用いられている。

これに対し、正史『三国志』の中で、「飛将」と称されたのは呂布のみであり、特別なものに見える。だが、この語はそもそも、前漢の李広《りこう》（前一一九年歿）が「漢の飛将軍」と称されたこと（『史記』李将軍列伝）を踏まえ、呂布を李広になぞらえたものである。このこと自体は、後世における呂布の語られ方に大きな影響を与えたと思われる（第四章参照）。

しかし、曹操が、荀彧《じゅんいく》を前漢の張良《ちょうりょう》に（魏書荀彧伝）、許褚《きょちょ》を前漢の樊噲《はんかい》に擬する（同許褚伝）、あるいは馬超《ばちょう》を「韓信《かんしん》、英布《えいふ》のような勇が有る」と評する（蜀書馬超伝）など、ある人物が前代の英雄に擬せられること自体は、史書に散見される現象である。

（B）**「虓虎《こうこ》の勇有り」と評された**（魏書呂布伝陳寿評）。

前掲。「虓」は「虎が吼える」という義。吼える虎のような勇がある、というのは武勇に対する称賛には違いないが、呂布の場合、対句として「英奇の略無し（長期的な戦略眼がない）」とも評されており、保留付きの称賛となってしまっている。また、馬超を驃騎将軍に任命する際の策（辞令）に、馬超の勇を「虓虎」と表現しているのが確認できる（蜀書馬超伝）ので、唯一無二とも言い難い。

（C）**「人中に呂布有り、馬中に赤兎《せきと》有り」と称された**（魏書呂布伝裴註所引『曹瞞伝』）。

おそらく、史書の呂布に関する叙述中、もっとも特別視されるものである。しかし、馬の名が伝えられる例としては、曹操の「絶影《ぜつえい》」が挙げられ（魏書武帝紀裴註所引『魏書』）、呂布に限ったものではない。

また、「人中に呂布有り（人中有呂布）」という評も、例えば、曹操の従弟である曹仁《そうじん》を「将軍はまことに天人であります（将軍真天人也）」と称することと大差があろうとは思われない（魏書曹仁伝）。

さらに言えば、「人中に呂布有り、馬中に赤兎有り（人中有呂布、馬中有赤兎）」という評語の、「布」と「兎」が韻を踏んでいることも注目される。つまり、この評語は心地よく聞こえるよう作られているわけであり、このような例は、呂布の生きた後漢代の記録にしばしば見出せる。

例えば、『説文解字』の撰者、許慎《きょしん》は、「五経無双許叔重」と評されていた（『後漢書』儒林伝・許慎）。ここでは「無双（二つとない）」の「双」と許慎の字である「叔重」の「重」が押韻している。

つまり、許慎を「五経無双（「五経」は儒学における根本経典。それについて並ぶ者がないほど精通している、という義）」という評語で称するのは、「叔重」という字にも起因しているわけである。彼の字が「叔重」でなかったならば、おそらく「無双」というインパクトのある評語は選ばれなかったに違いない（阿辻一九八五、四九〜五五頁）。

「人中有呂布、馬中有赤兎」にも似たようなことが言える。「布」と「兎」が偶然同韻であったことが、この独特な表現を生み出したのであり、この評語のみによって、史書において、呂布の武勇が他から抜きん出ていたとされる証拠とするのは危険であろう（ただし、赤兎馬の存在は、呂布にとって、やはり重大な意味を持つ。それについては第三章で検討する）。

以上、やや否定的に、史書における呂布の武勇の叙述について述べた。（A）（B）（C）ともに、類型表現が他に見出せる以上、史書の叙述によって、呂布を「最強」と評価するのは難しかろう。

史書の呂布が「最強」に見えるのであれば、それは「呂布は最強である」という先入観がそう読ませるに過ぎまい。歴史上の人物について「最強」を云々するのは、ほとんど意味が無いのであるから。ならば、呂布が「最強」だと認識されるのは、史書に拠ってではない、ということになる。

何に拠って呂布の物語を辿るのか？

史書でないのであれば、「最強」呂布は何処で語られるのか。結論めいたことを言ってしまえば、正史以降、生成／変化してきた「物語」、就中『三国志演義』に拠って、である。だが、その結論に至る前に、正史『三国志』と『三国志演義』の関係について整理しておく必要があるだろう。

序に述べた通り、正史（およびその註釈）と『演義』の二つが揃って、はじめて「三国志」となるというのが本書の立場である。しかし、両者の成立年代や成立に至る過程は全く異なる。

正史『三国志』は陳寿によって編纂された。『晋書』陳寿伝に拠れば、彼は蜀漢の建興十一年（二三三）に生まれ、西晋の元康七年（二九七）に歿した。これを素直に信じるのであれば、正史『三国志』（の本文）は遅くとも三世紀末に完成していたことになる。

ツッコミの餘地はある。正史『三国志』の成立および陳寿については附章一を参照されたい。

一方、歴史小説『三国志演義』の成書年代は断じ難い。現在確認されている限りにおいては、嘉靖壬午（元年、一五二二）の序文を持つものが最古とされる（本書では「嘉靖壬午序本」と称する）。となると、遅くとも十六世紀前半に成書していたことは、ほぼ確実である。そして、この嘉靖壬午序本よりも古い版本が存在していた可能性は指摘できるが、現在のところ、存在は確認されていない。

そもそも、『三国志演義』とは、ただ一つの「書物」ではなく、数多くの版本《エディション》の集合体というべき存在である。その実態は、現代の「小説」とは大きく異なっており、注意を要する。書物としての『演義』については、附章二で述べることとしたい。

重要なことは、正史から『演義』に至るまで、どんなに少なく見積もっても一千年以上経過している、ということである。その一千年の間に、三国志をめぐる様々な作品《テクスト》が生まれ、流布して行った。当然、その中には『演義』に影響を与えたであろうものも存在する。

ならば、「最強」呂布の生まれた原因が、正史や『演義』以外の作品に存する可能性もある。となると、それらに対しても目配りする必要があるだろう。具体的には、『三国志平話』（以下『平話』）および「雑劇」の脚本群が目配りの対象となる。

簡単に言うならば、『平話』は、講釈師の種本を元にしたと思われる教養／娯楽小説。現存する「雑劇」脚本の多くは明代の宮廷で上演されることを前提としたものとされる（そうでないものもある）。

重要なのは、『平話』の成書が、嘉靖壬午（一五二二）よりおよそ二百年先行することである。また、「雑劇」脚本群も、その成立は嘉靖壬午序本より後れるとしても、『演義』成書以前に語られていた内容を含む可能性が高い。つまり、両者は『演義』以前の三国志物語の内容を示している（可能性が高い）わけであり、そこで語られる内容と『演義』との一致／不一致は、『演義』が先行する物語を「どう」受容していったかを示していることになろう（これら『平話』や「雑劇」の抱える書誌的な問題についてはコラム9・10参照）。

十八路諸侯

年表で確認したように、中平六年（一八九）八月、洛陽に入った董卓は朝廷（中央政府）を掌握。少帝辯《べん》を廃し、献帝を擁立する等、「改革」を断行する（呂布が主筋にあたる丁原を殺し、董卓の麾下となるのもこの時期である）。これに対し、袁紹・袁術《えんじゅつ》・曹操等は反撥し、洛陽から脱出する。

史書にせよ、後世の物語にせよ、董卓を「暴君」として描き、袁紹や曹操等の反撥に正当性を附加する。実のところ、双方の対立の背後には地方出身者（董卓・呂布等）対首都圏出身者《エリート》（袁紹・曹操）という対立構造も見出せるのだが、本書では、その詳細については措く。

そして、洛陽から脱出した曹操がその年末に挙兵。翌年（初平元年、一九〇）正月には袁紹等も挙兵し、董卓に圧力をかける。この、洛陽より東方で挙兵した群雄（関東諸侯）たちの史書における行動は未詳な点も多く、率直に言って全体像は判らない。

確実に言えるのは、曹操が董卓麾下の徐栄と戦い大敗したこと（魏書武帝紀）、長沙太守孫堅《そんけん》が複数回董卓軍と交戦し、初平二年（一九一）に陽人（地名）で胡軫《こしん》率いる董卓軍に大勝したこと（呉書孫破虜伝・『後漢書』献帝紀）くらいである。ちなみに、呂布は胡軫の部下としてこの陽人の戦いに参加していたが、活躍するどころか、胡軫の足を引っ張るようなことをしており、むしろ敗因を作った戦犯と言ってよい（呉書孫破虜伝裴註所引『英雄記』）。

これに対し、後世では、「暴君」董卓に対し、天下の諸侯がこぞって挙兵したかのように物語が変化する。『三国志平話』では「十八鎮（あるいは二十八鎮）諸侯」、『演義』や雑劇では「十八路諸侯」と称される。『演義』における名簿のみ掲げておこう（姓名の前の小文字は肩書）。

①後将軍南陽太守袁術
②冀州刺史韓馥《かんふく》
③豫州刺史孔伷《こうちゅう》
④兗州刺史劉岱《りゅうたい》
⑤河内郡太守王匡《おうきょう》
⑥陳留太守張邈《ちょうばく》
⑦東郡太守喬瑁《きょうぼう》
⑧山陽太守袁遺《えんい》
⑨済北相鮑信《ほうしん》
⑩北海太守孔融《こうゆう》
⑪広陵太守張超《ちょうちょう》
⑫徐州刺史陶謙《とうけん》
⑬西涼太守馬騰《ばとう》
⑭北平太守公孫瓚《こうそんさん》
⑮上党太守張楊《ちょうよう》
⑯烏程侯長沙太守孫堅
⑰祁郷侯渤海太守袁紹
⑱行奮武将軍曹操

『演義』において、この聯合の発起人は曹操であったが、袁紹が盟主となった。聯合の構成員は、史書に準拠している者から、公孫瓚や馬騰のように政治的立場から推して、歴史的には董卓に敵対する聯合に参加するはずのない者まで含まれている（十八路諸侯の詳細については、竹内二〇一二参照）。また、公孫瓚が聯合に参加する際、『演義』の主人公たる劉備、そしてその義弟関羽《かんう》と張飛《ちょうひ》がその麾下に加わっていることは特筆しておかねばなるまい。

そして、この諸侯聯合と董卓軍の戦いが描かれる中で、「最強」呂布が出現するのである。

孫堅

以下、『演義』第九則「曹操起兵殺董卓」、第十則「虎牢関三戦呂布」に従って物語を確認する。洛陽近郊に集結した十八路諸侯は、血を歃《すす》って盟約を結び、袁紹を盟主とした。そして、長沙太守孫堅を先鋒として汜水関に送り出す。

この報を受けた董卓は驚愕し、対策を練る。ここで呂布が「父上、ご心配なく（父親勿慮）」と乗り出すのだが、そこへ「鶏を割くのに牛刀を用いる必要がありましょうか（割雞焉用牛刀。出典は『論語』陽貨第十七）」と、華雄《かゆう》という将が声を上げる。喜んだ董卓は、華雄に驍騎校尉の官を加え、五万の騎兵歩兵を与えて孫堅を迎撃させた。李粛《りしゅく》・胡軫・趙岑《ちょうしん》がこれに従う。

孫堅と董卓軍が戦う、という構図そのものは、前述した史書における陽人の戦いと一致する。細部を確認しても、『演義』の叙述が、呉書孫破虜伝を踏まえていることは疑いない。

その一方で、史書とは明確に異なる点も多い。そもそも『演義』に陽人という地名は現れず、事件の発生も初平二年（一九一）ではなく、その前年、「反董卓聯合」を結成した初平元年（一九〇）に設定されている。また、史書において華雄の上官であった胡軫が、『演義』では華雄の部下となっており、胡軫以外に李粛・趙岑が附けられている。李粛については第四章で詳述する。趙岑は全くの架空の人物と思しく、大した活躍もしない。

以下、『演義』の叙述の梗概を述べておこう。

孫堅が十八路諸侯の先鋒となったことに不満を覚えた者もいた。済北相鮑信である。鮑信は弟の鮑忠《ほうちゅう》に三千の兵を与え、間道を通って汜水関を襲撃させる。しかし、華雄率いる五百に撃退され、鮑忠は華雄に斬られてしまう（この挿話は史書に見えない。鮑信の名は史書に見えるが、鮑忠というのは架空の人物である）。

ようやく到着した孫堅軍に対し、華雄は胡軫に兵五千を附け出撃させる。その胡軫を、孫堅の部下程普《ていふ》が突き殺す。勢いに乗った孫堅軍は汜水関に攻めかかるが落とすまでには至らず、梁東（この地名は史書にも見える）に駐屯する。

孫堅は、捷報を伝える使者を送り、同時に、袁術（『演義』では聯合の兵糧を統括する役）に追加の兵糧を求める。しかし、董卓を排除しても次は孫堅が脅威となる、と袁術に讒言《ざんげん》する者があった。袁術はこの讒言を受け、孫堅に兵糧を送らない。兵糧の欠乏した孫堅軍は疲弊。細作《スパイ》によって、それを知った李粛は、自分が孫堅軍の背面に回り込み、華雄と挟撃することを提案する。

決行は夜半。不意を突かれた孫堅軍は潰乱。孫堅は部下祖茂《そも》とともに血路を開いて脱出しようとする。それを追う華雄。主君の窮地を救うべく、祖茂は孫堅の被っていた赤幘（赤い頭巾）を借り受け、孫堅とは別方向へ逃走する。

赤幘を被った者こそ孫堅だと考え、華雄はそれを追う。祖茂は追撃を逃れるため焼け棒杭に赤幘を掛け、自らは身を隠す。華雄が赤幘に気を取られた隙に、背後から襲いかかる祖茂。しかし、逆に華雄に斬殺されてしまう。

（『演義』第九則「曹操起兵殺董卓」）

孫堅の赤幘をめぐる挿話は、呉書孫破虜伝に原型が見えるが、祖茂の敗死等、史書に見えない要素が附加されている。

関雲長斬華雄

実は、史書の華雄は孫権軍に斬り殺されている（呉書孫破虜伝）。これに対し、『演義』の孫堅は（味方に足を引っ張られたとはいえ）華雄に敗れ去った。その後の展開を見よう。

華雄は勢いに乗じ、聯合の本拠地に迫る。袁術の将兪《ゆ》渉《しょう》、韓馥の将潘鳳《はんほう》が相次いで挑むが、いずれも斬られた。そこに名乗り出たのは劉備の義弟、関羽（字は雲長。『演義』では「関羽」と称されることはあまりなく、「雲長」「関公」等と称される）であった。関羽の官職（馬弓手）を聞き、その低さゆえ、盟主袁紹は出陣に難色を示す。しかし、曹操がこれをとりなし、ついに関羽は出陣する。出陣に際し、曹操は関羽に温めた酒を勧める。しかし、関羽はこれを呑まず、しばらくそのままにするように言い置いて、出陣した。

関羽が出陣してすぐさま、十八路諸侯は天地を崩さんばかりの太鼓の音や喊声を聞く。程なく、本陣に関羽が帰還。華雄の首を地に投げ出し、曹操の杯を受ける。酒はなお温かかった。（同前）

『演義』屈指の名場面と言ってよい。特に、関羽と華雄の一騎討ちを直截に描写せず、十八路諸侯の視点から描出するのは、かなり凝った叙述と言えよう。

華雄が、聯合の本陣に迫ったこと、関羽が華雄を斬ったことなど、すべて史書には見えない後世の虚構である（『演義』に先行する『平話』には華雄は登場しない。『演義』独自の挿話である可能性も指摘できる）。この虚構の語られる目的が、関羽の武勇の強調にあることは言うまでもなかろう。結果、史書では、董卓軍と孤軍奮闘した孫堅は、引き立て役に成り下がる。『演義』の物語が、史書の単なる「語り直し」ではなく、関羽、引いては劉備・関羽・張飛三兄弟を中心に展開することを如実に示す箇所とも言える。

三戦呂布

華雄を討たれた董卓は、洛陽に残っていた袁紹の叔父、太傅袁隗《えんかい》一家を殺害した後、聯合軍に対するため、二十万の大軍を興す。五万を汜水関の守備に割き、李傕《りかく》・郭汜《かくし》がこれを率いる。残る十五万は董卓自らが率い、李儒《りじゅ》・呂布・樊稠《はんちゅう》・張済《ちょうさい》等とともに虎牢関を守備することとなった。

（『演義』第十則「虎牢関三戦呂布」）

この箇所の描写は地理的にはおかしい。「虎牢《ころう》」という地名は、『春秋左氏伝』荘公二十一年（前六七三）に確認できるものだが、古くはこの地には城《まち》があったと思しい（唐代に成書した地理書『元和郡県図志』巻第五「汜水県」に拠ると、漢代の成皋県の別名が「虎牢」であったと見える。後漢の行政区画において、成皋県は司隷河南尹に属し、洛陽の東方に位置する）。

しかし、『演義』に見える「虎牢関」となると、『新唐書』地理志三等が最古の用例である。つまり、おそらく虎牢関は後漢末には存在しない。また、『新唐書』地理志三には孟州に属する「汜水県」に虎牢関があったとされており、『演義』において虎牢関と別のものとされる「汜水関」が、虎牢関と同一のものである可能性が指摘できる。すなわち、『演義』のこの箇所に限れば、後漢末の地名を反映しているわけではなく、唐代あたりの地理的感覚ともズレていることになる。

董卓が虎牢関に入った、との報告を受けた袁紹は、十八路諸侯の中、王匡・喬瑁・鮑信・袁遺・孔融・張楊・陶謙・公孫瓚の八名を虎牢関に向かわせる。遊軍として曹操が働くこととなった。八名の諸侯の中、先頭に立ったのは河内太守王匡。それを迎撃したのが、鉄騎三千を率いた呂布であった。（同前）

『演義』は、王匡軍の前に現れた呂布の姿をこう記す。

王匡は人馬を並べて陣構えを整え、門旗の下に馬をとどめる。そこへ呂布が姿を現した。束髪金冠をかぶり、西川の紅錦でできた百花袍をまとい、身には獅子呑頭の連環の鎧。彎弓と箭、狻猊の宝刀を腰に下げ、画桿の方天戟を執る。跨がるは風に嘶く赤兎馬。まさしく「陣中に呂布あり、馬中に赤兎あり」といったところ。（同前）

ここで、呂布に対して、様々な「記号」が附加されていることに注目しておきたい。このように詳細な武将の描写は、『演義』中、あまり多くはない。その一点のみを取りだしても、『演義』における呂布の特殊性は看取できよう。ここに現れる記号のうち、赤兎馬については第三章で、他の記号（の一部）については、第五章で言及する。

呂布に向かって、王匡の部下方悦《ほうえつ》が挑む。しかし、あえなく斬り殺され、勢いに乗じた呂布は、王匡軍を蹴散らす。王匡は喬瑁と袁遺の軍に辛うじて救い出された。

呂布は一旦軍を退く。残る五つの諸侯軍が集結したところに、再び呂布が襲来。これに挑んだ張楊の部下穆順《ぼくじゅん》は斬り伏せられ、孔融の部下武安国《ぶあんこく》は片腕を斬り落とされた。八諸侯の全軍が前に出て武安国を救う。再び退却する呂布。

程なく、三度目の襲来。今度は八諸侯全軍がこれを迎え撃ち、公孫瓚は自ら呂布と斬り結ぶ。しかし、相手にならず敗走。呂布はこれを追う。

それを阻んだのは、劉備のもう一人の義弟張飛であった。張飛は五十余合も呂布と斬り結ぶが勝負はつかない。これを見かねた関羽が出馬。二対一となるが、さらに三十合撃ち合っても呂布を倒せない。ついに劉備自身が助勢に向かう。

三対一となり、さすがの呂布も支えきれない。劉備に一撃をくれて隙を作らせるや、赤兎馬を躍らせて脱出。虎牢関に退却した。

(同前)


この呂布対張飛・関羽・劉備の戦いを「三戦呂布（三人が呂布と戦う）」と称する。この挿話の中で、呂布は決して勝利したわけではない。しかし、張飛と関羽（及び劉備）とが協力せねば撃退できなかったところが重要である。

「最強」呂布の誕生

三国志の読者に対しては確認するまでもないかも知れないが、張飛と関羽は、ともに『演義』でその活躍を喧伝される武人である。「関雲長斬華雄」については先述した通りだが、その他にも「五関斬六将（五関に六将を斬る）」「千里独行」「華容道」「単刀赴会」など、関羽を主役とする挿話は枚挙に暇がない。また、張飛にも「拠（拒）水断橋（水に拠りて橋を断つ。一名「長坂橋」）」「義釈厳顔（義もて厳顔を釈《ゆる》す）」等の挿話がある。

その他の箇所においても、『演義』の関羽と張飛は数多くの敵を圧倒して来た。その二人が同時に攻めなければ、呂布を撃退することは不可能だったわけである。

この「三戦呂布」の挿話をもって、『演義』における「最強」呂布は誕生したと言ってよかろう。ただし、「三戦呂布」そのものは、『演義』の「創作」ではない。『演義』以前から語られていた物語であり、『演義』はそれを再話しているに過ぎない、という言い方もできる。

しかし、単なる再話ではない。『演義』とそれ以前の「三戦呂布」を比較すると、『演義』には重大な「省略」があることに気づく。

『三国志平話』を例に採ろう。その巻上で語られる「三戦呂布」は、『演義』のそれと比較するとはるかに簡略化された叙述ではあるが、張飛と呂布の一騎討ちに始まり、関羽と劉備が張飛に助勢して呂布を撃退するという構成に相異はない。

問題はその後である。一旦、虎牢関に退いた呂布であったが、翌日、再び出陣し、戦いを挑む。これに応じた張飛は、今度は一人で呂布を撃退してしまうのである。

この挿話は「独戦呂布」あるいは「単戦呂布」と称されるものである。『平話』のみならず、『演義』が成書した頃にも上演されていたであろう雑劇の脚本としても残存している。かなり広く知られた挿話であったらしい。

この「独戦呂布」を踏まえれば、「最強」は張飛だということになる。張飛と呂布の使う武器が、二人の優劣を定める傍証となるであろう。『平話』の張飛が使う武器は「丈八神矛」、すなわち長さは一丈八尺。これに対し、呂布の武器は「丈二方天戟」、長さは一丈二尺であり、張飛の武器の三分の二しかない（『演義』では、張飛の武器は「丈八蛇矛」で『平話』における長さが踏襲されているが、呂布の方天戟については長さが記されていない）。

『演義』成立以前、張飛は、三国志物語の主役と言ってよいほど破天荒な活躍が語られていたが、『演義』に至ってその活躍が矮小化していることは、しばしば指摘されている（小川一九五三、金一九九三、井波一九九四等を参照）。『演義』における「独戦呂布」の削除は、その一環とみることもできる（慎重を期すならば、「独戦呂布」の削除が、『演義』において初めて行われた、という証拠もないのだが）。とすれば、『演義』に現れた（ように見える）「最強」呂布は、「結果論」だ、と言うこともできよう。

しかし、結果論であるとしても、張飛（・関羽・劉備）の敵手として呂布が選ばれた理由については、考えておかねばならない。

相当にアレンジされているとはいえ、孫堅対華雄という構図は史書に準拠したものである。つまり、史書に原拠があるわけであり、それが『演義』で語られていることに不思議はない。

『演義』に至り、史実とは異なり、関羽が華雄を斬る、というのは物語としての要請であろう。三国志の物語において、董卓は物語序盤の敵役／悪役に位置づけられる。この董卓と主人公たる劉備・関羽・張飛を対峙させようとする傾向は、『演義』以外の三国志物語でも確認できる。『演義』ではその傾向が強化されており、関羽が華雄を斬る挿話もその一環だと言える（第三章で触れるが、関羽は「関帝」として、現在でも信仰の対象となる存在であり、それも関羽の強調に影響していよう）。

「関雲長斬華雄」と異なり、「三戦呂布」は、『演義』に先行する『平話』などでも語られていた。しかし、「三戦呂布」もまた、張飛・関羽・劉備を董卓側と対峙させようとする流れに位置づけられているのは疑いない。

ただし、大きな問題が残る。何故、張飛・関羽・劉備の敵手に呂布が選ばれたのか。前述した通り、呉書孫破虜伝裴註所引『英雄記』において、呂布は胡軫の部下として登場する（華雄もまた胡軫の部下であった）。しかし、胡軫の足を引っ張るばかりで大した活躍はしていない。ならば、呂布が、主人公たちと戦う存在にまで「格上げ」され、『演義』では結果的に「最強」と見えることもあるのは、歴史的叙述以外に「原因」があろう。

次章以降、後世、呂布に附加された「虚構」を検討し、その「原因」を考えることとしたい。

【コラム】

1　姓名字

三国志に登場する人物は、男性に限れば、「姓」「名（死後は諱《いみな》と言われることも多い）」「字《あざな》」を持つ人物が多い（慣例的に「字」を「あざな」と読んでいるが、日本語としての「あざな」とは別物）。字が伝わらない例もあるし（劉備の養子、劉封《りゅうほう》は蜀書巻十に立伝されているが字は記されていない）、女性については姓のみが残っていることもしばしばであるが（呉の初代皇帝孫権《そんけん》の娘に、名は魯班《ろはん》、字は大虎《たいこ》と、名は魯育《ろいく》、字は小虎《しょうこ》という姉妹がいたことが確認できるが、稀少例と言うべきであろう）。

字は生まれた時に附けられるわけではない。幼少時には字がなく、二十歳の時に、加冠（元服）を行い、字を附けるのが正式とされている（『礼記』曲礼上。ただし、現実には例外が山ほどあったであろう。魏書鄧艾伝に面白い挿話がある。参照）。

名と字は関連づけられるのが常である。諸葛亮《しょかつりょう》（字は孔明《こうめい》）が解り易い。「亮」には「あかるい」の義があり、「名」と重なる。「孔」は程度副詞。つまり、諸葛亮は、名は「あかるい（亮）」、字は「とてもあかるい（孔明）」なのである。

また、兄弟順を表す字が字《あざな》に含まれることも多い。孫堅と正室との間には四人の男子があった。孫策（字伯符《はくふ》）、孫権（字仲謀《ちゅうぼう》）、孫翊《そんよく》（字叔弼《しゅくひつ》）、孫匡《そんきょう》（字季佐《きさ》）と言う。「策」と「符」は同部首。「権」と「謀」は「権謀」という熟語を作る。「翊」「弼」「匡」「佐」にはいずれも「助ける」という義がある。

残る「伯」「仲」「叔」「季」は兄弟順を示す。長男・次男・三男・四男（末子）に対応する（必ず使われるわけではない）。曹操（字孟徳《もうとく》）の「孟」も、長庶子（最も年長の子だが、正室ではなく側室の子）という兄弟順を示す。曹操は側室の子である可能性が高い。

そもそも、何故、字があるのか？　名を呼ぶのが非礼に当たる、と考えられたためであろう。本人の名乗り以外で名を呼んで非礼とならないのは、親と主君のみである。字は通称として機能した。もっとも、官職につけば官名で呼ばれることも多かったであろうが。

なお、「呂布奉先」のように、姓名字と続けることはない、と説明されることがある。確かに口語としては、その可能性が高い。しかし、書面語としては、用例が見出せる。例えば、徐庶《じょしょ》という人物は諸葛亮の友人として知られるが、蜀書諸葛亮伝では「徐庶元直《げんちょく》」と表記される。「元直」は徐庶の字であるから、この表記は姓名字と列記されていることになる。

2　暦

本書では年記について、中国の紀年とあわせて西暦を示すのを原則としている。ただし、当時の中国では太陽太陰暦を用いていたから、中国の紀年と西暦（こちらは太陽暦）は厳密には一致しない。

言うまでもないが、「年」は太陽に対する地球の公転周期（古代は地球が太陽の周囲を回っているとは考えていなかったが）、「月」は天体としての月（太陰）の満ち欠《か》け、「日」は地球の自転周期（日の出から日の出、あるいは日没から日没を数えたのが最初であろう）をそれぞれ基準とする。この三者に相関関係はないから、暦を確立する際、調整が必要となる。

太陽暦では、地球の公転周期を「一年」とすることが重視された。つまり、一年を約三百六十五日とし、それを十二分割して「月」とするわけである（地球の公転周期は厳密に三百六十五日ではないから、閏日、すなわち二月二十九日によって調整する)。結果、「一月《ひとつき》」は月の満ち欠けとかかわりなく進行し、その長さも三十日、三十一日、二十八日(二十九日)と一定しない。

太陽太陰暦は、「一月」を新月から次の新月の前日までとすることが優先される。月の満ち欠けの周期は約二十九・五日なので、一月は二十九日か三十日となる。月の満ち欠けに一致するので、新月の日は必ず一日《ついたち》(朔)となるし、満月の日は十五日となる。しかし、これだと十二箇月は、およそ三百五十四日となり、地球の公転周期と大きくズレる。

そこで、太陽太陰暦の場合、「閏月《うるう》」すなわち、まるまる一箇月を挿入して調整する。挿入の基準はややこしいのだが、十九年に七回閏月が挿入される年を作る。閏月がある年は一年が十三箇月となるわけである(西暦二〇二〇年五月二十三日から六月二十日までが、太陽太陰暦では「閏四月」であった)。

さて、基準が異なるので、大雑把に言えば、太陽太陰暦の正月は太陽暦の正月よりも一月ほど後《おく》れることが多い。例えば、本書では呂布を建安三年(一九八)歿と記している。だが、厳密に言えば、建安三年が西暦(ユリウス暦)一九八年であるのは、正月一日から十一月十六日(この日が西暦一九八年十二月三十一日)までであり、十一月十七日以降は、一九九年である。『後漢書』献帝紀は、建安三年十二月癸酉(二十四日)に呂布が斬られたと記録する(魏書呂布伝では、縊殺された、とあるが)。この日は西暦(ユリウス暦)に換算すれば、一九九年二月七日となる。一九八年ではないのだ。

ただし、この太陽太陰暦と太陽暦の差異を厳密に記述しようとするのは煩瑣に過ぎよう。それゆえ、本書においては、当該年の大部分に相当する西暦を対応させることとする。つまり、建安三年ならば、西暦一九八年として扱う、ということである。

3　後漢の行政区分

中国の行政区分は時代によって変遷する。ここでは本書と関聯する後漢の行政区分に絞って述べる。

漢代の行政区分は、秦始皇帝が確立した郡県制を基盤にする。始皇帝は全土を三十六郡に分け（その後、郡数は増加）、郡の下に県を置いた（郡県制そのものは始皇帝が創始したものではないが）。そして、郡と県の長官を中央政府が直接任命することで、中央集権制度を確立したのである。郡県制は、漢王朝に継承されたが、郡や県とは別に「国」が存するのが、秦との大きな違いである（郡国制）。

前漢武帝の元封五年（前一〇六）に、郡の上に十三州（十一州と二郡）を置き、この区分は後漢にも踏襲された。『後漢書』郡国志（『続漢書』郡国志）では、①司隷《しれい》②豫《よ》州③冀《き》州④兗《えん》州⑤徐《じょ》州⑥青《せい》州⑦揚《よう》州⑧荊《けい》州⑨益《えき》州⑩涼《りょう》州⑪并州⑫幽《ゆう》州⑬交《こう》州に区分されている。

後漢初期は州の長官を州牧と称していたが、建武十八年（四二）に刺史と改称された。刺史は州内に治所（直轄領）を持ち、州内の諸郡を巡察することを任務としていたが、直轄の軍を持っていなかった。中平五年（一八八）、州牧の称が復活し、こちらには兵権が賦与された。これ以降、刺史がいる州と州牧のいる州が併存する状態となったらしい。

後漢末において、袁紹（冀州牧）や曹操（兗州牧）等、州牧を足掛かりに勢力を拡大した群雄は数多い。

なお、後漢では、郡の長官を太守、大県の長官を県令、小県の長官を県長と称した。

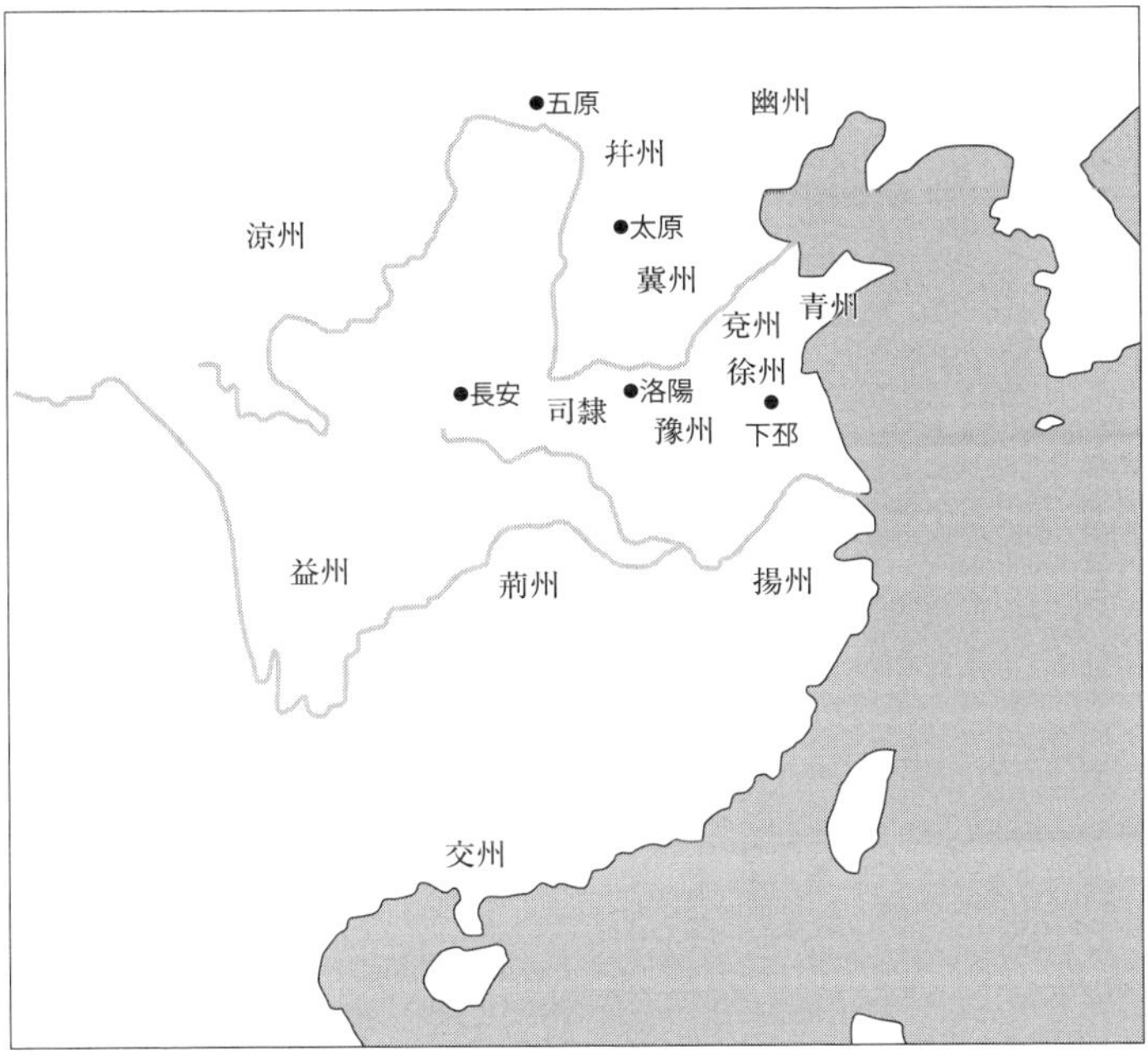

後漢十三州地図

第二章

貂蟬

董卓の侍女

呂布をめぐり、史書には見えず、後世に附加された「虚構」として真っ先に挙がるのは、「貂蟬《ちょうせん》」という女性の存在であろう。そこで、本章では、この貂蟬について考えてみたい。

貂蟬の存在は、呂布の主君董卓殺害と深く結びついている。まず、史書によって、呂布による董卓殺害の記録を追ってみよう。

董卓は自分が人に対して無礼であったため害されるのを恐れ、常時、呂布を護衛としていた。しかし、董卓は気性が激しく短気だった（剛而褊）ので、前後を考えずに激しく怒ることがあった。あるとき、少し意にかなわぬことがあり、手戟《しゅげき》（片手で扱える小さな矛）で呂布を擲《う》った。呂布は拳（腕力）と敏捷さでこれを躱《かわ》し、董卓にふりむいて謝った。そこで、董卓も感情を和らげたのであった。呂布は、これより密かに董卓を怨んだ。

董卓は呂布に中閤（董卓の私的範囲《プライベートエリア》）の護衛をさせていた。呂布は董卓の侍女（侍婢）と密通していたので、その露見を恐れ、心中不安であった。（魏書呂布伝）

この記述を「貂蟬」という女性の濫觴だと看做すのは妥当であろう。だが、この叙述のみから「貂蟬」が生まれたわけではない。それでは「貂蟬」の物語はどのように生まれたのか？

この問題についてては、本章後半で詳述したい。まずは、引き続き、魏書呂布伝によって、董卓の最期を語っておこう。

董卓の最期

以前より、司徒の王允は、呂布が自分と同郷（州里）で壮健であったため、これを厚遇していた。後に呂布は王允を訪問した際、董卓に殺されかけた様子を話した。（同前）

王允（字は子師《しし》）の出身地は、太原郡祁県である（魏書董卓伝裴註所引張璠『漢紀』）。呂布の出身地は五原郡九原県。太原郡と五原郡は隣接しており、ともに并州に属する（コラム3参照）。

この時、王允は〔尚書〕僕射の士孫瑞《しそんずい》と董卓を誅殺する謀議を凝らしていた。そこで、自分たちの計劃を呂布に告げ、内応させようとした。（同前）

王允は、并州出身者として約百年ぶりに官僚の最高職である三公に就任した人物であった。そして、王允の司徒就任は、董卓が洛陽に入った後のことである。つまり、王允は（袁紹や曹操等の首都圏出身者が董卓に従わなかったことを背景として）董卓に引き立てられたはずなのである。にもかかわらず、王允は董卓を殺害しようと企てる。その理由については、後程、考えることにしよう。

呂布「〔董卓と私は義理の〕父子の関係にあります。それをどういたしましょう」

王允「君の姓は呂〔であって董ではない〕、元々肉親ではなかろう。ましてや命が危ないのだ、父子等と言っている場合か」

呂布はかくて王允に与《くみ》し、自ら董卓を刺した。詳細は董卓伝にて語られている。（同前）

というわけで、魏書董卓伝を見なければならない。

〔初平〕三年（一九二）四月、司徒の王允、尚書僕射の士孫瑞、董卓の将の呂布は、共謀して董卓を誅殺しようと図った。この時、天子（献帝）の病が癒えたばかりであり、百官が未央殿に参集した。呂布は、同郷（同郡）の騎都尉の李粛等に、制服を着せ、衛士と偽らせた側近の兵十名餘りを附け、掖門（大門の左右にある小さな門。臣下はこちらを通る）を守らせた。呂布は懐中に詔書を抱いていた。董卓が到着すると、李粛等が董卓を阻む。董卓は驚いて、呂布は何処だと呼ばわった。呂布は「詔書がある」と言い、かくて董卓を殺し、その三族を皆殺しにした。主簿の田景《でんけい》が董卓の遺骸に趨《はし》り寄ると、呂布はこれも殺した。このように次々と三人を殺すと、動こうとする者はいなくなった。長安の士人も庶民もみな董卓の死を慶賀し、董卓に阿諛追従《あゆついしょう》していた者はすべて獄に下され死んだ。（魏書董卓伝）

董卓殺害の直接の実行者は呂布であった。『後漢書』献帝紀に拠れば、董卓が長安に入ったのは初平二年（一九一）四月。長安に入って約一年で董卓は殺害されたことになる。魏書呂布伝に戻ろう。

王允はこの功績によって呂布を奮威将軍（奮武将軍とされることもある）・仮節・儀比三司とし、温侯の爵位を与え、ともに朝廷の政治を取り仕切ることとなった。（魏書呂布伝）

「仮節」の「節」は朝廷からの信任を示す証拠となる物（旗指物や割符等）。「仮節」とは、軍令違反者を処刑できる権限とされる（『晋書』職官志。雑駁すぎる説明だが本書ではこれ以上立ち入らない）。「儀比三司」の「三司」は、王允の就任している三公（太尉・司徒・司空）を指す。「儀比三司」は比較的珍しい官職名であり、管見の限り、呂布の他には、献帝の皇后であった伏氏《ふくし》の父伏完《ふくかん》に与えられたことが確認できるのみである（『後漢書』献帝伏皇后紀。唐代に編纂された『通典』職官十六・文散官では、三公と同等の待遇を与えられる「儀同三司」と同じであるとする）。「温侯」の「温」は地名。司隷河内郡に属する温県のことであろう。そこの租税を自分のものとすることを許されたわけである。なお、『後漢書』王允伝には、董卓殺害の前年である初平二年（一九一）、王允に温侯の爵位が与えられたとあり、呂布は、この王允の爵位を譲られたのかも知れない。それまで中郎将に留まっていたと思われる呂布にとっては破格の待遇であり、人生の絶頂期であったと言える。

司徒王允

さて、呂布は、父子の契りを結んだはずの董卓を殺した。その理由をめぐって謎が残る。

魏書呂布伝は、激した董卓が呂布を手戟で打ったこと、そして呂布が、董卓の侍女との密通が発覚するのを恐れていたことを理由として語る。しかし、これはごく私的なものであり、しかも、呂布が王允の計劃に加担した理由を語っているに過ぎない。それでは、何故、王允は董卓殺害を考えたのか。

『演義』等、後世の物語は、王允を朝廷の忠臣として語る。皇帝を蔑ろにする董卓を除くことは、王允の「忠義」の発露であり、儒学的文脈の中では極めて理解し易い物語となる。

では、史書における王允の前半生を辿ってみよう。それは後世の物語と合致するのであろうか？

『後漢書』王允伝に拠れば、王允の家は、幷州における名門であった。しかし、祖先の官歴などは伝わらない。本人は剛直をもって知られ、黄巾の乱では軍を率いて功績を上げてもいる。

献帝が即位（中平六年［一八九］九月）、すなわち董卓が入京して実権を握ると、九卿（三公の下位に位置する大臣職）の一である太僕に昇進。その後、要職である尚書令に移る。

そして、初平元年（一九〇）、楊彪《ようひゅう》に代わって司徒となり、尚書令の職務もそのまま担当した。しかし、董卓入京以前も、王允は河南尹（首都知事）を務める等しており、冷遇されていたわけではない。董卓が実権を握るや、王允はより重用されるようになった、と言ってよいであろう。

そして、司徒としての王允の前任が、楊彪であったことは象徴的である。楊彪は、袁紹等と並び、首都圏にあった名門中の名門の出身である。楊彪の曽祖父である楊震《ようしん》は司徒・太尉を歴任。その子の楊秉《ようへい》は太尉となり、楊秉の子であり楊彪の父である楊賜《ようし》は三公すべてを歴任した。

そんな名門出身の楊彪であったが、三公となったのは董卓入京後であった。献帝が即位した中平六年（一八九）九月中に司空となり、同年十二月に司徒に移った。

楊彪の三公就任にも、董卓の意向／承認があったことは疑いない。名門出身の楊彪を要職に就けたのは、首都圏出身者を重用しようとした当初の董卓の政治的構想が反映されているのであろう。

しかし、翌初平元年（一九〇）正月に袁紹等が挙兵。すると、二月乙亥（五日）に楊彪は免職となった。庚辰（十日）、王允が司徒に任命され、丁亥（十七日）に長安への遷都が発令された（『後漢書』献帝紀）。

『後漢書』楊震伝附楊彪伝には、楊彪が長安遷都に反対したことが記されている。一方、『後漢書』王允伝に拠れば、王允は唯唯諾諾と長安遷都に従ったように見える。

このように見てくれば、王允の司徒就任が董卓の意向に沿っていることは明白であろう。遷都に対する態度の相異は、王允が楊彪や袁紹等の首都圏出身者とは懸隔を持つ存在であったことを示唆する。楊彪や袁紹に代表される首都圏出身者の取り込みに失敗した董卓は、やむなく自分と同じく非首都圏出身者である王允を自らの政権のために重用したのかも知れない。

しかし、董卓の都合であったとはいえ、王允以前の百年間は、幷州出身の三公がいなかったことを考えれば、王允が董卓に「抜擢された」ことは疑いない。

涼州対幷州

にもかかわらず、王允は董卓殺害を計劃し、実行した。何故か？

『後漢書』王允伝は、董卓の暴虐によって周囲が疲弊し、帝位簒奪の兆候まで見えていたため、黄《こう》琬《えん》や鄭公業《ていこうぎょう》（鄭太《ていたい》）等とともに董卓誅殺を計劃していた、と語る。この叙述は、王允が董卓の帝位簒奪を防ごうとする、換言すれば、王允の皇帝に対する忠義の発露、という文脈で語られている。

一方、魏書呂布伝は、董卓殺害後の呂布について、以下のように記す。

呂布は董卓殺害後、涼州出身の人間を恐れ憎んだため、涼州人はみな、呂布を怨むようになった。このため、李傕等は結託して長安城を攻撃した。呂布は防ぎきれず、李傕等はかくて長安に入った。董卓の死後六十日で、呂布もまた敗れたのである。数百騎のみを率いて武関（長安の東方にある関所）より出で、袁術の元へ行こうとした。（魏書呂布伝）

裴松之《はいしょうし》は『英雄記』の叙述に拠り、董卓殺害が四月二十三日、呂布の敗走が六月一日であるから、呂布（と王允）の天下は六十日に足らない、と註釈を施す。

涼州は董卓の出身地である。そして、呂布伝の叙述に拠れば、呂布は、特定の個人ではなく涼州人を恐れ憎み、涼州人全体から怨まれた、と言う。そして、董卓殺害に参劃した王允や李粛は、呂布伝において、「同郷人（州里／同郡）」という文脈で語られていた。ならば、王允・呂布等による董卓殺害の背後には、并州（王允・呂布・李粛）対涼州（董卓・李傕等）という地域的な対立があった可能性も高い。

王允の最期

呂布は敗走した。董卓殺害計劃の首謀者、王允は如何《どう》なったであろうか？　貂蟬に関する考察からはやや離れるが、魏書董卓伝（というか附伝である李傕郭汜伝）によって確認しておこう。

そもそも、董卓は長安遷都後、女婿《むすめむこ》の牛輔《ぎゅうほ》を総帥、その下に李傕・郭汜等の将を附け、東方に出兵させていた。董卓殺害後、呂布は李粛を東方に派遣し牛輔を攻撃。しかし、李粛は牛輔に敗北し、呂布は李粛を処刑する。その後、牛輔の部下が叛乱を起こし牛輔を殺害。その首は長安に送り届けられた。

李傕・郭汜等は牛輔の指令によって、更に東方に進出していたが、（恐らくは董卓殺害の報告を受け）牛輔の本陣に帰還しようとする。


李傕等が帰還した時、牛輔はすでに殺害されていた。李傕等の軍は頼るところがなく、各々散り散りに涼州に帰ろうとする。しかし、董卓の部下であった李傕等に対する恩赦は出されていなかった。あまつさえ、〔王允・呂布等〕長安の政権は、涼州人を皆殺しにしようとしている、との風聞が流れており、憂いと恐れでなすすべがなかった。

そこで〔李傕等は〕賈詡《かく》の献策を容れ、手勢を率いて西へ向かった。各処で兵を駆り集め、長安に到着する頃には十数万に達していた。〔長安附近にいたであろう〕董卓の配下であった樊稠・李蒙《りもう》・王《おう》方《ほう》等と軍を合わせ、長安城を包囲した。

十日で城は陥落、城内で呂布と戦った。呂布は敗走。李傕等は兵を放って長安の人々を襲い、ことごとくこれを殺害したため、屍体は放置されるままになっていた。董卓殺害に加担した者は誅殺され、王允の遺骸は市《いち》（処刑場を兼ねていた）に晒された。

〔李傕等は〕董卓を郿《び》（長安郊外に董卓が築いた城）に埋葬した。ところが、大暴風雨が董卓の墓を襲い、水が陵墓の中にまで浸入して、埋葬された董卓の柩が浮き出てきた。

李傕は車騎将軍・池陽侯となり司隸校尉の職務を兼ね、仮節となった。郭汜は後将軍・美陽侯、樊稠は右将軍・万年侯となり、李傕・郭汜・樊稠が朝政を掌握した。張済は驃騎将軍・平陽侯となり、弘農に駐屯した。（魏書董卓伝）

ここでも、長安、すなわち王允等の政権が涼州人を迫害していたことが示唆されている。

以上、史書によって、呂布による董卓殺害、およびその後日譚を追って来た。ここからが本題である。『後漢書』献帝紀に拠れば、王允が殺害されたのは六月甲子（七日）であった。史書の叙述は、後世、どのように語り直されたのか？　ここに貂蟬が登場する。

物語における「因」と「果」

後世、三国志物語が語り直される際、その語り手が（自覚的であったか否かはさておき）注意すべき点は多々あったに違いない。

中でも、「因果関係」には注意を払ったであろう。ある人物の行動について、「何故そのような行動をとったのか」という原因／動機は、特に前近代においては、物語《ストーリー》が重点的に説明しなければならない点である。この点を疎かにすれば、物語は前後の繋がりを失う。概念的に示すのであれば、出発点となる原因／動機（因）があり、それに従った行動があり、その行動の結果（果）がある。そして、その結果は新たな原因／動機を産み、という循環によって物語は展開してゆく（最初にある事件［結果］があり、それが原因／動機を産み……という構造もあり得るであろうが、「因」と「果」が循環する点に変わりはない）。換言すれば、すべての事件は結果であると同時に、次の事件の原因／動機と位置づけられる。

『演義』冒頭を例に採ろう。

まず、桓帝の崩御という結果があり、これが原因（契機と言うべきかも知れないが）となって、天変地異が続き、朝廷の腐敗が顕著となり（結果→原因）、民衆は困窮し（結果→原因）、張角《ちょうかく》が民衆を救うために黄巾を組織して反乱を起こし（結果→原因）、朝廷がこれを討伐せんと各地で義勇軍を募り（結果→原因）、その募集に応じようとした劉備・関羽・張飛が出会い、義兄弟の契りを結ぶ（結果）。そして、この三人を中心に『演義』の物語は展開してゆく。『演義』の物語は、正しく「因」と「果」とが循環して進んでゆくわけである。

貂蟬の「機能」

これに対し、「歴史」においては、因果関係は必ずしも明確ではない。ある戦争の起こった原因を一義的に定めることは不可能であるように。あるいは、坂本龍馬が慶応三年（一八六七）十一月十五日に殺害されたという史実（結果）は存在するが、その殺害の実行者（原因／動機）について、未だに諸説紛々であるように（一応、定説は存在する）。

となると、『演義』のような、「歴史」を物語る作品《テクスト》は、原理的に厄介な問題を抱えていることになる。「歴史」の上では原因／動機が明確でない事件（結果）について、原因／動機を明確に「説明」しなければならないのである。さもなければ物語は成立しない。

結果、「説明」の便宜のため、史書では語られていないことを語る必要が生じる。それが、しばしば「虚構」と称されるものとなってゆくわけである。

話を董卓殺害の物語に絞ろう。この物語を語る者が、特に注意を払った点の一つとして、「何故、董卓の部下であった呂布が王允の計劃に加担したのか？」という原因／動機の設定があったことは間違いない。

魏書呂布伝では、「激昂した董卓が手戟で呂布に打ちかかった」ことと「呂布が董卓の侍女と密通していた」ことを原因／動機に設定しているように見える（史書の常として明示的とは言い難いが）。

しかし、『演義』では、この原因／動機は使えない。少なくとも弱い。何故なら、『演義』の呂布は「最強」であるからである。張飛・関羽・劉備三人と同時に戦うことのできる者が、自分の主君とはいえ、董卓の一時的な激昂を恐れる、というのは如何にもバランスが悪い。

そこで、呂布に董卓殺害の原因／動機を与える「機能」を附与されたのが貂蟬なのであろう。

第十五則「司徒王允説貂蟬」

以下、『演義』第十五則から第十八則（通行本では第八・九回に当たる。『演義』の版本《エディション》については附章二を参照）によって、董卓殺害の物語を辿ってゆこう（以下、四節ほどは、所謂「ネタバレ」となる。『演義』未読の方は、『演義』第八・九回をまず参照された方がよいかも知れない）。

長安遷都後、董卓の暴虐はつのるばかりであった。これを憂える司徒王允は、ある夜、庭園に出て涙を流していた。

『演義』における王允は漢王朝の未来を案じ、董卓を排除しようとする。『演義』では、王允が司徒に任命されたのは董卓入京後であることは言及されていないし、先述した、涼州対幷州というような地域的な対立も示唆されていない。王允には、あくまで漢王朝に対する忠臣、という位置《ポジション》が与えられている。

すると、女性の歎く声が聞こえる。王允が様子を窺うと、王允の邸の歌舞美人（歌舞を演じる侍女）貂蟬であった。

貂蟬の為人《ひととなり》を『演義』は以下のように描写する。ここで、貂蟬の年齢が二十歳に設定されていることは記憶しておいていただきたい。

この女性は幼い時から選ばれて王允の家に入れられていた。王允はその聡明さを見て、歌舞吹弾（「吹」は笛を吹くこと、「弾」は琴を弾くこと）を教えたが、一度教えただけで教えることのなくなる有様。九流三教（九流は学術全般。三教は儒教・仏教・道教。すなわち、学問・思想餘すところなく）について知らぬことはなく、容姿は城を危うくする（傾城）ほど美しい。二十歳になったばかりであったが、王允はこれを実の娘のように遇していた。

（『演義』第十五則「司徒王允説貂蟬」）

さて、貂蟬が嘆き悲しんでいるのを不審に思った王允は、男のことでも思っているのか、とこれを呶鳴《どな》りつける。しかし、豈図《あに》らんや、貂蟬は王允が国難を憂えているのを見て、その様子に心を痛めていたのであった。王允のためなら死すら厭わぬと言う貂蟬。王允はそんな貂蟬の様子を見て一計を案ずる。貂蟬の美貌をもって、董卓とその腹心、呂布とを離間しようというのである。

この董卓と呂布とを離間しようとする計略を、王允は「連環之計《れんかんのけい》」と称している。

まず王允は財宝を持たせた使者を呂布に送り、自邸に招く。宴席でも呂布をもてなした上、呂布と貂蟬を引き合わせ、呂布に輿入れさせることを約束する。呂布は拝跪して感謝し、この日は退出した。

翌日、朝廷に入り、董卓に目通りした王允は、その近くに呂布がいないのを確認してから、董卓を自邸に招く。さらに翌日、王允邸を訪れた董卓を王允は款待。貂蟬に舞を舞わせ、歌を歌わせる。董卓が一目で貂蟬を気に入った様子を見、王允はこれを献上しようと持ちかける。

貂蟬を董卓の府（役所）まで送った王允は帰途に就く。これを待ち構えていたのは呂布であった。

第十六則「鳳儀亭呂布戯貂蟬」

呂布は王允が貂蟬を董卓の府に送り届けたのを聞きつけ、激怒してやって来たのであった。王允は呂布に対し、董卓が明日いきなり呂布と貂蟬を結婚させるという悪戯《いたずら》を仕掛けようとしているのだ、と嘘を吐く。

翌日午《ひる》過ぎになっても董卓は起きて来ない。呂布はたまらず董卓の府に入り、董卓の侍女に事情を尋ねる。すると、董卓は昨夜新しい女性と一夜をともにしたとの返事。驚愕した呂布は、董卓の閨房の裏側に回り込み、中の様子を窺う。室内では貂蟬が髪を梳《けず》っている最中であった。貂蟬は窓外に立ち尽くす呂布の姿を見るや、眉を顰《ひそ》め、涙を拭う様子を見せた。

董卓と会見した後、呂布は帰宅。その様子は妻が恐れるほどであった。

それでも呂布は董卓の府に出仕し続けていた。貂蟬に溺れた董卓は一箇月餘りも表に出て来ない。暮春、病に臥せった董卓を貂蟬は看病していた。董卓がまどろんでいるうちに、貂蟬は呂布に対して歎きの風情を見せる。しかし、不審な様子に気づいた董卓は激怒。今後、近侍する必要はないと呂布に言い渡す。

これを知った董卓の謀士、李儒は慌てて董卓と会見してとりなす。董卓は李儒の説得を容れ、呂布に恩賞を下賜して、元の通り近侍させることとした。

病の癒えた董卓は朝廷に出仕。献帝と董卓が話している隙に、呂布は持ち場を離れて董卓の邸《やしき》へと向かう。呂布の来訪に気づいた貂蟬は、呂布を邸の後庭にある鳳儀亭へと誘《いざな》う。ついに再会を果たした二人であったが、貂蟬はすでに自分の身が汚されたことを理由に自害しようとする。呂布は慌ててこれを止め、お互いに夫婦となる意志を確認する。貂蟬は呂布が董卓を恐れているのではないかと詰るが、呂布は貂蟬と結ばれるために一計を案じると返す。なかなか離れられない二人。この場面において、貂蟬も呂布も、「妻となる／妻とする（為妻）」と言う。これは正妻となることを意味するのが通例であり（側室の場合は「為妾」）、貂蟬はともかく、すでに「妻」がいるはずの呂布のセリフとしては違和感がある（なお、通行本ではこの場面で呂布の「妻」は登場しない）。この違和感については、後程検討しよう。

一方、董卓は殿上に呂布の姿が見えないことに気づき疑心を抱く。そこで車に乗り、自分の府へ帰還。鳳儀亭に二人の姿を見つけた董卓は激怒し、呂布の持っていた戟を奪った。

呂布は逃走。肥満体の董卓はその快足には追いつけず、手中の戟を呂布に投げつけると、呂布は拳《こぶし》でこれを防いで逃げる。なおも呂布を追う董卓。しかし、門を出るところで、何者かに突き倒される。

董卓が激怒して、呂布に戟を投げつける挿話は、明らかに魏書呂布伝に拠っていよう。呂布が「拳」でこれを防いだ、というのも魏書呂布伝を踏まえた表現である。

第十七則「王允定計誅董卓」

董卓を突き倒したのは李儒であった。騒ぎを聞きつけ、董卓を止めるためにやって来たのである。

李儒は、楚の荘王（戦国時代の楚の国の君主。在位前六一四〜前五九一。呂布等から見れば八百年程前の人物である）の故事を持ち出し、董卓の天下取りのためには呂布が欠《か》かせない、その呂布を繫《つな》ぎ留めておくために貂蟬を与えるべきだ、と説く。

董卓は李儒の言を容《い》れ、貂蟬を呂布に与えることとし、李儒に仲立ちを依頼する。

奥に戻った董卓は、貂蟬に対し、呂布と私情を交わしたのではないかと詰問する。しかし貂蟬は、呂布が無理矢理自分を犯そうとしたと訴え、むしろ董卓に救われたのだ、と答えた。

続けて呂布の許《もと》へ行かせようとする考えを告げる董卓。これを聞いた貂蟬は、すでに大貴人（董卓を指す）の側にいるのに、呂布の許へゆくのは恥辱だと言い、宝剣をとって自害を図る。

慌てて貂蟬を止めた董卓は、呂布に与えることはしないと誓う。そして、呂布から害されることを避けるため、長安郊外にある郿塢《びお》に入ることを提案。董卓の天下取り（帝位簒奪を含意する）がなれば貴妃とし、ならなくとも富豪の妻となれる、というのである。

翌日、李儒が董卓に謁見。今日は吉日ゆえ、貂蟬を呂布に与えるに相応しい、と勧める。しかし、すでにその気を失っていた董卓は激怒し、李儒を追い出してしまう。李儒は天を仰ぎ、「吾等《われら》はみな、婦人の手によって死ぬのか」と歎息した。

董卓とともに車に乗り郿塢に向かう貂蟬。その車を遠くから見送る呂布に気づくと、貂蟬はわざと顔を覆い、慟哭している様子を見せた。呂布は丘の上から車を望見しながら涙を流す。

涙を流す呂布の背後から声がかかる。王允であった。董卓が貂蟬を奪った顛末を聞き、王允は驚愕する（ふりをする）。そして、董卓を「老賊」と罵る呂布を焚きつけ、董卓を殺害する方向へ誘導する。

「父子の道に背く」と逡巡を見せる呂布。それに対し、「将軍の姓は呂、卓の姓は董です」と王允は答える。呂布はついに董卓殺害を決心する。

この箇所は、先述した魏書呂布伝の記述を踏まえていよう。

王允は、僕射士孫瑞・司隷校尉黄琬とともに計劃を練る。献帝の病が癒えたことを祝賀するという理由で、郿塢から董卓を召還することとなった。董卓への使者に選ばれたのは騎都尉李粛。最近は董卓に引き立てられることもなく、深くこれを怨んでいた。

翌日、李粛は郿塢に到着。天子が董卓に帝位を譲りたいと考えていると吹き込む（無論、嘘である）。驚喜した董卓は、九十歳過ぎになる母親に事の次第を告げる。懸念する母親を笑い飛ばし、董卓は長安へ向かう。

長安への中途、様々な兇兆が現れるが李粛に言いくるめられ、董卓は長安に入る。北掖門に到着した董卓は、率いて来た兵を留め置き、わずか二十餘人を引き連れたのみで門内に入る。

待ち受けていたのは宝剣を携えた王允と士孫瑞。驚愕した董卓を武士一百餘が取り囲み、刺し殺そうとするが、董卓は常日頃から用心のため鎧を着込んでおり、戈《ほこ》は通らない。

「呂布は何処か？」と叫ぶ董卓。その声に応じて呂布が現れる。しかし、呂布は「詔書がある」と言い放ち、一撃で董卓の喉を貫いた。その首級を李粛が掻き斬る。ここに董卓は最期を迎えたのであった。享年五十四歳。時に初平三年（一九二）四月二十二日であった。

史書に董卓の享年は記載されておらず、『演義』が董卓の享年を五十四歳とする根拠は不明である。また董卓の死んだ日については、『後漢書』献帝紀は「四月辛巳（二十三日）」、前掲した魏書呂布伝裴註も四月二十三日としている。『演義』は何らかの理由で一日誤っている可能性が高い。

董卓の謀士であった李儒は、自分の家奴に縛り上げられ、護送されて来た。王允は郿塢に残る董卓の残党を誅殺するよう命令を下す。呂布は皇甫嵩《こうほすう》・李粛とともに郿塢に向かった。

郿塢に残っていた董卓の残党、李傕・郭汜・張済・樊稠の四将は、董卓死すの報を受けるや、地元である西涼方面へ遁走。郿塢に入った呂布は、貂蟬を長安へ送り返す。

貂蟬はここで一旦退場する（なお、通行本にはこの叙述はない。もっと早く郿塢に向かう場面で貂蟬は退場していることになる）。この後、思わぬところで再登場するのだが、これについては後述することとしよう。

呂布は城内に留め置かれていた良家の子女八百名を除き、郿塢城内の人々を皆殺しにする。その数は一千五百を超え、中には九十歳を過ぎた董卓の母も含まれていた。

董卓の遺骸は大通りに晒された。兵士の誰かがその臍《へそ》に灯心を差し込んで火をつけると、明々と燃えて辺りを照らしたという。通りすがる者は皆董卓の頭を殴り、ついには粉々になってしまった。李儒は生きたまま市に引き出されたが、人々は争ってその肉を喰らったという（怨みを晴らしたことを示す表現）。

さて、長安城内は董卓の死を喝采する声で溢れた。そんな中、董卓の遺骸にすがって哭く者があった。激怒した王允は、その者を連れて来させる。

第十八則「李傕郭汜寇長安」

連行されて来たのは侍中の蔡邕《さいよう》であった。激怒した王允は蔡邕の処刑を命令。蔡邕は当時を代表する大学者であったから、公卿たちは助命を嘆願したが、王允は処刑を強行。蔡邕は獄死した。

さて、董卓の残党である李傕・郭汜・張済・樊稠は陝州に留まり、長安に使者を出して恩赦を願い出る。しかし、王允はこれを拒絶。やむなく李傕は各々勝手に逃走しようと考えるが、これを止めたのが謀士賈詡であった。賈詡は、一か八か陝西の兵を聚《あつ》めて長安へ攻め込むべきだと献策。

李傕等はこの策に乗り、半月も経たずに十数万の軍を聚め、四手に分かれて長安を目指す。その中途で董卓の女婿牛輔と遭遇。これを先鋒として進軍を続ける。

涼州兵の接近を知り、呂布が迎撃に出る。その先鋒は李粛であった。李粛は牛輔と交戦。緒戦には快勝したが、その夜に夜襲を受け、今度は惨敗を喫する。激怒した呂布は李粛を処刑。呂布の苛烈さに戦慄し、配下の兵たちの心情はかえって呂布から離れてしまう。

翌日、呂布は牛輔を撃破。敵わぬと見た牛輔は、配下の軍を見棄て逃走しようと考える。しかし、牛輔の持ってゆこうとした財宝に眼が眩んだ牛輔配下の胡赤児《こせきじ》が牛輔を殺害。その首級を呂布に届ける。しかし、胡赤児が財宝のために牛輔を殺害したことを知った呂布はこれを処刑する。

呂布はそのまま李傕の本隊と激突。呂布の勇猛に抗し切れず、李傕の軍は五十里餘り後退する。李傕は一計を案じ、郭汜の軍を呂布軍の背後に回り込ませる。前後から挟む形とし、呂布が李傕に向かえば郭汜が攻撃し、郭汜に向かえば李傕が攻めることで、呂布を足止めしようというのである。その間に、樊稠と張済は別動隊となり、長安へと向かった。

長安襲撃の急報を受けた呂布は、慌てて長安へ戻ろうとする。李傕と郭汜はこれを追撃。形勢不利と見た呂布軍の兵士の多くは敵軍に投降してしまう。

何とか長安城内に戻った呂布であったが、四方を包囲され籠城を餘儀なくされる。包囲されること十日。董卓の部下であった李蒙と王方が城門を開け放ち、李傕等の軍が城内に殺到して来た。

呂布は数百騎を率いるのみとなり、城外への脱出を企図して王允を誘う。しかし、王允はこれを拒絶し、天子を守るために城内に残ることを選ぶ。呂布は自分の家族（妻小）を連れ、わずか百騎餘で城外に脱出。東方の袁術の許へ落ち延びていった。

ここで呂布の「妻小（妻と子）」が登場するが、貂蟬の名は直接的には記されない。

城内では掠奪が始まり、多くの高官たちが死んでいった。献帝の近侍は、帝自ら李傕・郭汜に姿を見せるよう促す。

天子が門楼の上に現れたのに気づいた李傕・郭汜等は万歳を叫ぶ。何故長安に押し入ったかと問う献帝に対し、董卓の仇討ちのためだと答え、王允を非難する李傕と郭汜。献帝の側にいてそれを聞いていた王允は門楼の下に跳び下り、二人を面罵する。激怒した李傕と郭汜はついに王允を斬り殺した。

王允の宗族数十人はみな処刑された。これを知って涙を流さぬ者はなかったという。

董卓死後の、呂布・王允対李傕・郭汜等の争いは、先述した魏書呂布伝の叙述に準拠していると思しい（董卓が処刑された時、牛輔や李傕・郭汜等がいたのは長安の西方ではなく東方である等、細かな相異は枚挙に暇がないが）。

となれば、ここまで見てきた、王允が董卓殺害を企図して呂布を抱き込み、董卓を殺害、その後、董卓の残党の逆襲を受けて呂布は逃走、王允は死亡、という物語は大略《おおよそ》史書に一致していることになる。やはり、貂蟬の存在／挿話だけが、際だって「虚構」なのである。ならば、何故、貂蟬は物語に登場することになったのか？　この問題の考察こそが、『演義』の特質を考えることに繋がる。

貂蟬の最期

貂蟬という女性は、正史『三国志』に登場しないという意味で、まぎれもなく「虚構」の人物でありながら、三国志物語の読者のほとんどがこれを知っているという、稀有な存在である。

貂蟬の存在が広く知られるようになったのは、日本においては、一に『演義』（およびそれを濫觴とするテクスト）の影響と言えよう。ただし、日本における貂蟬の語られ方には、本家中国とは決定的な相異がある。彼女に備わっているべき属性で缺落しているものが存するのだ。

それを明らかにするために、貂蟬の「最期」を語る作品を見ておこう。吉川英治『三国志』の「群星の巻・人間燈」がそれである。

彼女〔貂蟬を指す〕は郿塢城の炎の中から、呂布の手にかかえられて、この長安へ運ばれ、呂布の邸にかくされていたが、呂布がふたたび戦場に出て行った後で、ひとり後園の小閣にはいって、見事、自刃してしまったのである。（吉川英治『三国志』）

所謂「連環之計」の掉尾である。吉川『三国志』において、貂蟬が呂布に近づいたのは、『演義』と同じく、呂布の主君である董卓と呂布とを離間させるためであった。その計略が王允から発している点も『演義』と一致する。ならば、貂蟬には呂布に対する恋慕の情など（無論、董卓に対するものも）あるはずがない。

そして、見事、呂布に董卓を殺害させるという計略を成就した貂蟬は、自害して果てる。生き延びていれば、文脈からして、呂布の妻として迎えられていたであろうから、彼女の自害はそれを拒否したようにも解釈できる。この「自害による最期」は、吉川『三国志』を原作とする漫画、横山光輝『三国志』においても踏襲され、日本の三国志読者には馴染み深いものであろう。

ただし、横山『三国志』では省略されているが、吉川『三国志』は、次のような記述を附加する。

自害した貂蟬を前に慟哭する呂布であったが、やがて彼女が身に着けていた鏡嚢《かがみぶくろ》に気づく。そこに蔵されていた詩によって、呂布はついに貂蟬の真の意図を知るのである。

呂布もついに覚った。貂蟬の真の目的が何にあったかを知った。
彼は、貂蟬の死体を抱えて、いきなり馳け出すと、後園の古井戸へ投げこんでしまった。それきり貂蟬のことはもう考えなかった。天下の権を握れば、貂蟬ぐらいな美人はほかにもあるものをと思い直した容子だった。（同前）

いずれにせよ、ここで貂蟬は自害して果てる。これにより物語の舞台から退場してしかるべきと思われるが、些か奇妙なことに、吉川『三国志』において、貂蟬はこの場面をもって完全に退場するわけではない。「草莽の巻・健啖天下一」に曰く。

夜は、貂蟬をはべらせて、酒宴に溺れ、昼は陳大夫《ちんたいふ》父子を近づけて、無二の者と、何事も相談していた。
それが呂布の近状であった。（同前）

また、「臣道の巻・煩悩攻防戦」では、軍師役の陳宮《ちんきゅう》が提案した「掎角の計」に従い出陣することを決めた呂布に対し、正室厳氏《げんし》に続いてその出陣を止める役回りを務めている。

このように引用すると、あたかも死んだはずの貂蟬が甦ったかのようであるが、そういうわけではない。タネは「健啖天下一」「煩悩攻防戦」に先立つ「草莽の巻・花嫁」で明かされている。呂布の閨室について記述される箇所で、正妻の厳氏、第二夫人の曹豹《そうほう》の娘について言及した後、「妾」として「貂蟬」がいたことが記される。


呂布も煩悩児であった。

長安大乱のなかで死んだ貂蟬があきらめきれなかった。それ故、諸州にわたって、貂蟬に似た女性をさがし、ようやくその面影をどこかしのべる女を得て、

「貂蟬、貂蟬」と、呼んでいるのだった。

（同前）


「連環之計」を成し遂げた後、死んだはずの貂蟬とは別人の貂蟬がいるわけである。しかし、この貂蟬は、先に挙げた「健啖天下一」と「煩悩攻防戦」に登場するのみであり、それほど活躍の場が与えられる訳ではない。それでは、なぜ、貂蟬を甦らせる必要があったのであろうか？

『演義』を繙《ひもと》くとこの疑問は氷解する。吉川『三国志』と異なり、董卓誅殺後に『演義』の貂蟬は自害などしない。そして、呂布の閨室について説明のある通行本第十六回にやはり「妾」として紹介され（ただし、通行本『演義』に先行する古い形態の『演義』では登場しない）、第三十八則「白門楼曹操斬呂布」（通行本では第十九回に相当）では、陳宮の計に従い出陣しようとする呂布を止めている。

すなわち、吉川『三国志』は、貂蟬の登場箇所について、『演義』を忠実に踏襲している。しか

し、董卓誅殺の後、貂蟬を自害させたという脚色を加えたがために、呂布が別人を求めて貂蟬と名づけたという更なる脚色を持ち込まざるを得なかったのであろう。

『演義』の貂蟬は自害などしないのであるから、それを踏襲しておけば、このような脚色は不要であった。しかし、「連環之計」における貂蟬の目的は、小は自らを養ってくれた王允の恩義に報いることにあり、大は漢室の危機を救うことにある。

そこには呂布への恋慕の情など入り込む餘地はないし、事実、『演義』でもそのような描写は微塵も描かれない。となれば、後に呂布の「妾」に納まるという貂蟬の行動は奇異にさえ見えてくる。吉川『三国志』が加えた、貂蟬の自害、そしてもう一人の貂蟬という脚色は物語の完成度を上げるための必然でもあったのであろう。

ここに、一つの疑問が生じる。『演義』は、何故「連環之計」後の貂蟬を、何の説明もなく、呂布の「妾」として再登場させたのか。換言すれば、なぜ貂蟬と呂布は結ばれたのか。

しかし、『演義』諸本は、この問題について黙して語らない。

何故なら、日本人読者にとって奇妙に思われる、「呂布と貂蟬が結ばれる」という物語が、中国の読者にとっては至極馴染み深いものであったからである。そして、これこそが、先述した日本で語られる貂蟬には缺落している属性なのである。

『演義』以前の貂蟬

呂布と貂蟬の物語について語られる際、その濫觴として、魏書呂布伝に現れる「董卓の侍女」の存在が指摘されるのは、本章冒頭に述べた通りである。

しかし、「董卓の侍女」の存在は、『演義』が必ずしも史書のみから貂蟬の物語を生み出したことを保証しない。むしろ、直截には史書を全く参考にしていない可能性すらある。史書と『演義』の間に、貂蟬の物語を語る分厚い先行テクスト（少なくとも、先行テクストが存在した痕跡）が存するからである。

この事実は、すでに多くの先行研究によって指摘されている。代表的なものは、高橋一九七四であろう。ただし、高橋の指摘には、筆者の首肯し得ない部分も存在する。それについて反論する過程で、特に、前節で述べた日本の貂蟬に欠落している属性、すなわち「呂布と結ばれる」という物語がどのように語られていたか、示唆を得られるように思われる。

高橋繁樹「『連環計』の虚構」について

高橋の研究は、標題に示される如く、『演義』に現れる「連環之計」が何を起源とするかを解き明かそうとしたものである。その要点は以下の三点に集約できる。

①『演義』に先行する『三国志平話』、および先行する可能性の高い「錦雲堂美女連環記」雑劇（以下、「連環記」と略称）において、すでに貂蟬が登場し、王允による董卓と呂布を離間する策略を成功させる鍵となっていること。

②『平話』と「連環記」雑劇ではともに、呂布と貂蟬は元来夫婦であったと設定されていること〔附言すれば、『平話』・雑劇ともに、戦乱によって二人は離散したことになっている〕。

③『平話』と「連環記」雑劇を比較した場合、『平話』には現れない「連環」の語が雑劇には見えること。これは、雑劇が『演義』により接近していることを意味する。また、『平話』では王允に使われる道具に過ぎなかった貂蟬が、雑劇では『演義』に及ばないまでも自ら策略を成功させようとして能動的に動く存在であること。

①は『演義』にも共通する。『演義』の貂蟬の物語が、正史を直截の原拠とした『演義』の創作などではなく、時間的にはその中間に位置するテキストを取捨選択して成立していることを示唆している〔ただし、この事実は、『演義』が、現存する『平話』や「連環記」雑劇に直截依拠していることを必ずしも意味しない〕。

②は、最も重要な指摘である。呂布と貂蟬は元来夫婦であり、戦乱により離散したという設定こそが、『演義』において、「連環之計」の後、貂蟬が呂布の「妾」として再登場するという事象を導くと思われるからである。すなわち、呂布と貂蟬は夫婦であるべきだという認識が広く共有されていたからこそ、『平話』や雑劇に比して、はるかに史実へ接近しているはずの『演義』でさえ、貂蟬を最終的には呂布と結びつけざるを得なかった。

しかし、前述したように、ここには齟齬があることも忘れてはなるまい。繰り返しになるが、『演義』に描かれる「連環之計」を素直に読む（つまり『平話』や雑劇などに拠る先入観を形成されていない）限りにおいて、貂蟬が呂布の「妾」となるのは不自然に映る。それゆえ、吉川『三国志』は「連環之計」の貂蟬を自害させた後、別人を貂蟬として再登場させるという脚色を必要とした。換言すれば、物語としての齟齬／不自然を生じてさえ、貂蟬と呂布を結びつけざるを得ないほど、この二人を夫婦とする認識は拡がっていたということになる。

さて、①②については、筆者も高橋の見解にほぼ賛同する。問題としたいのは③である。高橋は、『演義』の「連環之計」を一種の完成形と見、『平話』から「連環記」雑劇、そして『演義』へと「進化」するという見解を採る。雑劇が『平話』を、『演義』が雑劇を直截参照したとはしないが、議論の方向性としてはそれを前提としているように思われる。

大まかな流れとしては、そのような傾向があった可能性は否定しない。しかし、特に「連環記」雑劇については、『平話』と『演義』の中間形態と位置づけてしまうことで、それが内包している多くの要素を捨象してしまう恐れがある。

例えば、高橋は「平話の貂蟬が没個性的・没人格的であったのに対して、雑劇の貂蟬は一個の人格が形成されている」証拠として、雑劇の貂蟬が発する以下の白《セリフ》を挙げる。

わたくしを乗せた車があなたの門の前まで来た時、父上〔董卓を指す〕は大勢の者に行く手を遮らせ、そのままお屋敷に連れ込んでしまいました。一体どこに、父親たる者が息子〔呂布を指す〕の嫁を自分の妻になどという道理がありましょうや。奉先さま、あなたも一人前の立派な男。天地に臆すところなどないはず。自分の妻も自由にできずに、何たる態たらく。恥ずかしくはないのですか。

これに先立つ場面では、貂蝉は王允によって董卓の邸に連れて来られている。董卓に無理矢理邸内に引き入れられたわけではない。つまり、貂蝉の言は明らかな虚偽であり、呂布を焚きつけるためのものであると言えよう。つまり、貂蝉は王允の策略に従い、自分の夫である呂布を騙し、その主君を殺させようとしているわけである。確かに能動的な行動であり、『演義』の貂蝉と相通ずるものがある（なお、ここで董卓と呂布が、父子の関係に擬せられていることにも注目しておきたい。この叙述が持つ意味については第五章で検討する）。

しかし、実のところ、「連環記」雑劇において、貂蝉が能動的に王允に加担する描写は、ほぼこの一箇所のみである。むしろ、この段階にあっても、『演義』の貂蝉とは懸隔があるとも言い得る。事実、後代の版本では、貂蝉の能動性がより一層強調されるような改変を加えられている可能性が指摘できる。そこで、この「連環記」雑劇に、高橋とは些か異なる、筆者なりの分析を加えてみたい。

「錦雲堂美女連環記」雑劇

三国志読者であっても決して馴染みのある物語ではない、この雑劇の梗概を述べることから始めるべきであろう。邦訳の豊富な『演義』やあるいは概説書等で言及されることの多い『平話』と異なり、雑劇の詳細はあまり認知されていないように思われるからである（幸い、三国志ものの雑劇については井上泰山訳『三国劇翻訳集』という労作が出来しており、現存する雑劇については邦訳の参照が可能である）。

そもそも「雑劇」とは、元代に始まる演劇であり、中国最初の本格的演劇とも言われることもある（演劇としての雑劇の特徴等については、コラム10を参照）。

「連環記」のテキストとしては、「息機子本《そくきし》」と称されるものが現存している。息機子本の刊行は万暦二十六年（一五九八）とされており、現存するテキストには、これを校訂した趙琦美《ちょうきび》による万暦四十三年（一六一五）の跋が附されている。『演義』の現存最古とされる版本は嘉靖壬午（元年、一五二二）の「引」を持つので、刊行そのものは『演義』に後《おく》れることになる。しかし、これは、「連環記」の物語の形成された時期が、『演義』より遅いことを必ずしも意味しない。むしろ、その内容は『演義』に先行すると判断される箇所も少なくないのである。

以下に、「連環記」雑劇の梗概を示す。

第一折

董卓は王允が自分に反感を持っていると疑い、呉子蘭《ごしらん》と王允が董卓打倒の密議を凝らす呉子蘭邸に乗り込む。二人は何とか董卓をおだてて切り抜けようとするが、董卓は禅譲を迫り帰ってゆく。残された二人は善後策を思案する。

第二折

禅譲の知らせを待つ董卓の前に太白《たいはく》が現れる。それにより董卓の死を察した蔡邕は王允へと知らせ、「美女連環記」という言葉を残して立ち去る。王允は、ひとり後園に出る。そこでは貂蟬が侍女の梅香《ばいこう》を連れ焼香を行っていた。王允はそのわけを詰問するが、貂蟬はなかなか答えない。しかし、ついに呂布が自分の夫であること、戦乱で離れればなれになったことを告白する。王允は蔡邕の言った「美女連環記」が何であるかを悟り、貂蟬に協力を求めた。

呂布を自宅に招いた王允は酒宴を設けて貂蟬に歌わせる、呂布は、この女性が離れればなれとなった自分の妻であることに気づき、王允は彼女を呂布に帰すことを約束する。しかし、呂布の帰宅後、王允は董卓を招く使者を出す。

第三折

董卓は王允邸に招かれ貂蟬に引き合わせられる。その美しさに驚いた董卓は夫人に迎えることを求め、王允は喜んでそれを許す。

翌日、王允は貂蟬を董卓のもとへ送り届けた直後、待ちかまえていた呂布に詰問される。王允は董卓の非道を詰り、呂布を煽動する。呂布は董卓が酔って寝込んだ隙に、貂蟬と密会する。貂蟬が董卓の非道を訴えるところに、目を醒ました董卓がやって来る。怒った董卓は呂布を殺そうとするが、逆に呂布に殴り倒され、呂布は逃走した。

第四折

呂布は王允のもとへ逃げ、ついに董卓誅殺を決意する。そこへ呂布追討の命を受けて李粛がやって来るが、王允は彼をも説き伏せ同志とする。王允は蔡邕を使って董卓を朝廷へと呼び出そうとする。数々の兇兆が起き、腹心の李儒はそれを嫌い、董卓を行かせまいとする。しかし、董卓は蔡邕に言いくるめられ出発する。朝廷に着くと、王允は蔡邕に董卓誅滅の詔書を読み上げさせ、逃げようとした董卓を李粛が討ち、呂布がとどめを刺す。呉子蘭が王允等の功績を称えて、劇は幕を閉じる。

物語は『演義』との共通点もある一方で、『演義』では李粛の演じた役割を蔡邕が演じる等、『演義』との相異点も多々存在する。しかし、そもそも演劇と小説というジャンルの異なる文藝で、差異があるのは当然であろう。また、大きな差異についてはすでに高橋の指摘するところでもある。

ただ、高橋は言及しないが、注目すべきと思われる点が幾つかある。

「連環記」と「連環計」

前述したように、『演義』において、董卓と呂布を離間させる策略は「連環之計」と称される。一方、雑劇の正名は前述のように「錦雲堂美女連環記」である。この相異に意味はあるのだろうか？

高橋は「計」と「記」が元代の北方音を記録した韻書『中原音韻』では全くの同音であることから、「当時あるいは音通してもちいられていたのかもしれない」と言う。しかし、同時に「『連環記雑劇』の書き手は、『計』と『記』を区別しているふしもあり、『連環計』という名称をまだはっきりとは自覚していなかった可能性がある」とも述べており、結論を留保している。

しかし、「連環記」の「記」を「計」の音通である、と解釈するのは、やや無理があろう。何となれば、雑劇あるいはそれ以外の伝統演劇において「○○記」という標題は頻用されるものであり、わざわざ「記」字を「計」の音通字と解釈する必然性がないからである。標題に頻用される以上、素直に「記」と解すべきであり、高橋の見解は、『演義』の「連環之計」を雑劇に見出すことに拘泥し過ぎているように思われる。

　ところで、伝統演劇において「○○記」という標題がしばしば現れるだけであれば、「連環記」の「記」もさほど注目に値するようには見えない。しかし、雑劇に限定した場合、この「○○記」という題目（厳密には「正名」と称すべきだが）には特別な意味があるのかも知れない。具体的には、ある類型に属する演劇について、集中的に「○○記」という標題が附されているのである。

　荘一九八二に収める雑劇の中、「○○記」という標題のものは、八十九篇が確認できる（竹内計数。ただし、別作者に拠る同題のものを含む。以下同）。同書に収められた雑劇は計一三二六種であるから、およそ七％の雑劇は「○○記」と称されていることになる。これを多とするか寡とするかは見解が分かれるであろうが、八十九篇という数は決して少なくない。もっとも完全に現存するものは三十二篇（「連環記」を含む）に過ぎず、残り五十七篇は断片が残るか、目録などで標題が伝えられるのみである。

　さて、現存する三十二篇は、その物語の内容によって幾つかに分類できる。①仏教あるいは道教的な主題を中心とするもの（便宜的に「宗教譚」と称する。以下同）。②夫婦ではない男女が紆余曲折の末に結ばれるもの（「才子佳人譚」）。③元来、夫婦であった男女が紆余曲折の上に関係を回復する（「夫婦重円譚」）。④その他。②と③は同一のものとしてもよいかも知れないが敢えて分ける。①～④の数的な内訳は以下の通り。

①宗教譚　　七篇　　　②才子佳人譚　　十篇
③夫婦重円譚　四編　　④その他　　　　十篇

右の分類には「連環記」を含めていないので、計三十一篇となる。なお、「その他」の中には、離散した家族が再会する物語（二篇）や家族の一人を殺された事件の復讐／解決の物語（二篇）、あるいは夫婦関係の壊れてゆく物語（二篇）が含まれている。

となると、男女関係（特にその成就や回復）、またそこから拡大される「家族」という主題を持つものが計二十篇もあることになる。つまり、雑劇においては、「〇〇記」という題目は、宗教譚か男女関係の物語に附される傾向を明確に確認できる。また、残る五十七篇についても、荘一九八二の考証に従えば、①宗教譚に属するであろうものが三篇、②才子佳人譚が十篇、③夫婦重円譚が二篇、あると思われる。ちなみに五十七篇の中、三十二篇については内容が全く未詳であるから、内容のある程度推測できる二十五篇の中、十五編は①～③のいずれかに属することになる。「〇〇記」という題目が、その物語内容とかなり密接に関わっていることが推測される。

これに対し、雑劇中で相当の数を占める「三国志もの」「水滸伝もの」については、少なくとも現存する作品には、「〇〇記」という題目のものがほぼ存在しない。管見の限り、「連環記」雑劇が唯一の例外なのである。そして、先述した梗概に明らかな通り、「連環記」において、呂布と貂蟬の再会、すなわち夫婦重円が一つの主題であることは疑いない。つまり、「連環記」という標題は、他の

「○○記」雑劇と共通する基盤の上に附されたものだと判断できよう。換言すれば、この雑劇の標題には「連環計」ではなく『連環記』こそが相応しい、ということになる。

ただし、他の「○○記」と決定的に異なる点もある。先の分類の②才子佳人譚、あるいは③夫婦重円譚に属する雑劇においては、中心となる男女関係の当事者が主役（正末、正旦）となる。例外的に歌唱するのは主役のみ、という雑劇の原則を離れ、双方（＋α）が歌い手を務める場合もあるが、これも男女関係の当事者が歌うという点では異なる所がない。

翻って、「連環記」雑劇の主役は誰であろうか。前節で述べた梗概からも推測がつくかも知れないが、その主役（正末）は王允なのである。男女関係の当事者（貂蟬と呂布）は主役として扱われない（そもそも「連環記」において貂蟬が登場するのは第二折と第三折に限られる。呂布でさえも第一折には登場しない）。つまり、「連環記」は、夫婦重円という「○○記」雑劇に相応しい主題を含む内容でありながら、歌唱者という点では、「○○記」雑劇の定型から著しく逸脱した特異な雑劇だということになる。

息機子本と『元曲選』

それでは、この「連環記」雑劇の特異性は何に起因するのであろうか。

臆測を逞しくするならば、現存する「連環記」に先行する「連環記」があり、それを大幅に改変したゆえだという推論が可能である。つまり、本来の「連環記」は「○○記」の名に相応しく、貂蟬もしくは呂布を主役に据える雑劇であったが、後に王允を正末としたものに改変されたのではないか？

断片的にではあるが、この臆測を裏付ける材料を幾つか挙げることができる。現存の「連環記」雑劇の正末が王允であるのは先述した通りだが、一曲だけ別人が歌う箇所がある。第二折の【双調・折桂令】がそれであり、歌うのは他ならぬ貂蟬である。

場面は、王允が、呂布に貂蟬の存在を悟らせるよう、歌わせる箇所であり、彼女が歌う必然性はある。しかし、雑劇という演劇形態に照らした場合、このようにして主役以外が歌うというのはかなり形式から逸脱している。

雑劇において、主役以外が歌う場合、ある程度の「型」が存する。管見の限り、第一折の冒頭あるいはそれぞれの折の套数（組曲）が終わった後に番外的に置かれることが多いようである。歌うのも「浄（道化役）」やそれに類する役回りが多い。「連環記」のような形で一曲だけ女役（旦児）が歌う、それも套数に含まれる曲辞を歌うのはかなり例外であるように思われる。

ただし、先述したように、男女関係を主題とする「〇〇記」雑劇は、当事者の男女が歌うのが通例であり、その点から言えば、貂蟬が歌うのは通例に則っている。牽強であるかも知れないが、この奇妙にねじれた現象は「連環記」が古くは貂蟬を主役（正旦）とする劇であった名残ではなかろうか？

そのような偏見《フィルター》を通して見ると、「連環記」雑劇に現れる描写が、他の三国志ものの雑劇に現れる定型からは逸脱しているようにも思われる。それを明確にするためには「連環記」の二つの版を比較することが有効であろう。

ここまで「連環記」雑劇は、息機子本と呼ばれるテキストのみを見てきた。しかし、この雑劇には別のテキストが存する。明の臧懋循《そうぼうじゅん》が編纂した『元曲選』がそれである。

息機子本が万暦二十六年（一五九八）の刊行であるのに対し、『元曲選』の刊行は万暦四十三年

（一六一五）であるからやや後れる。また、息機子本が恐らくは上演用テキストをそのまま刊行したと考えられるのに対し、『元曲選』は完全に「読む」ことを前提にしており、先行テキストの白《セリフ》や曲辞にかなりの改変を加えたとされるのが定説である。

以下、両者の相異について述べる。ただし、実のところ、『元曲選』が息機子本を底本とし、これを改変して成立したか否かの断定は難しい。しかし、『元曲選』が、より新しい、より『三国志演義』に近い描写を持っていることは疑いなく、換言すれば、息機子本と『元曲選』の相異点は、前者がより古い形を保存していることに起因する可能性は高い。

まず両者は題目が異なる。息機子本が「錦雲堂美女連環記」であるのに対し、『元曲選』は「錦雲堂暗定連環計」と題する。後半は「暗《ひそか》に連環計を定む」と訓《よ》むべきなのであろう。そして、「連環記」と「連環計」の相異の持つ意味については先述した通りである。

本文の描写に入ってゆこう。まず、第一に息機子本では呂布の愛馬である赤兎と愛用の武器である方天画戟について全く言及がない。第二折に云う（以下、比較の都合上、原文を示す。傍点筆者。以下同）。

［貂蟬跪科云］……昨日与母親在看街楼上。見一行歩従擺着頭搭過来。原来可是呂布。您孩児因此上焼香説禱告。

（息機子本）

［貂蟬跪科云］……昨日与奶奶在看街楼上。見一行歩従擺着頭踏過来。那赤兎馬上可正是呂布。您孩児因此上焼香禱告。要得夫婦団円。

（『元曲選』）

王允に対する貂蟬の白《セリフ》である。昨日、望楼から町の様子を見ていると、歩兵の一団が露払いをしながら歩いており、その中に呂布がいたというのである。『元曲選』では呂布が赤兎（馬）に乗っていたことが明言されるのに対し、息機子本では言及がない。

続いて第三折の【般渉調要孩児】（『元曲選』では【要孩児】）という曲を見る。

覷了你箇呂温侯本是人中様。清耿耿名揚四方。虎牢関下顕英昂。貌堂堂不比尋常。（息機子本）

覷你個呂温侯本是英雄将。則這条方天戟有誰人抵当。也曽虎牢関外把姓名揚。嚇的衆諸侯胆落魂亡。（『元曲選』）

曲牌（一つ一つの歌の題名。曲のスタイルを規定する）が変わっているので判り難いが、傍点を附した第二句において後者には「方天戟」が現れるのに対し、前者には現れない。

つまり、雑駁な言い方だが、『三国志演義』に照らした場合、『元曲選』は、息機子本よりもはるかに『演義』に近い。というよりも、『平話』や他の雑劇でも呂布と赤兎馬／方天戟は結びつけられることが多いことから考えると、息機子本の描写は相当『演義』から遠い、と言うべきかも知れない（方天戟については第五章、赤兎馬については第三章参照）。

もう一点、息機子本と『元曲選』の相異点として挙げるべきは、貂蟬の能動性である。息機子本の貂蝉はさほど能動的だとは言い難いと先述した。これに対し、『元曲選』は、貂蝉の能動的行為を幾らか書き加えている。これは、息機子本の貂蝉が能動的だと受け取られ難いことを逆説的に証明していよう。第三折の末尾を引用する。

［董卓云］李粛拏這呂布去了也。若来時。報復我知道。我渾身疼痛。夫人。扶着我且回去後堂中去来。［同旦児下］　（息機子本）

［董卓云］李粛拿這畜生去了也。不怕這畜生不来。夫人。我渾身跌得疼痛。你好生扶着我回後堂中去。［旦児云］幸得太師早来。不曾被那廝点汚。太師且自保重者。［做扶下］　（『元曲選』）

息機子本では呂布に殴り倒された董卓が、全身の痛みを訴えて貂蝉に助けを求め、ともに退場する。これに対し、『元曲選』では、董卓の懇願を受けた貂蝉の白《セリフ》が増える。その内容は「太師が早くいらしてくださったので、彼奴《きゃつ》に身を汚されずにすみました。太師もお大事になさってくださいませ」というものである。董卓を労り、呂布を蔑むこの言葉は、貂蝉が王允の策略を成功させるべく能動的に行動していなければ出てこまい。『元曲選』の貂蝉は、積極的に呂布と董卓を離間しようとするのである。

もう一つ、息機子本にあって、『元曲選』にはない記述を引こう。第二折末尾、貂蝉が呂布との再会を果たした後のことである。

［旦児〔貂蟬を指す〕、セリフ］父上はもどられた。今日、夫の呂布に会えるなどとは思いもかけぬこと。なんとも嬉しいかぎり。

［梅香〔貂蟬の侍女〕、セリフ］姉上さま、今日、旦那様に会えるなんて、思いもしませんでしたわ。あんなにハンサムなお方、あたしまでも嬉しくなりましてよ。

［旦児、セリフ］特に用もないから、奥座敷にもどりましょう。夫と今日は再会叶い、切れた弦が再び繫がる。［共に退場］

（息機子本）

「ハンサム」と訳出した箇所は原文では「標致」である。侍女梅香が呂布を評した語だが、明清の白話小説などを閲すると、『三国志演義』には全く用例がない一方で、所謂「世情もの（男女関係を主題とする作品）」に属する『醒世姻縁伝』には頻出する。しかし、多くの場合、女性の美しさを評する語として用いられるのである（だからこそ女性があまり登場しない『演義』では見られないとも言える）。『演義』の呂布も美男子として設定されていると思《おぼ》しい。しかし「連環記」の呂布は、単なる美男子ではなく、ある種女性的な美貌を持つ、恐らくは「年若い」ことを含意する語で形容されているのである。

「才子」呂布

息機子本すなわち「連環記」雑劇は、「武人」呂布、換言すれば「最強」呂布の象徴たる赤兎と方天戟に言及せず、呂布自身は「標致」という女性美を評するような語で形容されていた。

つまり、「連環記」で描かれる呂布は『演義』などを通じて我々が知っている呂布と大いに形象を異にする。貂蝉が疑いなく「佳人」であることを考えれば、この呂布は「才子（色男）」としての位置づけを与えられているとも言える。

その才子と佳人が再会して団円を迎える。となると、その存在を推定した「連環記」の原型は、極めて類型的な才子佳人（美男美女）による夫婦重円譚であったことになる。これは、『平話』や他の雑劇などで語られる呂布の物語とは明らかに別系統である。

『元曲選』では、呂布に対して、広く認知される「赤兎馬」「方天戟」という記号が書き加えられ、貂蝉は益々能動的になって『演義』の貂蝉に近づいてゆく。この改変が、『演義』等、他の呂布物語との整合を志向していることは明白である。逆説的に言えば、「連環記」の物語が『三国志演義』的ではない、ということを、『元曲選』の改変は照らし出しているのである。

貂蝉の物語の変遷

貂蝉は、『演義』に先行する『平話』の段階で、すでに登場している。つまり、『演義』が貂蝉を創作したわけではない。『演義』はあくまで、（直截に『平話』に拠るか否かはともかく）先行テクストを継承し、それを改変したわけである。

ここまで、雑劇を中心に述べて来たが、『平話』の貂蝉もまた、そもそも呂布の妻である。戦乱で生き別れとなり、貂蝉は王允に庇護され、やはり呂布と董卓とを離間する計に利用される。

『平話』は、董卓の死後、貂蟬がどうなったかを語らない。しかし、元々夫婦であり、董卓殺害という王允の目的が達せられた以上、貂蟬は呂布の許へ帰った、と考えることに無理はあるまい。『平話』もまた、夫婦重円の物語を内包しているわけである。

確認したように、雑劇では、「〇〇記」という題目で夫婦重円がしばしば語られるのであるから、むしろ話は逆なのかも知れない。三国志の物語が形成される過程で、類型的な夫婦重円譚を趣向として取り込もうとする意志が働いた。それは、簡単に言えば、受け手（読者／観衆）にうける物語にしたかっただけではないのか。そこで、固有名詞として選択されたのが呂布であり、相手役として「創造」されたのが貂蟬であった。こうして貂蟬の物語が誕生する。呂布が選択された以上、貂蟬が董卓や王允と絡むのは必然である。

その貂蟬の物語が、『平話』／雑劇から『演義』に継承されるに至って、大きな変更がなされる。物語の主題が、「呂布と貂蟬の夫婦重円」から「忠臣王允による董卓殺害」となるのである。貂蟬の位置《ポジション》は、呂布から遠ざけられ、王允に接近した。その結果、「元来、呂布の妻であった」という設定は消滅し、「歌舞美人ではあるが、王允が実の娘同様に遇して来た女性」だと再設定された。実の娘同様の存在であるから、貂蟬は、「父」である王允のために「孝」を尽くし、王允の朝廷に対する「忠」を全うさせる。しかもその行動は、ありきたりな「孝女（親孝行な娘）」の枠を大きく逸脱する。

前述した『演義』の梗概に明らかだが、『演義』の貂蟬は慎ましやかな女性ではない。むしろ、積極的に（自らの身を汚してまで）董卓と呂布とを離間しようとするのであり、その行動は時に悪女めいて見える（実際、後世しばしば悪女として語られる）。その行動の動機が、王允への「孝」、ひいては朝廷への「忠」と設定されることで、正当化されているに過ぎない。

貂蟬の年齢

附言すれば、このような『演義』の貂蟬像は、『演義』成立当初から完成していたわけではない。『演義』諸本を比較すると、興味深い相異が見出せる。

附章二で言及するように、『演義』の出版は明代中期から清代前期にかけて繰り返された。出版が繰り返されるということは、読者が拡大し続けるということであり、その中で様々な変化が生じた。その変化の一つが、貂蟬の年齢である。先に貂蟬の年齢は「二十歳」に設定されていると述べた。しかし、これは底本とした葉逢春本他、一部の版本に限られた現象である。管見の限り、貂蟬の年齢を十八歳とする版本が最も多く、通行本は「年方二八」に作る。これは二十八歳ではなく、二と八とを乗じて「十六歳」の義である。

『演義』諸本の先後関係は、簡単には定められないが、葉逢春本が最も古い形を留めているのではないか、というのが近年の定説である。となれば、貂蟬の年齢は、『演義』諸本が出版されてゆく過程で、二十歳↓十八歳↓十六歳と変化している可能性が高い。

この変化は何を意味するのか? 恐らく「妻」から「娘」への変化である。『平話』のように『演義』に先行するテクストでは、貂蟬は呂布の「妻」であった。『演義』に貂蟬の物語が継承される際、その設定は消去されるべきものであったはずだが、残滓が残った。それが二十歳という年齢であり、「白門楼曹操斬呂布」等における「妾」としての再登場である。

前近代中国の慣習に照らすと、二十歳は結婚していてしかるべき年齢である。しかし、『演義』の貂蟬に与えられた位置《ポジション》は、王允の「娘」すなわち未婚の女性であった。それゆえ、『演義』の出版が繰り返される過程で若返り、ついには十六歳となったのであろう。これによって、「妻」であるべき年齢の女性が「娘」として振る舞う不自然が解消され、貂蟬は王允の「娘」となった。

しかし、まだ完成形ではなかったらしい。それゆえ、吉川英治は董卓の死の直後、貂蟬に自害させたのであろう。ここに、王允の「娘」としての貂蟬の物語は完成した、とも言える。

まだ、疑問は残る。貂蟬の相手役、あるいは三国志の物語に取り込まれた夫婦重円の物語の「夫」役は、何故、呂布でなければならなかったのか?

この疑問は、『演義』の呂布とは何者であるか、という根元的な問いに繋がっているように思われる。第五章で検討することとしよう。

第三章

赤兎馬

人中の呂布、馬中の赤兎

第一章で述べたように、初平三年（一九二）六月、長安を逐われた呂布は東方へ向かう。そして、興平元年（一九四）に曹操の本拠地であった兗州を襲った。この長安脱出から兗州襲撃までの間に、確認しておくべき挿話がある。

> 北方にいる袁紹を頼った。袁紹は呂布とともに常山〔郡／国名。冀州に属する〕の張燕《ちょうえん》〔人名。張飛《ちょうひ》燕《えん》とも〕を攻撃した。張燕は一万餘の精兵と数千の騎兵を率いていた。呂布は、「赤兎」と号する良馬に乗り、側近の成廉《せいれん》・魏越《ぎえつ》等とともに敵陣に突撃を繰り返し、張燕の軍を撃破した。（魏書呂布伝）

張燕を撃つ際、呂布は『赤兎』という良馬に乗っていた、と言う。さらに、呂布が成廉・魏越等とともに張燕を撃破した、という叙述の後、註釈者裴松之は以下のような記事を引く。

> 当時、「人中に呂布有り、馬中に赤兎有り」と称されていた。（魏書呂布伝裴註所引『曹瞞伝』）

第一章でも採り上げた表現であり、これをどう位置づけるかも同時に述べた。ここでは、呂布と赤兎（馬であることを明示するためか、しばしば「赤兎馬」とも称される）が、史書の段階で結びついていたことが確認できればよい。

ただし、両者の結びつきは意外と淡泊である。正史『三国志』（および裴註）において、「赤兎」という語は、先に引いた二箇所（魏書呂布伝本文と裴註所引『曹瞞伝』）しか現れない。『後漢書』呂布伝は、魏書呂布伝のこの記述を踏襲するが、以下のように改める。

呂布は常に良馬に跨がっていた。「赤菟」と称されるその馬は、城に馳せ（馳城）、塹を飛び越える（飛塹）ことができた。（『後漢書』呂布伝）

「馳城」という表現が、具体的にどのような能力を指すのか、実はよく解らない。城壁の上を走ることができた、の義か。『後漢書』は、その名の通り、後漢時代、すなわち『三国志』の扱う三国時代より前の時代を扱う正史であるが、成書は『三国志』より遅い。それゆえ、赤兎（『後漢書』では赤菟）の能力を表現する「馳城」「飛塹」という語は、『三国志』が削除したというより、『後漢書』に至って書き加えられた可能性が高い。『後漢書』が成書した魏晋南北朝時代（三国時代を含め、四百年弱の時代を指す）の中期には、赤兎馬に伝説的要素が附加されつつあった、と言えるかも知れない。

しかし、史書が赤兎馬に言及するのは、以上がすべてである（ちなみに、赤兎というのは固有名詞ではなく、馬の種類である、という指摘が為されている。柿沼二〇一八参照）。にもかかわらず、三国志の物語の中で、赤兎馬の存在はよく知られている。ただし、呂布の乗馬としてではない。

関羽と赤兎馬

では、誰の乗馬として知られているのか？『演義』では、華雄を斬り、義弟張飛・義兄劉備とともに呂布と戦った、関羽の乗馬として、である。
以下、『演義』に現れる赤兎馬の姿を確認しておこう。

関公（関羽）は赤兎馬に乗り、手に青龍刀を提《さ》げ、数人の従者を連れ、ひたすら馳せて白馬（地名）に着くと、曹操に面会した。

（『演義』第五十則「関雲長策馬刺顔良」）

この赤兎馬に乗り、青龍刀を持つ姿、というのは、『演義』における関羽描写の典型であり、物語中何度も繰り返される。後に関帝信仰として結実する関羽の神格化と深くかかわる描写であるが、本書ではこれ以上深入りしない（竹内二〇一〇参照）。

そして、『演義』の赤兎馬には劇的な最期が用意されている。建安二十四年（二一九）十二月、関羽は孫権の捕虜となり処刑される（孫権は、第一章に登場した孫堅の次男。後に呉の初代皇帝となる）。その後、『演義』は、赤兎馬について以下のように記す。

関公父子（関羽とその養子関平）が神と化して後、関公が乗っていた赤兎馬は馬忠《ばちゅう》が手に入れて孫権に献上した。孫権はその場で馬忠に乗馬として下賜し、（関羽の武器であった青龍）刀は潘璋《はんしょう》に賜った。その馬は、数日の間、秣《まぐさ》を喰おうとせず、そのまま死んでしまった。

（同第一百五十三則「玉泉山関公顕聖」）

赤兎馬は馬忠の所有となることを拒み、関羽に殉ずる形で死を選ぶ。ここに挙げた二例のみでも、『演義』において、関羽と赤兎馬は固く結びついていることが看取できる。

その一方で、『演義』の関羽は、登場当初から赤兎馬を所有しているわけではない。関羽が赤兎馬を手に入れるのは、『演義』第五十則「関雲長策馬刺顔良」においてである。以下に梗概を述べる。

曹操と敵対関係に陥った劉備は、徐州で曹操に大敗し、冀州の袁紹を頼って単騎で落ち延びる。劉備の妻子を下邳城に守っていた関羽は、曹操の計によって城外に誘き出され、その隙に下邳は落城する。

斬り死にの覚悟を固める関羽であったが、張遼《ちょうりょう》の説得によって、一時的に曹操に降ることとなる。関羽を真の意味で自分の麾下に加えたい曹操は、関羽に財宝・美女等の厚遇を与えるが、関羽の心は動かない。

ある時、曹操は、関羽の乗馬が痩せているのを見て、以前に破った呂布の愛馬赤兎を関羽に与える。関羽は初めて曹操に感謝の意を示した。

不審の念を抱いた曹操がその理由を尋ねると、関羽は、一日千里を走るというこの名馬があれば、いつでも劉備の許に帰参できると答えたのであった。　　（同第五十則「関雲長策馬刺顔良」）

「二君に見《まみ》えず」という関羽の節義が端的に現れた挿話である。これ以降、赤兎馬は関羽の愛馬となり、しばしば関羽とともにその名が現れる。そして、関羽の死後、関羽に殉じたのは先に見た通りである。

重要なのは、以上のような関羽と赤兎馬の結びつきが、「史実」ではない、ということだ。先述した通り、赤兎馬は呂布の乗馬として史書に現れるが、僅かな叙述があるのみである。そして、関羽との結びつきは全く語られない。

また、『演義』の時間軸に落とし込むと、『演義』の赤兎馬が、実在の生物としての馬を超越した存在であることがよく解る。呂布が『演義』の物語に登場するのは中平六年（一八九）、関羽が曹操に一時的に降伏した、つまり赤兎馬を手に入れたのが建安五年（二〇〇）、関羽が死ぬのは建安二十四年（二一九）である。赤兎馬は約三十年間、現役の軍馬として活躍しつづけたことになる。こんな馬が実在するはずがない。

『平話』の赤兎馬

『演義』以外の作品においてはどうであろうか？

まず、『平話』を確認しよう。その巻上の終盤、場面は呂布の死の直前、曹操と劉備の聯合軍に包囲され、呂布は下邳城に籠城していた。


三日ほど経ったが、諸将は未だに釈然とせず、侯成《こうせい》（呂布の部下。この直前、呂布の出した禁酒令を破った罪で杖刑に処せられた）は酒を飲んで呂布を罵っていた。その夜、まっすぐ後庭へ行くと、馬番が泥酔していた。侯成は馬を盗んで下邳《かひ》城の西門まで行くと、健将の楊奉《ようほう》が「侯成が馬を盗んだ」と言っている。

侯成は楊奉を殺し、門を突破して、水に浮かんで逃げて行った。およそ四更（時刻。夜明けの三〜四時間ほど前）になる頃、巡察に出ていた関公（関羽）が侯成と遭遇し、その馬を手に入れた。夜が明けると、曹操に見《まみ》え、つぶさに事情を語る。曹丞相（曹操）は非常に喜んだ。（『平話』巻上）

後述するように、『平話』の呂布も赤兎馬に跨がる。すなわち、曹操の手を経てはいないが、関羽が呂布の馬を手に入れるという構図そのものは、『演義』と相似形をなす。ただし、「侯成が馬を盗んだ」とはあるものの、それが赤兎馬か否かは明示されていない。

しかも、『平話』において、これ以降、関羽と赤兎馬の関係についての言及はない（赤兎馬という名称すら現れない）。

ただし、『平話』においても呂布の乗馬と言えば赤兎馬であるから、関羽が手に入れたのも赤兎馬でなければならない。ならば、『演義』に比較して稀薄ではあるが、『平話』もまた、関羽と赤兎馬の関係を語っているとは言える。

『花関索伝』の赤兎馬

他方、関羽と赤兎馬との関係を『演義』以上に明示的に語る作品も存在する。『花関索《かかんさく》伝』がそれである。

『花関索伝』は、史書から『三国志演義』が成立する過程を考える際に重要な意味を持つ。その前集（第一巻に当たる）に「成化辛卯（七年、一四七八）」の刊記があり、出版年代は『平話』と『演義』の中間だと推測される（『花関索伝』の書誌等についてはコラム11参照）。『花関索伝』別集（第四巻）『花関索貶雲南伝』において、関羽が出陣する際、

馬小屋より赤兎馬を引き出し、

という表現が見える。また、この後、関羽が死去する場面で次のような描写がある。

関公（関羽）がしばらく待っていると、従卒が現れて、「周倉《しゅうそう》が死にました」と告げる。
関公「何故死んだのか」
従卒「周倉は主公が何も食べておられないために、自分の腿の肉を割い〔て食べさせようとし〕たが、気絶して死んでしまったのです」
関公は「どうしたらよいのだ」と叫ぶ。見れば、赤兎馬が刀を引き摺って河の中に躍り入り、刀は水中へと沈んでいった。

（『花関索伝』別集（第四巻）『花関索貶雲南伝』）

ここでは、関羽の死は具体的に叙述されていない。しかし、この叙述を最後に、（亡霊という形で現れることはあるけれども）生きている関羽は物語から姿を消す。引用した「赤兎馬が刀を引き摺って河の中に躍り入り、刀は水中へと沈んでいった」という描写が、関羽の死を象徴的に表現していること

は間違いない。

すなわち、『花関索伝』の赤兎馬もまた、関羽と密接に関聯づけられており、関羽に殉じている（先んじて死ぬ、というべきかも知れないが）。

胭脂馬

問題は、『花関索伝』において、呂布は登場しない、ということである。

前述のように、『平話』には関羽が赤兎馬を入手する経緯だけは記されており、『演義』はより念入りにその経緯を記した上で、関羽の乗馬たる赤兎馬に幾度も言及する。これに対し、『花関索伝』は、関羽が赤兎馬を入手する経緯について、全く言及しない。

これは、関羽の子である花関索が、関羽と離別して後、紆餘曲折を経て、荊州にいた父とめぐり会うのが物語前半の主題である以上、ある意味でやむを得ない。花関索が関羽と再会した際、関羽が荊州にいたということは、（物語中に全く言及はないが）呂布はすでに死亡していたはずであり、関羽が一時的に曹操に投降していた時期も過ぎているから、少なくとも、『平話』や『演義』に類する入手譚は語りようがない。

しかし、その一方で、前述のように、『花関索伝』は、『平話』よりはるかに熱心に関羽の乗馬としての赤兎馬に言及する。それゆえ、『花関索伝』では、赤兎馬がそもそも関羽の乗馬であるかのような印象を受ける。と言うより、赤兎馬を入手する物語が缺落していながら、関羽の乗馬は赤兎馬であるわけだから、『花関索伝』において、赤兎馬が関羽の乗馬であることは、全く物語性のない自明のことであったと言わざるを得ない。何故、そんなことが起きるのか？

『花関索伝』の赤兎馬の持つ異名が、この問いに答える鍵であるかも知れない。

『花関索伝』の赤兎馬は、「胭脂馬《えんじば》」とも称される。『花関索伝』後集（第二巻）「張飛殺姚賓」や同「姜維用計借馬」で用いられている。

「胭脂」が赤色に属する色であるのは言うまでもない。すなわち、赤兎馬と同じ体色を持つのであり、そもそも先に挙げた『花関索伝』後集「張飛殺姚賓」では「胭脂馬」と「赤兎馬」が併用されているので、両者が同一の存在であることは疑いない。

そして、この異名の存在は、極めて興味深いことを示唆する。すなわち、少なくとも『花関索伝』において、赤兎馬について最も注目されるべき属性はその「赤」に分類される色彩であった、ということである。

それでは、このような色彩に対する注目というのは、何に起因するのか？　あるいは何を意味するのか？

関元帥

「赤」への注目は、おそらく関羽信仰と深く結びついている。

現代日本においても、横浜や神戸等に「関帝廟」が存在している。その主神は「関帝」だが、これは関羽のことである。関帝は財神とされ、中国人社会では、現代にあっても信仰の対象なのである。

この関羽信仰の発展／変遷は極めて複雑な状況を呈しており、それに関する専著も数多く存在する

（伊藤二〇一八等）。本書でその詳細を述べる紙幅はないが、『演義』の段階で、かなり信仰を集める存在であったことは間違いない（『演義』の関羽に対し、しばしば「関公」という敬称が用いられることはその証左の一つである）。

さて、歴史的に見ると、関羽信仰には様々な形が存在するのだが、その一つに元帥神信仰と称されるものがある。特に元から明（つまり『平話』『花関索伝』『三国志演義』が成書した時期）にかけて興隆した。元帥神信仰の全体像については、二階堂二〇〇六という専著があり、以降の論も、この書に負うところが大きい。

二階堂は、元帥神を「五代・宋以後に発展したと思われる、新しい種類の武神」であると定義し、その発展は、「宋代以降に発展した雷法と密接な関わりを持つ」と指摘する。何故なら、「雷法によって使役される神々をもっぱら『元帥』と呼び、またその法術を『元帥法』と称することが多いからである」。関羽もまた、特に元明代において、そのような元帥神の一人たる「関元帥」として認識されていた。

使役される元帥神としての関羽の姿は、道教文献に散見される。そして、興味深いことに、そこに現れる関羽は、多くの場合、「赤」と結びついている。

例えば、『正統道藏』太平部『法海遺珠』巻之三十九「酆都西臺朗霊馘魔関元帥秘法」では、主将たる関元帥の姿を以下のように記す（邦訳は省略した。以下同）。

戴青長結巾。重棗色面。鳳眼美髯。官緑鴈花袍。袒襟露甲。緑吊橔靴。乗赤馬。手提大刀。

この「関元帥」は、赤兎馬ならぬ「赤馬」に乗る。

また、同『法海遺珠』巻四十三「太玄煞鬼関帥大法」では、将班たる関羽の姿を、

赤棗面。勇猛相。乗赤馬。洞霊帽。青結巾。皂靴。

この「関帥」は、赤い顔色（赤棗面）であり赤馬に乗る。

また、『正統道蔵』正一部『道法会元』巻二百五十九「地祇馘魔関元帥秘法」では主将関元帥は以下のように記される。

元帥重棗色面。鳳眼。三牙鬚。長髯一尺八寸。天青結巾。大紅朝服。玉束帯。皂朝靴。執龍頭大刀。有赤兎馬随。常用喜容。如馘摂怒容。自雷門而至。

この描写を仔細に検討すると、『演義』の関羽の外貌と非常に近いのだが、それは措く。この「関元帥」は、赤い服（大紅朝服。厳密には「紅」であるが「赤《あか》」に類する色には違いない）を纏い、「赤兎馬」を伴う。

この「地祇馘魔関元帥秘法」では、「又一派」についても記述があり、そこでは、関元帥は主将とされ、その姿は、

面紅紫色。紅袍。金甲。長髯。手執大刀。乗火雲。自南而来。

と、描写される。顔色は「紅紫」であり、「紅袍」を纏い、「火雲に乗り、南より来る」。「赤（紅）」「火」「南」という組み合わせは、即座に五行説を想起させる（五行説についてはコラム5参照）。この記述は、関元帥に附与されている要素が、本質的には、「南」＝「火」＝「赤（紅）」という属性であることを端的に示している。関元帥の乗り物は、「馬」である必要さえない。何よりも、「赤（紅／火）」という色が重要であった。

『法海遺珠』も『道法会元』も、その成書は元末明初とされ、『花関索伝』『三国志演義』よりも先行する。『平話』に比べると、その成書年代の先後は定め難いが、『道法会元』は、内容的には、「宋代に集大成された呪法儀礼書」であると指摘されている（また、『平話』は、関羽と赤兎馬の結びつきをそれほど強調していなかった）。

何故、関羽と赤が結びついたのか、という大きな問題が残る。実のところ、現在の筆者は、この問いに対する回答を持ち合わせていない。本書として強調しておきたいのは、まず、関元帥の姿に確認できる関羽と赤という組み合わせが先にあり、その組み合わせが、『平話』『花関索伝』『演義』といった三国志物語に受容された、ということである。

一方で、三国志物語という存在は、程度の差こそあれ、史書を基盤とせざるを得ない。その結果、その名に「赤」の字を含む赤兎馬が関羽の乗馬と認識されるに至ったのであろう（なお、関羽と赤との結びつきを考える際、本来であれば雑劇も考察の対象に含めるべきであるが本書では省略した。竹内一九九九、同二〇一〇を参照)。

呂布と赤兎馬

「赤」という色を介して、関羽と赤兎馬が結びついた結果、呂布と赤兎馬の関係に変化が生ずる。史書では、赤兎馬は単に呂布の乗馬であるに過ぎず、両者の関係は、ほとんど物語性を帯びていなかった。しかし、『平話』や『演義』では、呂布が主君を殺して赤兎馬を盗む、あるいは赤兎馬を得るために主君を殺す、という要素が附加されるのである。

この点について、ここでは、雑劇を見ておこう（『平話』にも類似の挿話がある）。

「莽張飛大鬧石榴園雑劇」（簡名「石榴園」）第三折、曹操は以下のような白《セリフ》を述べる。

ヤツ〔呂布を指す〕がどうして英雄好漢であろうものか。思えば、呂布は先に丁建陽《ていけんよう》を拝して父と仰いだ。そして、〔丁建陽が〕ヤツに足を洗わせた時、丁建陽の左足に痣が一つあり、〔丁建陽が〕それはきっと貴人になる印だとした。すると呂布は、

「俺の足には二つ痣があるのに、丁建陽は俺を家奴として扱いやがる」

と心中思い、激怒した。そして、金盥《かなだらい》を摑んで丁建陽を殴り殺し、赤兎馬を盗んだ。その後、董卓を拝して父と仰いだのだぞ。

丁原（丁建陽）は、史書でも呂布の上役であり、呂布はこれを殺害して董卓についた。『平話』／雑劇／『演義』のいずれも史実の叙述に準拠するが、様々な要素が附加されている（なお、『平話』／雑劇では丁原と呼び捨てにされず、「丁建陽（姓＋字）」で称される）。『平話』や雑劇では、呂布は丁建陽を殺し、赤兎馬を奪う。『平話』にはなく、雑劇に見える要素として、丁建陽と呂布は、単なる君臣関係ではなく、父子関係を結んでいた、という点が挙げられるであろう。これは『演義』にも共通する。

『演義』の呂布が赤兎馬を手に入れた経緯にも、丁原の死が関係している。少帝辯を廃し、献帝を立てようと劃策する董卓は、自分に反対する丁原を疎ましく思い、これを排除すべく、丁原の義児である呂布を取り込もうとする。説得の使者となったのは呂布と同郷の李粛。李粛が呂布に対する手土産として持参したのが赤兎馬であった。李粛の誘引の結果、呂布は丁原を殺し、董卓に帰順して父子の契りを結ぶ（『演義』第五則「董卓議立陳留王」、第六則「呂布刺殺丁建陽」）。

『演義』の呂布は丁原から赤兎馬を奪うわけではない。しかし、赤兎馬を手に入れるために呂布が丁原を殺す、という点を見れば、『平話』や雑劇と相似形の構図を示している。

つまり、『平話』／雑劇／『演義』のいずれも、呂布が赤兎馬を獲得する過程に、主君／義父たる丁原の生命を奪う行為が伴う。換言すれば、主君／義父を殺すという犠牲を払わねば、呂布は赤兎馬を手に入れられないのである。

史書の呂布にとって、赤兎馬は単なる乗馬であった。その入手に丁原の生命は関係していない。赤兎馬を手に入れるために丁原を殺す、という挿話が、後世に創作された「虚構」であることは明白であろう。問題は、この「虚構」が語られるようになった理由である。

史書の呂布が主君である丁原を殺した理由は判然としない。これに対し、赤兎馬を丁原殺しの動機に置けば、呂布の行動を一応説明することはできる。また、呂布の人物形象もある程度決定される。すなわち「無義之輩」「無恩之人」、すなわち、無道の恩知らずと評されるようになるのである。

呂布の最期

だが、赤兎馬獲得が、丁原殺しの動機となるのは結果論に過ぎないであろう。呂布が赤兎馬のために主君を殺す、という挿話が存在するのは、赤兎馬の正当な所有者という地位を呂布から奪うためではないのか?

史書において、赤兎馬はそもそも呂布の所有するものであった。しかし、後世、これを奪ったと設定されることで、呂布は正当な所有者の地位を失う。奪ったものである以上、奪われる可能性が発生するのだ。

事実、『平話』と『演義』において、呂布は赤兎馬を奪われた後、死に至る。

『平話』において、呂布が赤兎馬を奪われる経緯は前述した。呂布に対して怨みを抱いた侯成は、呂布の馬(繰り返すが、この箇所では赤兎馬とは明示されない)を盗み出して敵方へ奔る。結果、その馬は関羽の所有となった。その後、曹操・劉備聯合軍は呂布の籠る下邳城に総攻撃をかける。呂布は自ら出陣し応戦するが、ついに捕らえられ、刑死する。

また、『演義』第三十八則「白門楼曹操斬呂布」において、呂布は以下のような経緯で死に至る。

曹操・劉備軍によって徐州城を逐われた呂布は、下邳城に籠城。これを包囲した曹・劉の軍は、沂水と泗水〔いずれも河の名〕を城にそそぎかけ、水浸しにしてしまう。鬱々とした呂布は、城内で酒色に溺れる日々を過ごしていたが、ある日、自分のやつれ衰えた姿を見て驚き、禁酒令を出す。

城内から馬十五頭を盗み出し劉備軍に降ろうとした者が出た。これに気づいた呂布麾下の将の侯成は追いかけて討ち果たし、馬を取り戻す。そして、諸将とその祝いをしようと、酒と肉とを準備し、一部を呂布に献上する。呂布はこれを禁酒令に違反するものとして激怒。侯成を杖刑に処してしまう。侯成はこれを怨み、宋憲《そうけん》・魏続《ぎしょく》らと謀って曹・劉軍に投降することとする。

まず、侯成が呂布の愛馬赤兎を盗み、曹操の許へ奔った。城内の事情を知った曹操は総攻撃をかけ、呂布はこれに応戦する。その後、曹操軍は一旦退却。呂布は休息を取るがいつしか眠ってしまう。隙を窺っていた宋憲と魏続は呂布の方天戟を盗み出した後、呂布を捕縛。そして、城外の曹操軍に投降しようとするが、曹操はなかなか信じない。そこで、宋憲が呂布の方天戟を城外に投げ落とし、呂布を捕縛した証拠とした。そして、呂布は曹操の前に引き出され縊り殺されることになる。

ここに描かれた呂布の最期が、『平話』のそれと同工異曲であることは言うまでもあるまい。そして、『平話』『演義』に叙述される呂布の最期は、史書を濫觴とするものであろうが、大きな相違も存在するのである。

試みに『資治通鑑』を引こう（『平話』や『演義』が、『資治通鑑』を参照した、と言うつもりはない。魏書呂布伝本文やその裴註の叙述を要領よく纏めているので引用する)。

呂布の将の侯成は、呂布の名馬〔特定の馬を指すわけではなく、「良馬」程の意味であろう〕を盗まれたがそれを取り戻した。諸将は侯成を祝賀し、侯成は酒肉をふるまおうと考え、まず呂布に献上した。呂布は怒って「この呂布が禁酒したというのに、卿〔侯成を指す〕等は酒を醸したのか。酒にかこつけて、この呂布を殺すつもりであろう」と言う。侯成は深く憤った。

〔建安三年、一九八〕十二月癸酉(二十四日)、侯成は諸将の宋憲、魏続等とともに陳宮、高順《こうじゅん》を捕縛し、その兵を率いて降伏した。呂布が配下とともに白門楼に登ると、敵兵は厳重に城を囲んでいた。呂布は側近に自らの首級を刎ねて曹操に届けさせようとしたが、側近たちは肯《がえ》んぜず、結局降伏した。

(『資治通鑑』巻六十二)

この挿話は魏書呂布伝裴註所引『九州春秋』に拠るところが大きい(ただし、「十二月癸酉」という日付は、『九州春秋』や魏書呂布伝本文には見えない。おそらく『後漢書』献帝紀に拠るのであろう)。そして、侯成が馬盗人を捕らえた後、酒を醸して呂布の怒りを買ったことは、『平話』『演義』と共通する。しかし、侯成が赤兎馬を盗み出すという記述はなく、それが後世に附加された要素であることは疑いない。

議論を整理しよう。史書において、呂布が赤兎馬を所有する経緯についての説明はない。いわば自明の理/前提条件のように呂布は赤兎馬に乗る。これに対し、後代のテクスト(『平話』/雑劇/『演義』等)は、呂布が主君を殺すという巨大な代償を払って、赤兎馬を手に入れるという経緯を準備する。これは、呂布が赤兎馬の正当な所有者ではない、という設定を示唆していよう。そして、正当な所有者ではない以上、呂布は死に際して、赤兎馬を剝奪される。

呂布と赤兎馬をめぐる後世の「虚構」の意図は、おそらく一点に集約される。すなわち、三国志物語において、すでに赤兎馬の正当な所有者となっていた関羽に渡すため、これらの「虚構」は必要とされたのである。

劉備と的盧

『演義』等、後代の作品《テクスト》において、関羽は史書における正当な所有者である呂布から、赤兎馬を継承することとなった。それでは、この、赤兎馬の継承という挿話を、一般化し、「意味」を汲み出すことはできるであろうか?

古来、英雄は、しばしば特定の馬(名馬)を所有する。『演義』に限っても、枚挙に暇がない。例えば曹操は「絶影」に乗り(『演義』第二十二則「曹操興兵撃張繡」)、劉備は「的盧《てきろ》」に跨がって窮地を脱している(後述)。では、所有する名馬は、英雄にとってどのような意味を持つのか? 実例に即して検討してゆきたい。

まず、『演義』を見よう。先に挙げた劉備と「的盧」の挿話である。

曹操に敗れた劉備は、荊州の劉表《りゅうひょう》の許へ身を寄せ、劉表はこれを厚遇していた。ある時、賊の討伐に出兵した劉備は、名馬「的盧」を手に入れる。

その後、劉表の後継者について劉備が助言をしたため、劉表夫人の蔡氏《さいし》とその弟である蔡瑁《さいぼう》の恨みを買ってしまう。そして、蔡姉弟は劉備の暗殺を企図するようになる。一度失敗した蔡姉弟であったが、慰労の宴に託けて劉備を再び襄陽（劉表の居城。劉備は新野という所に駐屯していた）に呼び出す。劉備は招待を断り切れず、薄々罠と勘づきながらも、部下趙雲《ちょううん》を連れ襄陽へ向かう。

（『演義』第六十七則「劉玄徳赴襄陽会」）

宴席において、蔡瑁は劉備を殺そうと隙を窺うが、その背後に趙雲が仁王立ちしているため手が出せない。そこで、蔡瑁は、まず趙雲を別室に招いて款待させ、劉備の命を狙う。危険を察した劉備は的盧に跨がって城外へと脱出。蔡瑁は追っ手を出すが、的盧は、馬で渡るのは到底無理だと思われた奔流（檀渓）を渡り切り、劉備を危機から救った。

（同第六十八則「玄徳躍馬跳檀渓」）

この挿話の典拠は、蜀書先主伝裴註所引『世語』に求めることができ、かなり古くから伝えられてきた物語である。

さて、この挿話にあって、的盧によって劉備は助かった。つまり、（仰々しく言うことではないかも知れないが）馬は英雄にとって何らかの「力」を附与する存在と言えよう。

英雄と馬

例えば、『史記』項羽《こうう》本紀に見える、以下のような叙述は、馬が英雄にとって「力」を附与する存在たることを象徴していよう。

項羽には寵愛する美女がいた。名は虞《ぐ》。寵愛を受け、常に随行していた。また「騅《すい》」という駿馬を有し、常にこれに騎乗していた。

〔劉邦率いる漢軍に追い詰められ、〕この時、項王（項羽）は悲憤慷慨し、自ら詩を作って詠じた。

力は山を抜き、気は世を蓋《おお》う
時に利あらずして騅逝かず
騅逝かざれば奈何《いかん》すべき
虞や虞や若を奈何せん

〔項羽は〕幾度も詠じ、虞美人がこれに和した。（中略）

〔項羽は垓下で漢軍に大敗し、烏江のほとりまで辿り着く。〕そこで〔江を逃がそうとした〕亭長に向かって曰く。

「吾《わたし》は公《あなた》を立派な人物と見込んでお願いする。私がこの馬に乗って五年、向かうところ敵なく、一日千里を駆けるほどであった。殺すには忍びない。公にお贈りしたい」

（『史記』項羽本紀）

項羽の詠ずる「騅逝かず」は、凋落した項羽を象徴すると同時に、馬（騅）が英雄（項羽）に力を附与する存在であることも示唆する。また、騅を指して言った「向かうところ敵なく、一日千里を駆けるほどであった」という表現は、直截に、騅が項羽にとって武力の源泉であったことを示す（餘談だが、項羽が騅に五年乗っていた、というのも興味深い。『演義』の赤兎馬の異常さが際立つであろう）。

馬が英雄にとって「力」を附与する存在であるならば、馬の継承とは、その「力」の継承に他ならない。そして、『花関索伝』には、そのことを端的に示した挿話がある。

『花関索伝』後集（第二巻）『花関索認父伝』では、主人公花関索は、関羽の胭脂馬（前述した通り、赤兎馬の異名だと考えられる）を借り、敵将廉旬《れんじゅん》と戦い、これを倒す。また続集（第三巻）『花関索下西川伝』では、王志《おうし》（後に花関索の義弟となり、関志《かんし》と改名）と戦う際には赤兎馬を借りているのである。

これらの挿話が語られる時点では、関羽はまだ死んでおらず、厳密な意味での「馬の継承」とは言い難い。しかし、関羽の乗馬を借りる、という行為は、疑いなく関羽の力を借りることを意味していよう。そして、新たな「力」を得た花関索は強敵を破るのである。

ならば、『平話』や『演義』で語られる、呂布から関羽への赤兎馬の継承は、呂布から関羽への「力」の継承を意味している、と解釈できよう。

「不義」なる「最強」

だが、『演義』の読者にとって、呂布と関羽は、ある意味で対極の存在である。『演義』において、関羽が忠義の権化（通行本は「義絶」と評する）のように描かれるのに対し、二度まで主君を殺し、「無義之輩」と評される呂布は、いわば不忠の権化とでも言うべき存在だからである。そして、忠義を称揚する『演義』にあって、呂布は否定的に描かれざるを得ない。

一方、第一章で見たように、呂布は「最強」でもあった。『演義』の呂布は「不忠」でありながら「最強」であるわけである。両者は必ずしも両立しないわけではない。しかし、前者が否定的に、後者が肯定的に語られ易い属性である以上、注意を要する。呂布について言えば、「不忠」「最強」のどちらが強調されるかで、その人物形象は大きく変化する。

前述の通り、『演義』の呂布の描写は「不忠」に傾き、否定的な側面が強い（「最強」に見えるのは、より後代の「解釈」に拠るところが大きい）。

これに対し、「最強」とまでは言わないが、呂布の「強」に注目した例は、『演義』と同時代にも確認できる。詳細は第四章に譲るが、一つだけ例を挙げておこう。

『演義』とほぼ同時代に成書したとされる『水滸伝』に、小温侯呂方《りょほう》という人物が登場する（実在の人物ではない）。梁山泊に集結する好漢一百八星の一人だが、この人物は呂布に心酔し、その格好に倣っているという設定なのである。このような設定の背後には、呂布の「強」を肯定的に評価する意識の存在が示唆される。

「剣神」の死

附言すれば、『演義』における呂布の死の描写は、『演義』や他の作品で語られる関羽の死のそれとの類似性を指摘できる。

関羽の死が語られる際、しばしばその剣（刀）を失う描写が現れる。早い例としては、南朝梁の陶《とう》弘景《こうけい》（四五六～五三六）の『古今刀剣録』がある。

> 関羽は先主（劉備）に重んじられたため、自らの身命を惜しまなかった。都山（地名）の鉄を採掘して刀を二振り造り、「万人」と名付けた。関羽が敗死する際、関羽はこの刀を惜しんで〔敵に奪われぬよう〕水中に投じた。
>
> （『古今刀剣録』）

先述したように、『花関索伝』にも赤兎馬が（関羽の）刀を引き摺って入水した、という描写がある。また、『演義』にあっても、関羽が死に際し、刀を失う描写がある。嘉靖壬午序本の重刷だと思われる涵芬楼蔵本を見よう。

> 〔関羽とその子関平が〕逃走していると、喊声が上がり、また伏兵が現れた。背後より朱然《しゅぜん》・潘璋が率いる精兵が迫る。公（関羽）は潘璋の部将馬忠と遭遇した。
>
> 突然、空中より叫ぶ者があった。
>
> 「雲長〔関羽の字〕は久しく下界に住んでおったが、ここに玉帝〔天界に住む最高神〕の詔が下った

ぞ。凡夫と争うことはまかりならぬ」
関公はその語を聞いて頓悟し、戦いに恋々とせず、刀と馬を棄てて、父子ともども神と化した。
（『演義』涵芬楼蔵本第一百五十三則「玉泉山関公顕聖」）

ここに示したような関羽の死に関する描写は、ある種の英雄（しばしば「剣神」と称される）が超自然的な力を持つ剣を獲得し、その剣を自らの死に臨んで、神（超自然的な力）に返還する、もしくは奪われるという話型に分類できる。

そして、このような話型が洋の東西を問わず見出せるものであることは、すでに多くの指摘がある（金一九八六、大塚一九九〇）。最も典型的であり、最も有名なものはアーサー王の伝説であろう。

アーサーの剣、エクスカリバー（Excalibur）は湖の姫より授けられたものであった。後にアーサーは己の死が近いことを自覚した時、部下のベディヴィアに命じてエクスカリバーを湖中に投ぜしめ、死に赴く。

不用意に「伝説」としたが、本書では、「史書には明示的に述べられない／全く見えないが、広く知られた物語」を「伝説」と称することとしたい。

さて、エクスカリバーをめぐる伝説と、挙例した関羽の死に関する描写とを、同じ話型として分類することに異論は少なかろう。すなわち、関羽の死は、典型的な英雄（「剣神」）の死だと言い得る。

そして、英雄が剣を失って死ぬ、という話型は、英雄が英雄たり得る「力」を喪失したことを意味していよう。

先述した通り、馬もまた、英雄の「力」を象徴する存在であった。ならば、英雄の「力」を象徴する、という点において馬と剣（刀）は同質の存在のはずである。

前掲した『演義』嘉靖壬午序本の涵芬楼蔵本では、関羽は刀と馬を棄てて死んでいる。また、『花関索伝』では、赤兎馬が刀を引き摺って入水した。ともに、剣（刀）と馬が同質の存在であることを証明していよう。

ところで、『演義』の呂布もまた、剣と馬を失って死ぬのであった。前述したように、呂布は侯成に赤兎馬（馬）を盗み出され、魏続と宋憲に方天戟（剣）を奪われた後に捕縛される。この描写に、関羽の死の描写との共通点を見出すことは容易である。そして、関羽の死が「剣神」の死であるならば、呂布の死もまた「剣神」の死と言うべきであろう。換言すれば、「不忠」が強調される『演義』においても、呂布の死は英雄伝説／神話的な描写を伴って語られていることになる。

「史実」と「伝説」と

関羽と赤兎馬を関係づける挿話（伝説）が、『演義』という作品の中で持つ意味を考察して、本章の締め括りとしたい。

史書において、関羽と赤兎馬の関係は見出せない。つまり、「史実」ではない。赤兎馬に跨がる関羽という存在は「伝説」の中のみに存在する。

そして、『演義』はこの「伝説」を物語の中に取り込む。これ自体は、先行する『平話』等と通底するものと言えようが、『平話』では、赤兎馬に乗る関羽の姿は確認できない。これに対し、『演義』の関羽は、赤兎馬を獲得して以降、当然のようにそれに跨がった姿で現れる。関羽と赤兎馬に関する限り、『平話』よりも『演義』の方が、「伝説」を語ることに、より積極的なわけである。

ところで、このような『演義』の態度は、従来言われてきた『演義』の特質とは相反するものだと言える。『平話』と比較した場合、『演義』は「合理化」され、「史実に反する記述を少なく」したものだとされてきたからである（小川一九五三参照）。それが基本的な傾向であることは疑いないが、部分的（例えば関羽と赤兎馬）には逆の方向性が見出せるのである。

この現象は、「史実」というものが鞏固《きょうこ》であるのと同様に、「伝説」もまた鞏固であることの証明とも言えよう。

これまで、三国志の「伝説」を論じる際、『花関索伝』のように、より（「史実」から乖離した、という意味で）「伝説」的色彩の濃厚な作品や、現在まで続く伝承に取材する場合が多かった。これらが、「史実」とは大幅に異なる挿話（「伝説」）を大量に含むのであるから、当然のことではある。

一方で、『演義』は、より「史実」に接近した作品と見なされ、そこに含まれる「伝説」については、着目されることは少なかったように思う。しかし、関羽と赤兎馬に象徴的なように、『演義』もまた「伝説」に基づく挿話を語るのであった。

ただし、『演義』の場合、（例えば、あまりにも荒唐無稽なため）一見して「伝説」と判るように語られることはほとんどない。もっともらしく見えるのである。これは『演義』が「伝説」に対して施した潤色が、如何に巧妙であったかを示していよう。そして、結果として、『演義』の長い物語の中では、「史実」に基づいた挿話と「伝説」に基づいた挿話とが、違和感なく並ぶことになる。

これは、『平話』等に比べて、『演義』の「完成度」が高いことを示している。一方で、『演義』が「伝説」を語っているにもかかわらず、それが注視されず、いわば埋殁してしまっている可能性が高いことをも意味する。

逆に言えば、『演義』からは、まだまだ「伝説」を掘り起こせる可能性がある、ということだ。そこで、次章では李粛に焦点を当て、『演義』における「伝説」の発掘に挑んでみよう。

【コラム】

4　干支

現代日本で、年齢に関連した表現として、自分の「干支《えと》」の動物を即答できる人は多いであろう。だが、動物を当てられているのは十二支である。では、「干」とは何か？　これも周知の如く、「十干」を指す。「干支《カンシ》」とは、本来「十干十二支」の謂《いい》であるが、「えと」と訓ずる場合は、しばしば十干が省略され、十二支のみを言うわけである。

西暦との対応	4	5	6	7	8	9	0	1	2	3		
十　干：	甲《コウ》	乙《イツ》	丙《ヘイ》	丁《テイ》	戊《ボ》	己《キ》	庚《コウ》	辛《シン》	壬《ジン》	癸《キ》		
	きのえ	きのと	ひのえ	ひのと	つちのえ	つちのと	かのえ	かのと	みずのえ	みずのと		
十二支：	子《シ》	丑《チュウ》	寅《イン》	卯《ボウ》	辰《シン》	巳《シ》	午《ゴ》	未《ビ》	申《シン》	酉《ユウ》	戌《ジュツ》	亥《ガイ》
	ね	うし	とら	う	たつ	み	うま	ひつじ	さる	とり	いぬ	い

十干十二支は、甲骨文字、すなわち現在から三千年以上前から用いられていたことが確認されている（胡厚宣一九五二）、一種の序数、というべき存在であった。例えば「丁」であれば十の中の第四、「丑」であれば十二の中の第二であることが判るわけである。

十二支であれば動物、十干であれば「きのえ」のような概念（コラム5で言及する）と結びつくのは、後世のことである。

さて、十干／十二支単独だと、それぞれ第十／第十二までしか表せないわけであるが、両者を組み合わせることに拠り、十と十二の最小公倍数、すなわち六十まで数えることが可能となる（一二一頁参照）。甲子に始まり癸亥で一巡する。第六十一はまた甲子に戻るわけである。

これを用い、中国では特に年と日を古代から数え続けてきた。年と日の干支は、中国を起点として、朝鮮半島や日本等でも共有されている。歴史的な事件がこの干支を用いて称されることも多い。「辛亥革命」の称はよく知られていよう。辛亥の年（一九一一）に起こったゆえの名称である。日本史でもしばしば用いられて来た。中大兄皇子と中臣鎌足が起こした「乙巳の変」（六四五）、その弟、大海人皇子が起こした「壬申の乱」（六七二）、いずれも干支を用いて事件の名称とされている。

また、現代日本人に馴染み深いところでは、甲子園の「甲子」が、十干十二支である。甲子の年（大正十三年、一九二四）にできたゆえ、甲子園なわけである。また、広島市西区に「庚午」という地名があるが、これは庚午の年（明治三年、一八七〇）に行われた灌漑事業に由来するという。

ちなみに、十干は十字を一組とするため、当然のことながら、年を表す干支の十干は、西暦の下一桁と対応する。前掲の十干一覧の右側に附した数字がそれに当たる。

年とは別に、日付を数える干支も存在する。本書においても日付を示す干支を記しているが、これを通常の数字に計算し直すのは、やや煩雑である。基本的に陳垣『二十史朔閏表』に拠って計算しているが、錯誤があるかも知れない。

なお、正史『三国志』では、日付を表す干支は、魏書の本紀（特に文帝紀／明帝紀／三少帝紀）に集中して現れる。他の箇所では、数字で日付を示すことが多い。

魏書本紀以外で干支を用いる数少ない例として蜀書先主伝がある。劉備が逝去した日を「四月癸巳」とするのだが、この年（章武三年、二二三）の四月に癸巳はない。何らかの錯誤であろうか？（皇帝の命日を誤るというのも考え難いのであるが）先主伝に記載される諸葛亮の言上には「今月二十四日」に劉備が逝去した、とあるが、この年の四月二十四日は辛巳もしくは壬午のはずである。

三国志と縁の深い干支として「甲子」がある。これについても、コラム5で触れることとしよう。

5　五行説

古代中国では万物が五つの元素から構成されていると認識されていた。これが「五行」である。五行の語は、古く『尚書』周書・洪範に確認できるものであり、そこでは水／火／木／金／土の順に挙げられている。その後、鄒衍《すうえん》（前三世紀頃の思想家。騶衍《すうえん》とも）によって陰陽説と結合し、様々な事象を五行に当てはめて認識するようになった。

代表的なものとして、色や季節、方角が挙げられる（一二二頁参照）。五行の「木」には、色として「青」、季節として「春」が配当され、現代日本語に生き残る「青春」の語はこれに由来する。

五行に限らず、「色」は難しい。同じ漢字を共有していても、中国と日本（地域）、また時代によって、イメージが異なるのである。例えば、五行の「青」は、現代日本でイメージされる青《ブルー》というより、黒味の勝った緑に近い色だと説明される。また「黄」は、黄《イエロー》を含むけれども、茶色に近いような色まで「黄」である。

五行説は日本にも深く影響を及ぼした。一例を挙げよう。

江戸時代によく知られた八百屋お七の物語が受容される際、放火をした女性、お七の生年が丙午《ひのえうま》（寛文六年、一六六六）だとする認識が広く共有されていた。これにより「丙午に生まれた女性は気性が強く、夫を食い殺す」という迷信が生まれた。

直近では、一九六六年（昭和四十一年）が丙午であった。厚生労働省の人口動態調査に拠れば、一九六〇年代の出生数は、一九六〇年の約一六一万人に始まり、一九六九年の約一九〇万人に至るまで、基本的に漸増傾向にあるが、一九六六年のみ約一三六万人であり、ハッキリと少ない。八百屋お七にまつわる迷信が二十世紀日本における出生数に影響しているのである。

しかし、現在の研究では八百屋お七は、（実在したとして）丙午の生まれではない、という説が有力である。だが、八百屋お七は、丙午の生まれでなければならない。

後図に示したように、五行の火には十干の丙と丁が配当される。「ひのえ」「ひのと」の「え」は兄、

「と」は弟のことであるから、丙が上位である。そして、後図には示さなかったが、十二支の午は、「正午」の語に象徴されるように、南と強く関連づけられる。南は五行では「火」だ。つまり、丙午は、干支の中で最も強く「火」と結びつけられるのであり、それゆえ丙午に生まれた八百屋お七は放火をしてしまうのである。

さて、五行には相互の関係が設定される（相生／相剋等）。五行の相互関係は時代認識にまで影響を及ぼすことがあり、特に相生に基づいた王朝交代説はよく知られている。

相生とは、木が燃えて火を生じ、火が燃え尽きて（灰となって）土を生じ、土中より金属が生じ（掘り出され）、金属の表面に（凝結して）水が生じ、水を注がれることによって木が生ずる、という循環思想であ

る。

前漢末（西暦の始まる）頃、秦王朝は木徳とする説が唱えられた。それに代わった漢は、相生に拠り、火徳であると考えられていた。

後漢末に至り、漢王朝の衰微がハッキリしてくると、これに代わる王朝が「想像」されるようになった。その王朝は「土徳」であるべきであった。それゆえ、土徳を標榜する政治的運動も現れる。しばしば三国志物語の幕開けに位置づけられる「黄巾の乱」と称される事件がある。張角という人物が首謀者であり、農民反乱と位置づけられることも多いが、朝廷に内通者を準備しており、少なくとも当初の構想では政治的／軍事的クーデタを企図していたように思われる。

一種の宗教結社であった黄巾は、十数年をかけて十数万の衆徒を集めた。頭に黄色の頭巾を巻いていたので黄巾と称されたのだが、組織を整えると、次のような揺言を流布した。

蒼天已死　（蒼天　已《すで》に死す）
黄天当立　（黄天　当《まさ》に立つべし）
歳在甲子　（歳　甲子に在りて）
天下大吉　（天下　大吉なり）

そして、白土で洛陽の城壁（京城）や寺院の門（寺門）、州や郡の役所（州郡官府）に「甲子」と書き付けさせた。コラム4で述べたように、甲子は干支の最初に当たる。その年を変革の起こる年と印象づけようとしたのであろう。

中平元年（一八四）、正しく甲子の年、黄巾は武装蜂起した。しかし、朝廷はその鎮圧に努め、張角自身がその年の冬には歿したこともあり、王朝交代には至らなかった（以上、『後漢書』霊帝紀／皇甫嵩伝に拠る）。

何故、黄巾は自らの象徴色に「黄」を選んだのか？　これについては、従来、五行説に基づき、火徳である漢王朝の次に来るのが土徳であると考え、その象徴色である「黄」を身に着けたのだと説明されることが多かった（近年、異説も提示されている。渡邉二〇一一参照）。

五行相生による王朝交代を明確に標榜したのは魏である。魏の初代皇帝、曹丕は、魏の最初の元号を「黄初」とした。火徳である漢王朝に代わり土徳の王朝が立ったことを示したのである。

呉もまた、建国当初の元号を「黄武」「黄龍」とした。前者は魏の元号「黄初」と蜀漢の元号「章武」を合成したように思われ、直接五行の相生とは関係しないかも知れないが、「黄龍」はやはり火徳から土徳への交代を意識したものであろう。

逆に、後漢王朝の継承を標榜した蜀漢王朝は火徳である。それゆえ、炎興（炎が興《おこ》る）という元号が使われたりもした。皮肉なことに、蜀漢最後の元号となってしまったのだが。

十干十二支一覧

西暦	和暦	干支	西暦	和暦	干支	西暦	和暦	干支
1901	（明治 34）	辛丑	1941	（昭和 16）	辛巳	1981	（56）	辛酉
1902	（35）	壬寅	1942	（17）	壬午	1982	（57）	壬戌
1903	（36）	癸卯	1943	（18）	癸未	1983	（58）	癸亥
1904	（37）	甲辰	1944	（19）	甲申	1984	（59）	甲子
1905	（38）	乙巳	1945	（20）	乙酉	1985	（60）	乙丑
1906	（39）	丙午	1946	（21）	丙戌	1986	（61）	丙寅
1907	（40）	丁未	1947	（22）	丁亥	1987	（62）	丁卯
1908	（41）	戊申	1948	（23）	戊子	1988	（63）	戊辰
1909	（42）	己酉	1949	（24）	己丑	1989	（平成 元）	己巳
1910	（43）	庚戌	1950	（25）	庚寅	1990	（2）	庚午
1911	（44）	辛亥	1951	（26）	辛卯	1991	（3）	辛未
1912	（大正 元）	壬子	1952	（27）	壬辰	1992	（4）	壬申
1913	（2）	癸丑	1953	（28）	癸巳	1993	（5）	癸酉
1914	（3）	甲寅	1954	（29）	甲午	1994	（6）	甲戌
1915	（4）	乙卯	1955	（30）	乙未	1995	（7）	乙亥
1916	（5）	丙辰	1956	（31）	丙申	1996	（8）	丙子
1917	（6）	丁巳	1957	（32）	丁酉	1997	（9）	丁丑
1918	（7）	戊午	1958	（33）	戊戌	1998	（10）	戊寅
1919	（8）	己未	1959	（34）	己亥	1999	（11）	己卯
1920	（9）	庚申	1960	（35）	庚子	2000	（12）	庚辰
1921	（10）	辛酉	1961	（36）	辛丑	2001	（13）	辛巳
1922	（11）	壬戌	1962	（37）	壬寅	2002	（14）	壬午
1923	（12）	癸亥	1963	（38）	癸卯	2003	（15）	癸未
1924	（13）	甲子	1964	（39）	甲辰	2004	（16）	甲申
1925	（14）	乙丑	1965	（40）	乙巳	2005	（17）	乙酉
1926	（昭和 元）	丙寅	1966	（41）	丙午	2006	（18）	丙戌
1927	（2）	丁卯	1967	（42）	丁未	2007	（19）	丁亥
1928	（3）	戊辰	1968	（43）	戊申	2008	（20）	戊子
1929	（4）	己巳	1969	（44）	己酉	2009	（21）	己丑
1930	（5）	庚午	1970	（45）	庚戌	2010	（22）	庚寅
1931	（6）	辛未	1971	（46）	辛亥	2011	（23）	辛卯
1932	（7）	壬申	1972	（47）	壬子	2012	（24）	壬辰
1933	（8）	癸酉	1973	（48）	癸丑	2013	（25）	癸巳
1934	（9）	甲戌	1974	（49）	甲寅	2014	（26）	甲午
1935	（10）	乙亥	1975	（50）	乙卯	2015	（27）	乙未
1936	（11）	丙子	1976	（51）	丙辰	2016	（28）	丙申
1937	（12）	丁丑	1977	（52）	丁巳	2017	（29）	丁酉
1938	（13）	戊寅	1978	（53）	戊午	2018	（30）	戊戌
1939	（14）	己卯	1979	（54）	己未	2019	（令和 元）	己亥
1940	（15）	庚辰	1980	（55）	庚申	2020	（2）	庚子

五行相関図（相生説による）

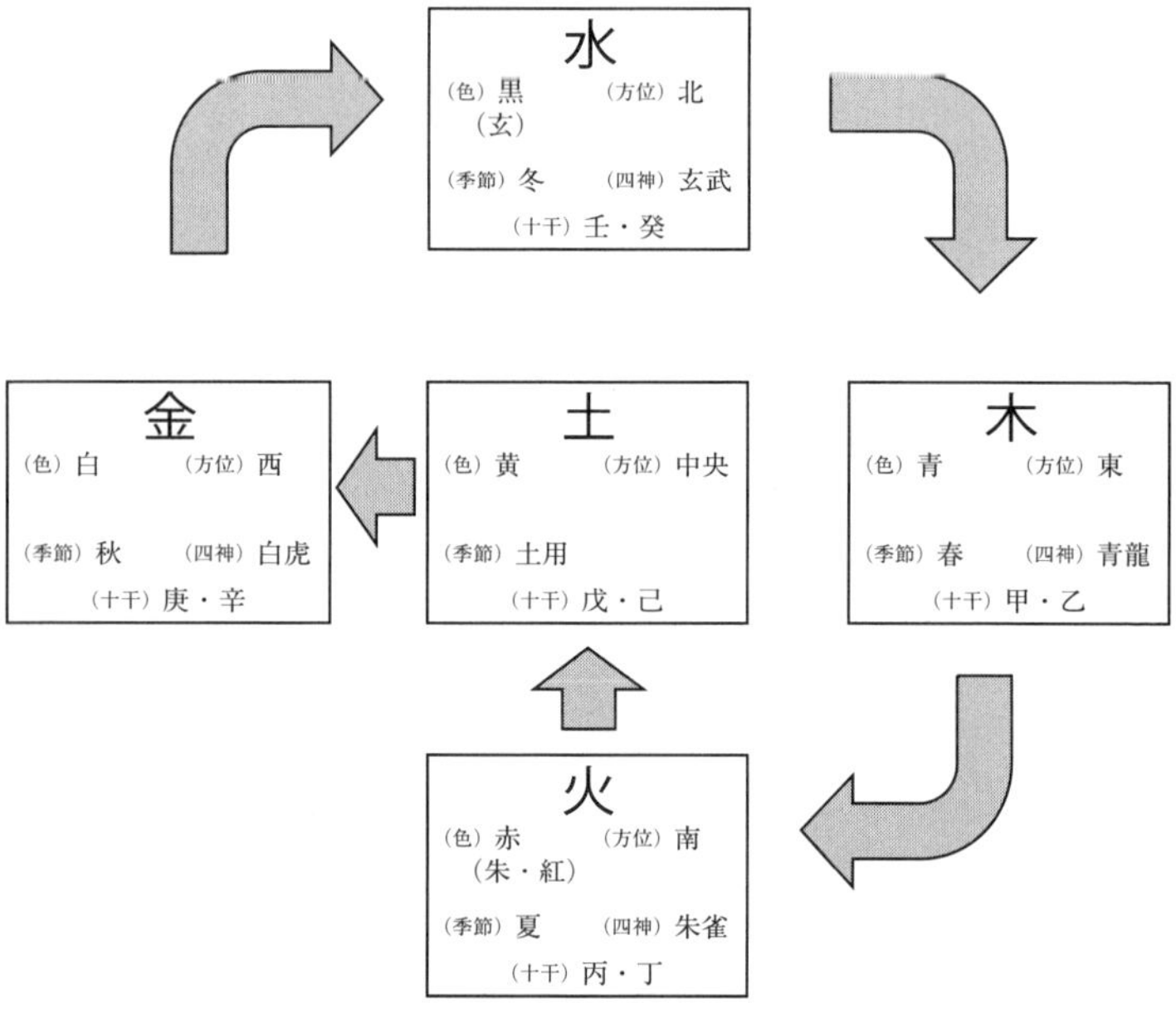

第四章

李粛

方天戟

『演義』にあって、関羽が青龍偃月刀（青龍刀）を持ち、張飛が一丈八尺の蛇矛を持つ、というように、英雄にはしばしば固有の武器が与えられる。

無論、これは『演義』に限ったことではなく、古今東西、英雄伝説においてかなり普遍的な現象だと言ってよい。前章で述べたように、アーサー王はエクスカリバーを持ち、『八犬伝』の犬塚信乃が家伝の村雨を受け継ぐ、といったように、そして、『演義』の呂布にも固有の武器、すなわち方天戟が与えられている。後者は再掲となるが、呂布が方天戟を執る姿を、『演義』から引いておこう。

李儒（董卓の謀士）は丁原の背後に立っている者を見た。身長は一丈（十尺）、腰まわりは十囲。弓馬に熟達し、眉目清秀であった。五原郡九原県の人、姓は呂、名は布、字は奉先と言い、執金吾の地位にあった。幼い時から丁原に随い、これを義父として拝していた。この日は、手に方天戟を執り、丁原の背後に佇立していた。（第六則「呂布刺殺丁建陽」）

王匡は人馬を並べて陣構えを整え、門旗の下に馬をとどめる。そこへ呂布が姿を現した。束髪金冠をかぶり、西川の紅錦でできた百花袍をまとい、身には獅子呑頭の連環の鎧。彎弓と箭、狻猊の宝刀を腰に下げ、画桿の方天戟を執る。跨がるは風に嘶く赤兎馬。まさしく「陣中に呂布あり、馬中に赤兎あり」といったところ。（第十則「虎牢関三戦呂布」）

後者の例は、『演義』にあって、呂布の装束を最も精緻に描写したものと言ってよい。呂布は戦場で、赤兎馬に跨がり、方天戟を武器として活躍するのである。赤兎馬については前章に述べた。方天戟に焦点を絞ろう。

まず、方天戟とは如何なる武器であるのかを、確認する必要があろう。ところが、これが意外に難しい。そもそも、史書の呂布が方天戟を使っているわけではない。方天戟という語が文献に現れるのは、呂布の生きた後漢末から大きく後れる。管見の及ぶ限り、元代の用例が初出であるのだが、その例とは『三国志平話』であり、持っているのは呂布なのだ。

呂布は赤兎馬に乗り、身には金鎧を纏い、頭には獬豸冠をかぶり、一丈二尺の方天戟を使う。

(『平話』巻上)

この表現が、先に示した『演義』における呂布の描写と類似することは指摘するまでもなかろう。それはともかく、最も古く方天戟を持たされた人物が呂布であるのなら、何故、呂布が方天戟を持つのか、という問いの答えを、方天戟の来歴に求めることは意味がない。

ゆえに、ここでは視点を変える。呂布以外に、方天戟を武器としている人物に着目してみよう。

薛仁貴

呂布以外に、方天戟を武器とする英雄としては、唐代の武将薛仁貴《せつじんき》が挙げられる。『説唐後伝』(全五十五回。清代の成書とされるので『三国志演義』に後れる）に拠って、その描写を確認したい。その第十五回「龍門県将星降世　唐天子夢擾青龍」において、唐第二代皇帝太宗（李世民《りせいみん》。五九八〜六四九。在位六二六〜六四九）が見た夢の中に、（この時点では名を明らかにされないが）薛仁貴が登場する。

あにはからんや、後ろからもう一人やって来た。〔その姿を見ると、〕頭には白い頭巾、身には白い綾絹の戦袍を着け、白馬に跨がり、手に方天戟を持つ。

薛仁貴自身は史書に見える「実在」の人物である。『旧唐書』巻八十三／『新唐書』巻一百十一に伝がある。『旧唐書』高宗紀下には、永淳二年（六八三）二月己卯（二十一日）に死去したと記され、『旧唐書』薛仁貴伝には享年七十とあるので、隋の大業十年（六一三）生まれということになる。

前述したように、元代に成書した『平話』の呂布の持つ方天戟が、文献的には最初のものであるならば、「実在」の薛仁貴は、「実在」の呂布と同じく方天戟を使ったはずがない。しかし、（この点でも呂布と同じく）薛仁貴が方天戟を持った姿も早い段階で現れる。

『永楽大典』（一四〇八成書）巻五二四四に収める「薛仁貴征遼事略」（以下「征遼事略」）に曰く。

山の麓から一騎の馬が現れた。馬上には一人の年若い将軍が、白い袍ときらめく鎧を纏い、跨がる赤い馬には朱の飾り紐をつけていたが、持っていた方天戟を収めると、弓箭を手に執り、一箭で莫離支《ばくりし》を射落とした。（「征遼事略」）

「征遼事略」は、『平話』と並んで方天戟の名称が現れる例として、ごく初期のものであることは疑いない。つまり、現存する文献に拠る限り、呂布と薛仁貴は方天戟を持つ最初期の英雄と言える。

李粛と葛蘇文

換言すれば、両者にはともに、「方天戟の使い手」という「伝説」を附与されている。ならば、方天戟を共通項として、この両者は併称されていることになりはしないか？　この観点に立って、呂布または薛仁貴の現れる作品《テクスト》（史書を除く小説／戯曲等）を検討すると、興味深い事実にゆき当たる。この二人には、それぞれ対となる「対手《あいて》」がいるのだ。

呂布の場合、しばしば李粛という人物と対になる。例えば、前掲した『平話』において、呂布の軍装を見たが、その直後には、李粛の軍装が対になる形で語られる（後述）。続けて、次のようにある。

文を用いる者には大夫の李儒、武を用いる者には呂布と李宿、この三人が董卓を補佐しているのであった。（『平話』巻上）

『平話』の表記は「李宿」となっているが、宿と粛は古くから同音の字であり、李粛のことである。ここでは、呂布と李粛が併称されており、『平話』が李粛（宿）を重視していることが窺える。

さらに、雑劇にあっても、李粛はしばしば呂布の配下として登場する（「虎牢関三戦呂布」「関雲長単刀劈四寇」等）。また、『演義』では、董卓の配下として登場し、呂布に赤兎馬をもたらす使者となったのは、第三章で見た通りである（第六則「呂布刺殺丁建陽」）。つまり、三国志物語の世界において、李粛は、しばしば呂布と関聯して現れる。

一方、薛仁貴と組み合わされるのは、葛蘇文《かっそぶん》なる人物である。先に引いた「征遼事略」では、薛仁貴が「莫離支」を馬から射落としているが、この「莫離支」こそ葛蘇文であった。葛蘇文は、薛仁貴が正末（主役）となる「賢達婦龍門隠秀」雑劇にも敵役として登場し、また、「薛仁貴栄帰故里」雑劇では、薛仁貴が「摩離支《まりし》（莫離支と音通であろう）」を撃退した、という言及がある。葛蘇文がしばしば薛仁貴と組み合わされる（ただし、李粛とは異なり敵手として、であるが）、と見ることに問題はあるまい。葛蘇文も李粛と同じく、史書に現れる「実在」の人物ではある。しかし、史書が伝える二人の事績は、後代の作品と大きく異なる。

史書の李粛

まず、李粛である。すでに第二章に示したが、魏書董卓伝に李粛についての叙述が見える。

〔初平〕三年（一九二）四月、司徒の王允、尚書僕射の士孫瑞、董卓の将の呂布は、共謀して董卓を誅殺しようと図った。この時、天子（献帝）の病が癒えたばかりであり、百官が未央殿に参集した。呂布は、同郷（同郡）の騎都尉の李粛等に、制服を着せ、衛士と偽らせた側近の兵十名餘りを附け、掖門〔大門の左右にある小さな門。臣下はこちらを通る〕を守らせた。呂布は懐中に詔書を抱いていた。

董卓が到着すると、李粛等が董卓を阻む。董卓は驚いて、呂布は何処だと呼ばわった。呂布は「詔書がある」と言い、かくて董卓を殺し、その三族を皆殺しにした。主簿の田景が董卓の遺骸に趨り寄ると、呂布はこれも殺した。このように次々と三人を殺すと、動こうとする者はいなくなった。長安の士人も庶民もみな董卓の死を慶賀し、董卓に阿諛追従していた者はすべて獄に下され死んだ。

（魏書董卓伝）

ここでは、董卓殺害に協力した李粛が呂布と同郷（并州五原郡）であることが判る。また、同じく第二章で触れたが、魏書董卓伝には、李粛の最期についても言及がある。

董卓が死ぬと、呂布は李粛を陝（県名。司隷弘農郡）に派遣し、勅命によって牛輔を討伐させようとした。牛輔等は迎撃して李粛と戦い、李粛は敗れて弘農（ここでは県名であろう。陝と同じく司隷弘農郡に属する）に敗走。呂布は李粛を誅殺した。

（同前）

正史『三国志』で李粛が現れるのは魏書董卓伝のみ、それも右に示した箇所のみである。『後漢書』董卓伝及び『資治通鑑』巻六十では、董卓が掖門から入った後、「李粛が戟でこれ（董卓）を刺し」と見え、やや重要性が増しているが、基本的には魏書董卓伝と叙述は一致する。つまり、そこには『平話』に代表される、李粛が呂布とともに活躍する挿話はない。

史書の葛蘇文

一方、葛蘇文の原型は、史書に見える淵《えん》(泉《せん》)蓋蘇文《かいそぶん》(以下、「蓋蘇文」)という人物に求められる。蓋蘇文の名は、『旧唐書』『新唐書』等に散見される。高句麗(『旧唐書』の表記では高麗)の重臣であり、貞観十六年(六四二)に主君たる高句麗王の高武《こうぶ》(高建武《こうけんぶ》とも)を殺し(『旧唐書』太宗紀下)、「莫離支」の地位に就いた(『旧唐書』東夷伝高麗)。これ以降、高句麗の実質的な執政者となっている。ただし、『旧唐書』『新唐書』『資治通鑑』に拠る限り、蓋蘇文と薛仁貴が直接戦ったという叙述はない。『旧唐書』には次のようにある。

唐の大軍が安地(安市)に出兵した際、高句麗の「莫離支」が高延寿《こうえんじゅ》・高恵真《こうけいしん》に二十五万を率いさせ、これを禦がせた。(『旧唐書』薛仁貴伝)

時期的に考えて、この「莫離文」は間違いなく蓋蘇文である。しかし、蓋蘇文自身が出兵して来たわけではない。薛仁貴は、この戦いで功績を挙げたが、それについては後述する。

『旧唐書』太宗紀下に拠れば、この出兵は大規模なものであり、貞観十九年(六四五)には皇帝たる太宗李世民自らが親征している。長年にわたって続くことになる唐の高句麗出兵の第一波である。高句麗の将楊万春《ようばんしゅん》の活躍もあり、この時の戦いで、唐は結局退却を餘儀なくされる(ただし、『旧唐書』『新唐書』等に楊万春の名は見えない)。これ以降、唐は高句麗への出兵を繰り返し、薛仁貴も幾度となく出陣している。しかし、蓋蘇文と直接戦った記録はない。

蓋蘇文が死去したのは、唐の乾封元年（六六六）六月壬寅（七日。『旧唐書』高宗紀下。ただし諸説ある）。その翌々年、首都平壌を唐軍に落とされ、高句麗は滅亡した。薛仁貴はこの戦いに参加しており、平壌陥落後、その守備の任に就いた。平壌の人々はみな薛仁貴を慕ったという（『旧唐書』薛仁貴伝）。

上記の通り、蓋蘇文が統治していた高句麗と、薛仁貴は幾度も戦い、蓋蘇文亡き後、高句麗の首都に入った。薛仁貴と高句麗とは深い縁がある、と言ってよいであろう。しかし、繰り返すが、薛仁貴と蓋蘇文は直接戦ってはおらず、ましてや蓋蘇文が薛仁貴に射殺されたわけでもない。

すなわち、李粛が呂布とともに戦場で活躍したり、葛蘇文（蓋蘇文）が薛仁貴と戦ったりするのは、後世の創作、つまり「伝説」なのである。ならば、このような「伝説」が附された意図は何処にあるのか？

李粛と薛仁貴

この問いに答えるには、後世の作品に現れた、李粛と薛仁貴の姿が手懸かりになると思われる。先に指摘した通り、『平話』では、呂布の軍装に続けて李粛のそれが細かく描写されている。重複する部分もあるが引用しておく。

その日、太師（董卓）は兵五十餘万、武将千人を率いており、その左には義児呂布がいる。呂布は赤兎馬に乗り、身には金鎧を纏い、頭には獬豸冠をかぶり、一丈二尺の方天戟を使う。上方の黄色の幟と豹尾の飾りをかけ、歩みはやく来たりて（？）、左将軍の任に就く。右には漢の李広の後嗇たる李粛。銀盔《かぶと》をかぶり、身には銀の鎖帷子と白袍を着け、一丈五尺の倒鬚悟鉤の槍を使い、弓を手挟み矢を帯びていた。

（『平話』巻上）

注目すべきは、李粛の纏う「白袍」であろう。前述のように、李粛に関する史書の記述はごく少なく、その中に李粛が「白袍」を身に纏っていた、という記述はない。ならば、白袍を纏う李粛というイメージは、後代に創作されたはずである。

そして、中国史上、戦場で「白」を纏った人物として真っ先に想起されるのは、他ならぬ薛仁貴であった。薛仁貴が戦場で白い衣を纏っていたという記述は、すでに史書に見える。

薛仁貴は自分の勇猛を頼りに大功を挙げることを望んでいた。そこで他者とは軍装の色を変え、白い衣を着け、戟を握り、腰の韃（弓袋）には一張の弓。大音声を上げて真っ先に敵陣に入ると、前を遮る者はなく、敵はみなひれ伏して逃走した。

（『旧唐書』薛仁貴伝）

『新唐書』にもほぼ同様の記述が見える。史書の文章とはいえ、多分に英雄伝説めいた叙述だとは思うが、史書に記載されている以上、「史実」である。先に挙げた「征遼事略」や『説唐後伝』の薛仁貴が白袍を纏うのも、史書の踏襲だと考えるべきであろう。

李粛と薛仁貴がともに、「白」を纏っているのは、おそらく偶然ではない。後代の作品が李粛に対して「白」のイメージを附加したのは、薛仁貴の存在と密接に関係している。

葛蘇文と呂布

そう考える根拠は、「征遼事略」等に現れる葛蘇文の軍装にある。

陣前におし立てられた一人の将。三叉の紫金冠をいただき、絳《あか》き獅服を纏い、一振りの長柄の大刀を横たえ、跨るは赤虬馬、左右の腕にはともに弓を執り、五本の飛刀を背負っている。陣前で武をひらめかせて自ら言うには、「吾《われ》は莫離支葛蘇文なり」と。（「征遼事略」）

李粛とは異なり、葛蘇文（蓋蘇文）の容姿については、史書に言及がある。ただし、「征遼事略」のものと一致するとは言い難い。

蘇文は姓を泉と言った。その容貌は魁偉であり、体軀も立派であった。身には五刀を帯び、側近は仰ぎ見ようとさえしなかった。（『旧唐書』東夷伝高麗）

「征遼事略」も、この叙述を踏まえてはいるのだろう。例えば、「征遼事略」の「五本の飛刀を背負っている（身背飛刀五口）」という叙述は、『旧唐書』の「身には五刀を帯び（身佩五刀）」という叙述に倣うものではある。しかし、「征遼事略」に現れる葛蘇文の姿は、大半は史書に見えない要素で構成されている。そして、その中に『演義』や『平話』の呂布と符合するものが存することは注目に値する。

葛蘇文は「三叉紫金冠」をかぶるのに対し、本章冒頭に引いた『演義』の呂布は「束髪金冠」をかぶる。これだと共通点ははっきりしないが、『演義』の版本によっては、呂布のかぶりものを「三叉束髪紫金冠」とすることがある。これだと、「征遼事略」の葛蘇文と『演義』の呂布のかぶりものが、ほぼ同じものであることは明白である（呂布のかぶりものについては、第五章でも触れる）。

また、葛蘇文は「赤虬馬」に乗り、呂布は「赤兎馬」に乗る。これについては説明不要であろう。

呂方と郭盛

つまり、史書には見えない装飾を施されて、『平話』の李粛は薛仁貴に、「征遼事略」の葛蘇文は（三国志物語の世界の）呂布に準《なぞら》えられている。こう考えると、『平話』に現れる呂布と李粛という対、あるいは「征遼事略」に現れる薛仁貴と葛蘇文という対の「本質」が見えてくる。

この二つの対の本質は、呂布と薛仁貴を組み合わせることにあるのだ。

しかし、呂布と薛仁貴とでは生きていた時代が違う。当然、歴史に準拠した物語世界では同じ舞台に立てない。そのため、薛仁貴の代理として選ばれたのが李粛であり、呂布の代理として選ばれたのが葛蘇文だったのであろう（両者は史書に登場する人物である、という点で共通する）。換言すれば、このような曲藝的操作を要求するまでに、呂布と薛仁貴という組み合わせは鞏固なものである、ということになる。

その証拠に、李粛／葛蘇文という代理に頼らず、直截呂布と薛仁貴を併称する作品も存在する。すなわち、『水滸伝』である。

青州より梁山泊に向かう道中、対影山にさしかかった宋江《そうこう》と花栄《かえい》は、二人の好漢に遭遇する。

宋江と花栄の二人は、二十餘騎の人馬を引き連れて斥候に出た。半里ほどゆくと、早くも一群の人馬が見える。総勢一百餘人。その先頭に立っているのは年若い騎馬の勇士であった。その装束はと見れば、

頭上の三叉の冠は、金を圏《めぐ》らし玉を鈿《ちりば》め、身上の百花の袍は、錦もて織り団花あり。甲《よろい》は千道の火龍の鱗を披《き》、帯は一条の紅の瑪瑙を束ぬ。騎するは一疋の胭脂もて抹《ぬ》りせる龍の如き馬、使うは一条の朱紅の画桿の方天戟。背後の小校は尽《ことごと》く是れ紅衣紅甲なり。

その勇士は全身に紅を纏い、一疋の赤い馬に乗り、山の斜面の前に立って、大声で呼ばわった。

「今日こそ俺と貴様で勝負して決着をつけ、どっちが上か決めようじゃないか」

すると、向かいの山陰から、どっと一隊の人馬が繰り出して来た。同じく総勢は一百餘り。その先頭に立つのはやはり年若い騎馬の勇士であった。その装束はと見れば、

頭上の三叉の冠は、一団の瑞雪を頂き、身上の鑌鉄の甲《よろい》は千点の寒霜を披《き》る。素羅の袍は光太陽を射《い》、銀花の帯は色明月を欺く。坐下に騎するは一疋の征駒玉獣、手中に輪《ま》わすは一枝の寒戟の銀の蛟《みずち》。背後の小校は都《すべ》て是れ白衣白甲なり。

こちらの勇士は一身に白を纏い、一疋の白い馬に乗り、手にはやはり一枝の方天画戟を執る。

（『水滸伝』第三十五回「石将軍村店寄書　小李広梁山射雁」）

この後、宋江と花栄の眼前で二人は一騎討ちを始めるが、なかなか決着はつかない。数十合も斬り結ぶ中、二人の方天戟の穂（長兵器の刃の根元に附けられた房）が絡まり解けなくなってしまった。それを見た花栄が、一箭で絡まっていた戟の穂を射貫き、二人の争いを仲裁する。

二人の好漢の中、紅を纏うのが小温侯呂方、白を纏うのが賽仁貴郭盛《かくせい》である。「温侯」は呂布の爵位（これは「史実」）、「賽仁貴」は「〔薛〕仁貴に比肩する〈賽〉」の義であることからも、また呂方（三叉冠、百花袍、赤馬、画桿方天戟）と郭盛（素羅袍〔素は白色の義〕、方天画戟）の装束からも、この二人が呂布と薛仁貴に準えられているのは疑いない。裏を返せば、『水滸伝』に呂方と郭盛という対が登場することは、呂布と薛仁貴を併称する意識が存在していたことを示す。『水滸伝』は、生きた時代の異なる呂布と薛仁貴を、本来の時代（呂布であれば後漢末、薛仁貴であれば初唐）から引き剝がし、同時代（この場合は北宋末）に転生させた。これにより、呂布と薛仁貴は初めて対となることができたのである。

さて、ここに至って、根本的な疑問に突き当たる。何故、呂布と薛仁貴は対にされるのか？

英雄の「祖型《プロトタイプ》」

この疑問に明確に回答することは難しい。しかし、一つの手懸かりは示し得るように思う。葛蘇文が呂布の影であり、李粛が薛仁貴の影であるのと相似形を描くように、実は、呂布と薛仁貴も一人の英雄の影に過ぎないのかも知れないのである。

その英雄の名を李広という。

すでに第一章に示したが、正史『三国志』は、呂布が武勇に秀でていたことを次のように表現する。

呂布は、弓馬に秀で、抜群の膂力であったため「飛将」と称された。

（魏書呂布伝）

「飛将」と称されたのは、呂布が初めてではない。李広がその祖なのである。

李広が右北平（地名）に駐屯していた時、匈奴（漢王朝と敵対していた北方騎馬民族）は、李広がいると聞いて、これを「漢の飛将軍」と称した。李広を避けること数年、右北平に侵入しようとはしなかった。

（『史記』李将軍列伝）

李広以後、呂布の他にも飛将と称される人物はいる（唐代の単雄信《ぜんゆうしん》、李克用《りこくよう》、宋代の向宝《しょうほう》等）。いずれにせよ武勇に秀でていることを称され、特に弓術に秀でていたのを李広に比されることもある（本書では触れないが、魏書呂布伝には「轅門射戟」と称される挿話がある。また、『宋書』向宝伝にも向宝の弓術について言及がある。後述）。

薛仁貴の場合、「飛将」と称されていた「史実」はない。しかし、薛仁貴も弓術に秀でた将であった。『旧唐書』薛仁貴伝を見よう。薛仁貴は、天山山脈まで出向き、九姓を攻撃することとなった。九姓は、当時、中央アジアにいた突厥（ソグド）系の集団である。

この時、九姓の軍は十数万、勇士数十人が薛仁貴を迎撃した。薛仁貴は三箭を放ち、三人を射殺。残りは下馬して降伏を願った。薛仁貴は後患となることを恐れ、これを穴埋めにして殺した。

（中略）

軍中ではこのように歌われていた。

将軍　三箭もて天山を定め
戦士　長歌して漢関に入る

九姓はこれより弱体化し、国境の外患となることはなかった。

（『旧唐書』薛仁貴伝）

「三箭もて天山を定む」は薛仁貴の武勇を語る上で有名な句となった。先述した「薛仁貴栄帰故里」等でも変形して用いられている。

ところで、類似した挿話が『史記』李将軍列伝にも見える。

匈奴が大軍で上郡に攻め入った時、天子（漢景帝）は中貴人（宦官の中で景帝の寵愛を受けていたと思われる。「中貴人」はおそらく官名。姓名は伝わらない）を李広に附けて従軍させ、匈奴を迎撃させた。中貴人は、数十騎を率いて好き勝手に戦い、匈奴三人と遭遇した。その三人の弓射によって中貴人は負傷し、率いていた数十騎は全滅しそうになった。中貴人は李広の許に逃走。李広は「これは雕《わし》を射る者に違いない（弓術の達人を指す）」と言い、百騎を率いて三人を追った。

三人は騎馬を失って徒歩で数十里ほど逃走していた。李広は追いつくと、騎馬を左右に展開し、自身で三人に向け箭を放った。結果、二人を射殺し、一人を生け擒りにした。果たして、雕を射る者であった。

（『史記』李将軍列伝）

薛仁貴と同じく、非漢族を敵とし、弓術によって三人の敵を射る等、薛仁貴伝と類似した状況が描かれる。これは偶然の一致ではあるまい。この叙述を踏まえて、薛仁貴の弓術が語られた、と考えるべきであろう。というのも、ある英雄（例えば薛仁貴）を語る際、それ以前の英雄（薛仁貴にとっての李広）を祖型として用いる例は、史書／伝説を問わず、多数見出せるからである。

呂布や薛仁貴と同じく、李広を祖型とする人物に、北宋の向宝がいる。

向宝が太原にやって来た時、（当時、幷州を統治していた）梁適《りょうてき》は、弩《いしゆみ》を発射して二回的に当ててみせた。向宝に箭を与えたところ、四箭を発して三箭が命中した。梁適は「今の飛将である」と称した。神宗は向宝の勇を、薛仁貴に比肩すると称した。

（『宋史』向宝伝）

神宗は北宋第六代皇帝（在位一〇六七～八五）。梁適（一〇〇一～七〇）は北宋の政治家で、第四代仁宗（在位一〇二二～六三）治世下では同中書門下平章事（宋王朝における実質的な宰相）まで昇っている（一〇五三～五四）。幷州を統治するのは、その後のことである（『宋史』巻二百八十五に伝がある）。

さて、『宋史』向宝伝の叙述が、前述した李広／薛仁貴の挿話を踏まえている、と看做すことに異論はなかろう。弓術に巧みな人物を記す際、李広を祖型として挿話が形成される例だと言える。さらに、向宝伝は、向宝と薛仁貴を類型化する意識が存在したこと示唆する。李広は、薛仁貴に先行する時代の英雄であるから、薛仁貴の祖型もまた、李広にあったことを示す傍証となろう。

やはり、呂布も薛仁貴も李広の影なのである。

転生する英雄

また、ある祖型を基盤に英雄の挿話が語られる、というパターンは李広の系譜以外にも存在する。例えば、『太平御覧』巻二百九十一に引かれる袁希之《えんきし》『漢表伝』は、諸葛亮（孔明）について、以下のような挿話を記す。

丞相亮は出陣して祁連山を包囲し、初めて木牛を使って兵糧を運搬した。魏の司馬宣王（司馬《しば》懿《い》）と張郃《ちょうこう》は、祁連山を救援しようとした。

夏六月、諸葛亮は兵糧が尽きて撤退、青封木門〔地名であろう〕まで退却した。張郃がこれを追撃。諸葛亮は軍を留め、大樹の皮を剝いで、「張郃　此の樹の下に死せん」と記した。そして、そこに至る道の両側に、数千の強弩兵を伏せた。

果たして張郃はこの地に現れた。幾千の弩が張郃目がけて放たれ、張郃は死んだ。（『漢表伝』）

蜀書諸葛亮伝、魏書張郃伝等を確認すると、魏の太和五年（蜀漢の建興九年、二三一）に、魏の将であった張部が、諸葛亮の軍によって木門道で射殺された、という記録はある。しかし、大樹の皮を剝いで云々、という記述はない。

『漢表伝』の叙述から、即座に想起されるのは孫臏《そんぴん》の物語である。

馬陵〔地名〕は道幅が狭く、道の脇は険阻な地形であったので、伏兵を置くのに格好であった。〔孫臏は〕そこで、大樹の表面を切り削って白くし、「龐涓《ほうけん》 此の樹の下に死せん」と書き記した。そして、斉《せい》軍〔孫臏の軍〕の中で、一万の弩射の巧みな者を選び、道の両側に伏兵とし、「夜になって燈火が見えたら、一斉に発射せよ」と命じた。

夜となり、果たして龐涓がやって来た。大樹の下に立ち、書かれている語を読もうと、燈火を点して照らしたところ、読み終わらぬ中に、斉軍一万の弩が発射された。魏軍〔龐涓の軍〕は潰乱した。龐涓は孫臏に智謀で上回られ、戦に敗れたことを悟り、自刎した。「遂に豎子〔若造。孫臏を指す〕に名を成さしむ」と言い残したという。

（『史記』孫子呉起列伝）

『漢表伝』の諸葛亮と張部に関する叙述は、『史記』を原型にしているというより、もはや剽窃に近い。ともかく、孫子（臏）を祖型として、軍略家としての諸葛亮が語られるわけである。

別の例を挙げよう。『新五代史』巻六十三前蜀世家において、前蜀第二代皇帝王衍《おうえん》（九〇一〜九二六。在位九一八〜九二五）の容貌は以下のように記されている。

王衍の為人《ひととなり》は、あごは角ばっており口は大きく（方頤大口）、手を垂らすと膝を過ぎ（垂手過膝）、振り返ると耳が見えた（顧目見耳）。（『新五代史』前蜀世家）

王衍の容貌は、三国志物語の主人公でもある蜀漢初代皇帝劉備（一六一〜二二三。在位二二一〜二二三）と酷似する。

先主は……身長七尺五寸、手を垂らすと膝より下となり（垂手下膝）、振り返るとその耳が見えた（顧自見其耳）。（蜀書先主伝）

劉備と王衍の容貌が酷似することを、如何に考えるべきであろうか？　無論、二人の容貌が偶然似ていた可能性は否定できない。しかし、この二人が、ともに蜀（現在の四川省）の地に蟠踞し、帝位に就いた地方政権の主であることを勘案すれば、そんな偶然の可能性は低かろう。王衍と劉備は、七百年ほどの時間を隔ててはいるが、ともに蜀に君臨していた。想像を逞しくするならば、『新五代史』に書き残された王衍の容貌は、劉備との相似を強調することで求心力を得ようとした、王衍やその周辺に拠る政治宣伝《プロパガンダ》であったとさえ疑いたくなる。すなわち、王衍は劉備を祖型として語られているのである。

そして、劉備を祖型とするらしい人物は王衍のみに留まらない。劉備と似たような政治的境遇にあった者、すなわち地方政権の主は、多く劉備と似たような容貌／性格を持つように語られている。

その傾向は、特に『晋書』載記に収められた人物に顕著である。幾つか挙例しておこう。

劉曜《りゅうよう》（前趙皇帝。?～三二九。在位三一八～二九）

手を垂らすと膝を過ぎ（垂手過膝）（『晋書』劉曜載記）

苻堅《ふけん》（前秦の君主。三三八～八五。在位三五七～八五）

臂《うで》は垂らすと膝を過ぎ（臂垂過膝）（同苻堅載記）

慕容垂《ぼようすい》（後燕皇帝。三二六～九六。在位三八四～九六）

手は垂らすと膝を過ぎ（手垂過膝）（同慕容垂載記）

呂光《りょこう》（後涼の君主。三三八～九九。在位三八六～九九）

読書を楽しまず、唯《た》だ鷹馬を好んだ（不楽読書。唯好鷹馬）

喜怒を表に出さなかった（喜怒不形于色）（同呂光載記）

最後に挙げた呂光の描写は、蜀書先主伝が「先主（劉備）はさほど読書は楽しまず、闘犬や馬比べ、音楽、美しい衣服を好んだ（先主不甚楽読書。喜狗馬、音楽、美衣服）」、「寡黙でよく人に遜《へりくだ》り、喜怒を表に出さなかった（少語言。善下人。喜怒不形於色）」と述べるのと重なる。このように、五胡十六国時代の地方政権の主たちは、劉備を祖型として語られているのである（最終形である『晋書』が潤色を施して、劉備に近づけようとした、というのではない。地方政権の主たちが活動している段階から、劉備を祖型とする政治宣伝が流布していたのであろうか）。この現象をもって、英雄は転生する、と言ってもよいかも知れない。

そして、作品（ここでは史書／小説／戯曲を問わず、英雄を語るもの）の受容者（の一部）は、このような英雄の祖型や転生ということを確実に意識していたはずである。

前掲した『水滸伝』第三十五回の叙述が、それを雄辯に物語る。前述したように、一騎討ちをする呂方（呂布）と郭盛（薛仁貴）であったが、斬り結ぶ中、二人の方天戟の穂が絡まる。それを射貫いて仲裁したのは、花栄なる人物であった。花栄は、その渾名《あだな》を「小李広」と言う。

ともに李広の影である呂布と薛仁貴の争いは、本家李広によって収められたのであった。

残る疑問

ここまでの議論を踏まえて、『演義』の呂布と李粛について整理しておこう。

『平話』や雑劇は、明確に呂布と李粛を対にする。その背後に、呂布と薛仁貴、引いては祖型となる李広という存在がいることは、述べて来た通りである。

『演義』にあって、呂布と李粛は、『平話』のように明確な対をなすことはない。しかし、呂布と李粛の関係を意識していないわけでもない。ただ、『平話』や『水滸伝』のように露骨に史書を逸脱することをせず、「合理化」され、あたかも「史実」であるかのように語られているのである。

前二章で見てきた、『演義』における貂蟬／赤兎馬の語られ方も、李粛の語られ方と同じく、先行する伝説を継承しつつも「合理化」されたものだったと言える。つまり、このような叙述は、『演義』の一大特徴を為すものだと考えられ、呂布をめぐるものに限らず、『演義』の他の箇所からも「発見」することが可能であろう。そして、そのような「発見」を志向することは、『演義』の再可読性を高め、新たな魅力の発見にも繋がる（ように願う）。

さて、呂布をめぐる旅はまだ終わらない。根元的な疑問が残っている。

何故、呂布なのか？

呂布は「最強」であり、貂蟬の夫（才子）であり、跨がっていた赤兎馬は神となった関羽に譲られ、薛仁貴の対手である。すべて「史実」ではない。あまりにも多くの伝説が、呂布を経由して語られている。一種の特異点のような存在である。ならば、何故、呂布が特異点となったのか？

次章でその問題に踏み込んでみよう。

第五章 再び呂布

呂布の装束

何故、呂布なのか？

この曖昧模糊とした疑問の答えを見つけるために、呂布の装束を手懸かりとしてみよう。『演義』をはじめとする、歴史を題材とする作品《テクスト》において、登場人物の容貌や装束についての記述は頻繁に現れる。無論、誰にでも附されるわけではない。原則的にはその作品において重要だと判断される人物に限られる（というより、容貌や装束に言及があることで、その人物の重要性に気づく）のだが。例えば『演義』の関羽については以下のような描写がある。

玄徳《げんとく》（劉備）がその人を看ると、身長九尺三寸、鬚《ひげ》の長さ一尺八寸、顔は重棗のごとく、脣《くちびる》は紅を塗ったよう。丹鳳の眼にして、臥蚕の眉。容貌は堂堂として、威風は凜凜と辺りを払った。玄徳は迎えてともに坐り、姓名を尋ねる。その人曰く、「私は姓を関、名を羽、字はもと寿長と申しましたが、後に雲長と改めました。河東解良の出身であります」。

（『演義』第一則「祭天地桃園結義」）

遡って『三国志平話』に云う。

さて、とある人物、姓を関、名を羽、字を雲長、平陽蒲州解良の出身である。神眉鳳目にして虬髯、顔は紫の玉のごとく、身長は九尺二寸あった。

（『平話』巻上）

『演義』が、『平話』の容貌描写を直截に継承しているかはともかく、類似した描写が関羽に附与されている。

さて、呂布についても容貌の描写は存在する。というより、『平話』や『演義』は、主人公格である劉備・関羽・張飛に匹敵するほど執拗に呂布の容貌／装束を描写するのである。再掲となるが、関羽とは逆に、『平話』『演義』の順に列挙する。

> その日、太師（董卓）は兵五十餘万、武将千人を率いており、その左には義児呂布。呂布は赤兎馬に乗り、身には金鎧を纏い、頭には獬豸冠をかぶり、一丈二尺の方天戟を使う。上方の黄色の幟と豹尾の飾りをかけ、歩みはやく来たりて〔？〕、左将軍の任に就く。右には漢の李広の後裔たる李粛。銀盔をかぶり、身には銀の鎖帷子と白袍を着け、一丈五尺の倒鬚悟鉤の槍を使い、弓を手挟み矢を帯びていた。
> （同前）

> 李儒は丁原の背後に立っている者を見た。身長は一丈（十尺）、腰まわりは十囲。弓馬に熟達し、眉目清秀であった。五原郡九原県の人、姓は呂、名は布、字は奉先と言い、執金吾の地位にあった。幼い時から丁原に随い、これを義父として拝していた。この日は、手に方天戟を執り、丁原の背後に佇立していた。
> （『演義』第六則「呂布刺殺丁建陽」）

『演義』通行本（毛宗崗《もうそうこう》本）では、この箇所に改変が加えられ、呂布の身長や「眉目清秀」などの形容が削除されている。しかし、葉逢春本（厳密には通行本以外のほとんどの『演義』）では、関羽ほどではないにせよ、呂布の容貌が比較的詳細に述べられていることは確認できよう。

附言しておけば、『平話』においても、「眉目清秀」に類する表現こそないが、「身長一丈、腰闊七囲」という『演義』に酷似した表現がある。呂布の容貌についての情報は、ある程度は『演義』以前から共有されていたのは疑いない。

呂布の容貌／装束の決定版とも言える描写が次である（再掲）。

王匡は人馬を並べて陣構えを整え、門旗の下に馬をとどめる。そこへ呂布が姿を現した。束髪金冠をかぶり、西川の紅錦でできた百花袍をまとい、身には獅子呑頭の連環の鎧。彎弓と箭、狻猊の宝刀を腰に下げ、画桿の方天戟を執る。跨るは風に嘶く赤兎馬。まさしく「陣中に呂布あり、馬中に赤兎あり」といったところ。

（第十則「虎牢関三戦呂布」）

後に呂布の「かぶりもの」に注目する。ここ（葉逢春本）では「束髪金冠」となっているが、系統を違える嘉靖壬午序本等及び、その末裔に当たる通行本では「三叉束髪紫金冠」という、さらに仰々しい名称になっていることには言及しておきたい。

さて、関羽と呂布の描写を比較した場合、容姿についての情報は関羽の方が多量だが、装束に関しては呂布の方が詳しい。というより、『演義』全体を通覧しても、呂布の装束についての描写は突出している。

呂布以外の例

『演義』において武将や将軍の装束を描写する場合、四字句を二～三句重ねるのが通例である。

陣太鼓が止むと、袁紹は金甲金盔に、錦袍玉帯、馬を陣前に進める。（第五十九則「曹操官渡戦袁紹」）

馬超《ばちょう》が馬を馳せて出る。手に長鎗を執り（手執長鎗）、獅蛮の戦帯、銀甲白袍。

（第一百二十九則「葭萌関張飛戦馬超」）

呂布の装束の描写が通例から外れているのは一目瞭然であろう。無論、『演義』中で、呂布の描写に類するものが全くないわけではないが、総数は少ない。

この日、曹操は、宝玉を嵌め込んだ金盔をかぶり、紅繡の羅袍を纏い、玉帯に珠履といういでたちであった。高欄に座を占め、文武百官は臺の下に侍立した。（第一百一十一則「曹操大宴銅雀臺」）

蛮王孟獲《もうかく》は、犀の皮の甲《よろい》を着け、朱紅の盔をかぶり、左手に盾を、右手に刀を執り、赤毛の牛に跨がっている。（第一百七十七則「孔明四擒孟獲」）

兀突骨《ごうとつこつ》は象に乗り陣頭に出た。頭には日月の狼頭帽をかぶり、金珠瓔絡の首飾りをかけ、左右の肋の下に鱗を現し〔兀突骨は体に鱗が生え、刀も矢も通らないと設定されている〕、眼から異様な光を放っている。
（第一百八十則「孔明七擒孟獲」）

第一例に挙げた曹操の装束は、銅雀臺の完成を祝賀する宴におけるものであり、呂布の戦《いくさ》装束とは相当に位置づけが異なる。第二例の孟獲、第三例の兀突骨は、いずれも戦装束であるが、南蛮（＝非漢族）の将についてのものであり、その異様さを強調するための描写であろう。しかも、孟獲にせよ兀突骨にせよ、呂布の装束の描写に比べれば、簡素である。ただし、嘉靖壬午序本では孟獲の装束について、さらに精緻に描写する例はある。

中央に孟獲が出馬する。頭には宝玉を嵌め込んだ紫金冠をかぶり、纓絡をかけ紅錦の袍を着け、玉をちりばめた獅子模様の腰帯を締め、鷹嘴を象った抹綠靴を履く。巻毛の赤兎馬に跨がり、二振りの松紋鑲宝の剣を帯び、昂然と辺りを眺めわたす。（嘉靖壬午序本第一百七十四則「諸葛亮一擒孟獲」）

この描写は、先述した、例えば第十則「虎牢関三戦呂布」に現れる呂布の描写等と比較しても、遜色なく精緻だと言えるであろう。だが、孟獲が「紫金冠」をかぶり、「巻毛の赤兎馬（捲毛赤兎馬）」に乗ることに象徴されるように、むしろ、呂布の装束の模倣《パロディ》と言うべきかも知れない。

しかし、呂布の場合、『演義』に先行する『平話』でも装束描写が細緻であり、かつ『演義』のそれと重なる部分があったのに対し、『平話』の孟獲には装束の描写はなく、兀突骨に至っては『平話』に登場すらしない。

すなわち、呂布には『演義』成立以前から、ある種の固定的イメージが附されていたのに対し、蛮将たちは『演義』で初めて装束が描写されたと思しいのである。

以上のように見てくれば、呂布の装束が、三国志物語の中で特殊かつ重要な位置を占めていることは確認できたように思う。それでは、呂布には何故、このような特殊な描写が与えられているのだろうか。この問いに答えるには、装束の描写を構成する細部に対する検討が必要であろう。

呂布の図像

特に、呂布が頭に戴く「かぶりもの」について考察したい。

何故、「かぶりもの」なのか。

実は、『平話』や『演義』の諸版本の挿図を見ると、呂布は常に同じものをかぶっていると思しい。ここでは、『平話』を例として挙げよう（図1）。

ちなみに、テキストの文面上は、呂布（三叉束髪紫金冠）と類似したものをかぶっているはずの孟獲（紫金冠）であるが、図像で確認すると、到底同じものとは思われない（図2）。『演義』の孟獲の叙述は、ある版本《エディション》の制作者が、呂布を摸倣して記し

図1　『三国志平話』呂布

図２『三国志演義』（通行本）孟獲

たものであり、広く共有されるイメージではないのであろう。

それはさておき、『平話』と『演義』における呂布のかぶりものが、図像としては一致するということは、遅くとも『平話』の成立した元代までには呂布の形象が図像《ヴィジュアル》的に確立し、固定されていたことを意味する。大袈裟に言えば、関羽の「長髯」、張飛の「虎鬚」、諸葛亮の「綸巾」のように、三国志物語の主役級に与えられた記号と同等に広く共有されていたことになろう（この三者については、本書では立ち入らないが）。

それでは、呂布は何をかぶっているのか？　厄介なことに、図像としては一致するのだが、語《テキスト》としては一致しない。呂布のかぶりものについて、『平話』は「獬豸冠」、『演義』は「束髪金冠」あるいは「三叉束髪紫金冠」と、別々の呼称を用いている（附言しておけば、両者はともに、それぞれのテキストにおいて呂布のみが用いるかぶりものである）。

それでは、図像として確立している呂布がかぶるのは、何なのであろうか？　「獬豸冠」なのか？　それとも「束髪金冠」「三叉束髪紫金冠」なのか？　あるいはいずれでもないのか？　あるいは呼称は異なるがこれらは全て同じかぶりものなのか？

獬豸冠ではないのは間違いない。「獬豸冠」そのものは実在した冠であり、古くは『後漢書』輿服志下に確認できる。それに拠れば、獬豸とは「神羊であり、曲直を辨別できる」存在だという。その頭には一本角が生えているのが常であり、獬豸冠も一本角のような意匠である。『平話』や『演義』における呂布のかぶりものとは大きく形状が異なる。

三叉束髪紫金冠

それでは、『演義』の呂布のかぶる「束髪金冠」あるいは「三叉束髪紫金冠」は、図像の呂布のかぶるものと一致するのであろうか？

その問題を検討する前に、特に後者、「三叉束髪紫金冠」という語の組み立てについて考えておく必要がある。というのも、「三叉束髪紫金冠」は、『演義』邦訳者を悩ませてきた語のように思われるからである。井波律子訳（ちくま文庫版）の該当部分を引こう。

三つに分けて束ねた髪に紫金のかぶとを載せ、四川産の紅錦の百花袍を着て、獣面呑頭の連環の鎧をつけ、鎧の上から玲瓏獅蛮（獅子の図案）の腰帯を締めている。（井波二〇〇二、第一冊一三二頁）

「三叉束髪」を呂布の髪型と解しているのである。これは他の邦訳でも変わらず、小川環樹・金田純一郎訳では「かしらには三またに束ねた髪に紫金の冠をいただき」、立間祥介訳では「頭は髪を三つにたばねて紫金（赤銅）の冠をいただき」、渡辺精一訳では「頭髪を三つにたばねてそれを収納するかたちの純金製の冠を戴き」と訳出している。

しかし、これらの解釈には疑義を呈したい。まず、「三叉」であるが、『演義』中では、管見の限り、この箇所にしか見られない語彙であり、軽々に語義を確定させることができない。「束髪」については計五例を見出せるが、うち四例は呂布のかぶりものについての描写である。呂布の「束髪」について見ると、一例は前掲の「三叉束髪紫金冠」、残る三例の中、二例は「束髪金冠」（第六則／第十則）という用法であり、葉逢春本と一致する。

ここでは、次の例に注目したい。

このとき貂蟬は窓の下に立ち、髪を梳《くしけず》っていたが、ふと窓の外の池に人影が見えた。背は極めて高く、頭には束髪冠。盗み見ると、呂布が池の畔に立っているのであった。

（第十六則「鳳儀亭布戯貂蟬」）

「束髪冠」という冠が存することが判る。そして、呂布以外について現れる残る一例の「束髪」も「束髪冠」なのである（後述）。

それでは、『演義』以外の作品において「束髪冠」が現れるのか、ということが問題になるが、ひとまず措く。

再び「三叉」に戻ろう。「束髪冠」という冠があるのならば、「三叉冠」もあるのではないかという類推が可能である。先述したように、『演義』では「三叉束髪紫金冠」の一例しか現れないのであるから、確認しようがない。そこで他のテキストに眼を転じる。

雑劇のテキスト中に、「穿関《せんかん》」と呼ばれるものが附記されることがある。これは、その雑劇における配役の衣装を指定したものであるが、呂布については、「関雲長単刀劈四寇」「虎牢関三戦呂布」「張翼徳単戦呂布」そして第二章に挙げた「錦雲堂美女連環記」の四種について、穿関が残っている。ここでは「関雲長単刀劈四寇」雑劇のものを引く。

三叉冠雉雞羽　抹額　蟒衣曳撒　袍　項帛　直纏　褡膊　帯　三髭髯　簡

残る三種の雑劇における呂布の穿関も、これとほぼ完全に一致する（「張翼徳単戦呂布」のみ、最後の「簡」を缺く）。それぞれが具体的に何を指すかは未詳の部分もあるが、最初の「三叉冠雉雞羽」がかぶりものを指し、「三叉冠に雉の羽を挿したもの」を言うのは確実である。「三叉冠」という冠があるのだ。また、「雉雞羽」についてであるが、『演義』の呂布の図像に雉の羽らしきものを挿した冠をかぶる図があり（図3）、また第十則「虎牢関三戦呂布」に、「束髪金冠簪雉尾」という記述があるので、これを指すのだと思われる。

この三叉冠をかぶる穿関を持つ役としては、呂布の他に周瑜（「走鳳雛龐掠四郡」）、秦叔宝（「徐茂《ママ》公智降秦

図3 『三国志演義』（通行本）呂布

叔宝」等）、白起・藺相如（「保成公径赴澠池会」）が見出せる。つまり、『演義』の「三叉束髪紫金冠」などと異なり、必ずしも呂布固有のものではないのだが（ただし、「雉雞羽」を伴うのは呂布のみ）、それについては措く。

以上のように見てくると、『演義』の呂布がかぶる「三叉束髪紫金冠」とは、「三叉冠」「束髪冠」「紫金冠」が融合した名称、踏み込んで言えば、この三者はいずれも同じ冠を言うのではないか。そう考える根拠として、「三叉紫金冠」「束髪紫金冠」という名称が、明清代の作品に見出せることが挙げられる。以下に列挙しよう。

頭には三叉紫金冠をかぶり、その冠の中に二本の雉尾を結ぶ。

（『水滸伝』容与堂本第八十五回）

〔林黛玉《りんたいぎょく》がいろいろと〕思いまどって思案しながらひょいと見ると、侍女の取り次ぐ言葉も終わるか終わらぬかに、はや一人の若い貴公子（青年公子）が入ってきました。頭には束髪嵌宝紫金冠をかぶり、眉すれすれに二龍珠を争うの図をあしらった金具の附いたはちまきを締め〔…後略〕。

（『紅楼夢』庚辰本第三回）

前者は遼の将軍の阿里奇《ありき》なる人物、後者は『紅楼夢』の主人公たる賈宝玉《かほうぎょく》についての描写である。ちなみに伊藤漱平は、「束髪嵌宝紫金冠」を「髪を束ねる七宝象嵌の紫金冠」と訳すが、先述した考証に従い、「束髪」も冠の形状を指す語だと考えるべきであろう。なお、ここで賈宝玉が「青年公子」と称されているのは注目に値する（後述）。

「三叉束髪紫金冠」「三叉紫金冠」「束髪（嵌宝）紫金冠」という名称が出てくるわけだが、これをそれぞれ別のものと考えるのには無理があろう。すべて同じものを言っていると考えた方が合理的である。阿里奇の冠には、呂布と同じく「雉尾」が附いているのだから尚更である。そして、『紅楼夢』の別の箇所における賈宝玉についての描写および『紅楼夢』の挿図が、この仮説を補強する。

〔薛宝釵《せつほうさ》が〕さりげなく宝玉に眼をやりますと、頭には絹糸を編みあげて玉を嵌め込んだ紫金冠をかぶり、額には宝珠を奪い合う二龍をあしらった金具の附いたはちまきを締め〔…後略〕。

（同前第八回）

「束髪」の語こそないが、賈宝玉のかぶりものが先述した『紅楼夢』第三回と一致することは疑いない。むしろ、ここで「束髪」が言われないということは、「束髪紫金冠」と「紫金冠」が同じものを指すゆえであると理解することも可能であろう。また、挿図に眼を転ずれば（図4）、そこに描かれる賈宝玉の冠が、『三国志平話』『三国志演義』の呂布のかぶりものと酷似することは一目瞭然である。

すなわち、呂布がかぶるのは「三叉冠」＝「束髪冠」

図4 『紅楼夢』賈宝玉

＝「紫金冠」であると確定してよかろう。

束髪冠と紫金冠

それでは、この「三叉冠」＝「束髪冠」＝「紫金冠」をかぶるということは、何を意味するのか。文献から、ある程度の推量をすることは可能である。

ただし、三叉冠については先述した元雑劇の穿関を除くと、管見の限り、用例を見出せない。穿関について詳細に検討すれば、何らかの意味を抽出することも可能であるかも知れないが、本書では立ち入らない。以降は束髪冠と紫金冠について検討してゆく。

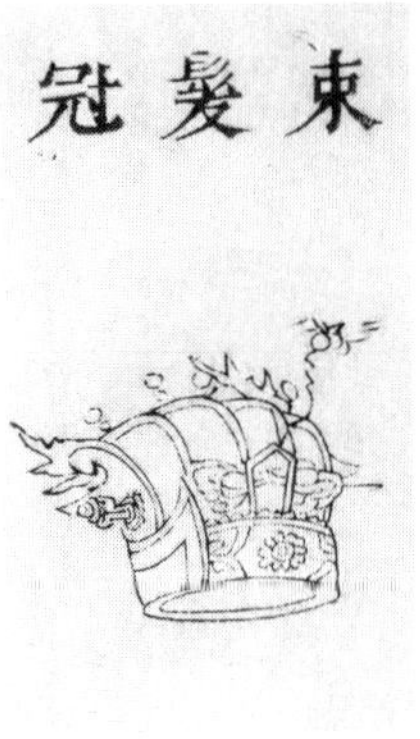

図5　『三才図絵』束髪冠

とはいうものの、この両者もそれほど用例を見出せたわけではない。しかし、その数少ない用例の中に極めて興味深いものが幾つか存する。

まず、明の王圻が撰した『三才図会』に、束髪冠についての説明がある（図5）。

これは古《いにしえ》の制度のものである。かつては三王の画像について多くこの冠をかぶせて描かれていた。「束髪」と名付けられたのは、もとどりを覆《おお》って一つにまとめるからである。

（『三才図絵』衣服巻）

三王が誰を指すかは諸説あるが、夏・殷・周の古代三王朝の始祖、すなわち夏の始祖たる禹《う》・殷の湯王・周の文王（あるいは周の武王）を指すとされることが多い。つまり、束髪冠とは古代の帝王がかぶっていたと認識されていたのであり、それを呂布がかぶるというのは重大な意味を持つであろう。これとは別に、束髪冠は道教に関係する者がかぶることもある。『新平妖伝』第二十六回では張鸞《ちょうらん》が「束髪鉄冠」をかぶるとあり、また、『演義』第九十七則には以下のように見える。

孔明は決然と承諾し、魯粛《ろしゅく》とともに馬に乗り、南屏山に赴く。地勢をはかり、兵士たちに命じて東南方の赤土を取り壇を築かせた。周囲は二十四丈、一層ごとに高さは三尺、あわせて九尺である。……最上層には四人、みな束髪冠をかぶり、皀《くろ》い羅の袍を着け、風衣《ママ》に幅の広い帯を締め、朱い履に四角のもすそを引いている。〔後略〕

（『演義』第九十七則「七星壇諸葛祭風」）

『新平妖伝』にしろ、『演義』にしろ、束髪冠をかぶるのは単なる一介の道士ではない。張鸞については、道教の宗主というべき張天師《ちょうてんし》との関係が仄めかされている。

『演義』の例は、赤壁の戦いにおいて、諸葛亮が東南風を呼ぶために七星壇を築く場面であり、先述した「束髪」が呂布以外に用いられる唯一の例に当たる。『演義』全体に道教臭が漲《みなぎ》っており、就中、諸葛亮について、その傾向が顕著であることは屢々《しばしば》指摘されることであるが、この場面はその顕著な例と言えよう。束髪冠をかぶる四人は恐らく呉の兵士と思しいが、この儀式で重要な役割を負うために最上段に置かれていることは明白であろう。

この「帝王」と「道教」が融合したような例として、「二郎神鎖斉天大聖」雑劇における巨霊神《きょれいしん》が挙げられる。この雑劇は主役（正末）である二郎神《じろうしん》が、暴れまわる邪魔である斉天大聖《せいてんたいせい》を取り押さえようとする物語《ストーリー》だが、第三折で通天大聖《つうてんたいせい》と耍耍《ささ》三郎《さんろう》が斉天大聖の助っ人として現れる。これに呼応するかのように、二郎神の助っ人として巨霊神が登場し、斉天大聖らを取り押さえる。巨霊神は、その名が示す通り、道教神の一柱であり、神がかぶるものとして束髪冠が設定されているのである。穿関において束髪冠は本例しか見出せないため、あまり臆測を逞しくするのは危険だが、束髪冠の特殊性を示す端的な例ではあろう。

また、紫金冠についても同じような傾向が見出せる。『紅楼夢』において紫金冠をかぶる賈宝玉は、女媧《じょか》が天を繕うために用意した岩の中、ただ一つ餘った岩の転生した姿であり、その結末において、大士（仏教で悟りに達した者への尊号）・真人（道教で悟りに達した者への尊号）に連れられて出家してしまう。そして、彼は疑いなく『紅楼夢』世界の主人公であるから、牽強の謗りを恐れず言えば、道教に関係しつつ「王（＝世界の中心）」たる役割を担う人物なのである。

賈宝玉

やはり注目すべきは、『演義』の呂布と『紅楼夢』の主人公たる賈宝玉のかぶりものが、どうやら同一であることであろう。『紅楼夢』は明清白話小説の最高峰と言ってよい作品である。それをめぐる研究は「紅学」と称されるほど、厖大な蓄積がある。

全ての文藝は、本来、物語《ストーリー》を節略した紹介などすべきではない、と筆者は考える（本書の今までの内容は何なのだ？　と言われそうであるが）。就中、『紅楼夢』は、そのような紹介では魅力を伝えられない。ゆえにその物語には触れず、本書を進めるために必要な設定のみに言及しておこう。

『紅楼夢』が執筆されたのは清の乾隆帝（在位一七三五〜九五）の時代とされる（これにもややこしい話は多々ある）。時代ははっきりとは設定されない。ともかく前近代中国であり、その中で代々高官を輩出する名門の貴公子、賈宝玉が主人公である。

賈宝玉の父賈政《かせい》は朝廷の高官、同母姉である賈元春《かげんしゅん》は皇帝に召されて貴妃となっている。そんな家に生まれた賈宝玉であるが、官僚登用試験である科挙を嫌い、立身出世には興味を示さない。作品は、林黛玉や薛宝釵をはじめとする少女／女性とのかかわりを描くことに力を注ぐ。

そんな賈宝玉のかぶりものは、先に紹介したように、「束髪嵌宝紫金冠」であった（第三回）。第三回以外にも、賈宝玉のかぶりものとして、「束髪冠児」「累絲嵌宝紫金冠」（第八回）、「束髪銀冠」（第十五回）という語が確認できる。すなわち、『紅楼夢』において、賈宝玉が「束髪冠」＝「紫金冠」をかぶる、ということが意識されているのは間違いない。そして、『紅楼夢』の中で、束髪冠（紫金冠）をかぶるのは賈宝玉ただ一人なのである。

以上のように見てくれば、「束髪冠（紫金冠／三叉冠）」には、貴公子のかぶりものとしてのイメージが共有されている、くらいのことは言えそうである。貴公子であるからこそ、（賈宝玉が多くの女性とかかわるように）呂布には貂蟬との恋物語が相応しい。

そして、貴公子には必須の属性がある。必ず何者かの息子であるのだ。

父殺しの貴公子

では、呂布は誰の息子なのか？　ここまで読み進んでいただいた読者には確認するまでもあるまい。董卓の息子である。すなわち、「貴公子」呂布は自らの父を殺したのだ。

無論、父殺しは人間社会における最大級の禁忌《タブー》である。ギリシア神話の語る、オイディプスの悲劇がそれを象徴していよう。

何も知らぬまま、父ライオスを殺したオイディプスは、スフィンクスを退治し、テーバイの王となる。そして、先王ライオスの妻イオカステ（すなわち自らの母）を娶り、子をなす。しかし、不作と疫病の続くテーバイを救うため、先王ライオスの死の真相を探ってゆく中、その犯人が自分であること、すなわち、テーバイを襲った災厄の原因が自分自身にあることを知る。真実を知ったイオカステは自殺し、オイディプスも自らの目を抉ってテーバイから追放された。

この有名な物語の背後に、父殺しを強い禁忌として位置づける意識を見出すのは容易であろう。だが、父殺しをめぐっては、辛辣な葛藤《ジレンマ》が存在し得る。

悪逆非道の父を殺すのは禁忌なのか？

父が多くの人々の生命を危険に晒すような存在である時、その息子が人々を救うために自らの父を殺す。その行為は称賛されるべきか？　非難されるべきか？

実在の人間の行為として考えた場合、正解は（おそらく）ない。

だが、このような葛藤の渦中に置かれた人物は否応なく悲劇性／英雄性を帯びるであろうことは、想像がつく。

殷元帥

そして、そのような葛藤を抱えた人物(?)が中国には存在する。殷元帥《いんげんすい》である。その名の示す通り、第三章で言及した関元帥と同じく、道教系の武神である元帥神に数えられる。

元来は、木星の鏡像として設定された架空の惑星「太歳」が神格化され、太歳信仰(多くの場合、祟《たた》り神として理解される)と呼ぶべきものになったものが出発点である。変遷を経て、人格神となり、殷の紂《ちゅう》王の息子と設定されるようになった。

殷(商)は、文献的には前十七世紀頃に興り、前十一世紀頃に滅亡したことになっている。呂布の生きていた時代よりも一千二百年以上前に滅亡したことになり、超古代の王朝と言ってよい。その最後の君主であり、『史記』等でも暴虐をもって知られるのが紂王(帝辛《しん》)である。歴史的には、太公望《たいこうぼう》(呂尚《りょしょう》/姜子牙《きょうしが》等の異名がある)に補佐された周の武王(姫発《きはつ》)に滅ぼされた。その紂王の息子として太歳は人格神化したわけである。そして、父である紂王を打倒するため、武王を助けた、という伝説を持つ。殺された紂王にとってみれば、殷元帥は正しく祟り神であったろう。

『三教源流捜神大全』なる書物に拠れば、「太歳殷元帥」は、三面六臂の異形であり、黄鐘を持ち、武器として黄鉞(鉞はまさかり)を振るう。三面六臂や黄鐘については措く。問題は武器として附与される黄鉞である。

殷元帥が黄鉞を振るうこと自体は、恐らく、『史記』によって説明できる。『史記』周本紀に拠れば、武王が殷誅伐に際し、左に黄鉞を杖つき、右に白旄(旄ははた)を執って、誓約を立てた、とある。すなわち、黄鉞とは殷を滅ぼす際の象徴的な武器であった。それを、父紂王を打倒すべく殷元帥が振るうのである。

　では、この殷元帥と呂布はどう関係しているのか？　一枚の図が、両者の関係性を雄辯に物語る（図6）。

　これは、『三教源流捜神大全』が収録する太歳殷元帥の図像である（ただし、三面六臂に描かれていないことからも判るように、殷元帥の図としては例外に属するのだが）。何の豫備知識もなく、図1や図3と下図を見比べたのならば、両者を同一人物と判断するのではないだろうか？　それほどまでによく似ている。三国志物語の呂布のみを知っている読者ならば、図6を見て、呂布だと即断するに違いない。

　図6において、最も重要なのは殷元帥の持つ武器であろう。『三教源流捜神大全』の本文に従うならば、この武器は黄鉞のはずである。しかし、図像的《ヴィジュアル》には、鉞（大斧）というより、呂布の持つ方天戟に近い。恐らく、（物語世界の）呂布と殷元帥が混淆し、本来別のものである両者の武器も同一の形を採るに至ったのである。

図6　『三教源流捜神大全』太歳

これは単なる推測ではない。文献的に証明できる。殷から周への王朝交代物語は、明代に至って『封神演義』に結実するが、その中に、紂王の息子である殷郊《いんこう》と殷洪《いんこう》が登場する。殷元帥とは異なり、この二人は最終的には、紂王に与《くみ》するのであるが、内容的には明らかに殷元帥の伝説の影響を受けている。兄である殷郊が三頭六臂の異形へ変化することが、その証拠となろう。そして、その殷郊が師である広成子《こうせいし》から附与される武器は方天画戟なのである（『封神演義』第六十三回）。

では、何故、呂布と殷元帥は混淆したのか？　両者がともに、暴君であった父を殺した、という共通点を持つこと以外に考えられない。

旅の終着点

史書の董卓に対しては、歴史学の常として多面的な評価があり得る。しかし、物語中の董卓はそうではない。紛うことなき「暴君」である。呂布は、一旦、その董卓を父と仰ぐ（ただし、そのために主君／義父である丁原を殺さねばならなかった）が、最終的にその父を殺すのである。そこには殷元帥あるいはオイディプスの持つ悲劇性／英雄性が宿る。

当然ではあるが、息子（あるいは娘）でなければ、父は殺せない。すなわち、父を殺す運命を持った息子であることこそ、三国志物語における呂布の本質なのであろう。息子であるからこそ父を殺し、息子であるからこそ美女（貂蟬）との結婚を夢想し、息子であるからこそその武勇は尽きることない活力を見せる。

その一方で、呂布の持つ悲劇性／英雄性は真実《ホンモノ》ではない。何処か虚偽《ニセモノ》の匂いがするのである（ここから先は、あくまで前近代中国の文脈に立った上で、と断らなければならない)。呂布は、丁原・董卓と、二度までも「父」を殺すが、いずれも義父である。呂布が恋い焦がれた貂蟬は、王允によって娘同然の存在であった。呂布の周囲には虚偽が溢れている。

そして、最終的には呂布自身も虚偽となる。史書では赤兎馬の正当な所有者であったはずなのに、その地位を関羽に逐われた。その「最強」すらも、本来存在したはずの「独戦呂布」が隠蔽された結果だと気づいてしまえば、虚偽なのかも知れない。

以上、呂布をめぐる長い旅をここで終えることとしたい。

〔本章図像出典一覧〕

図1 『至治新刊全相平話三国志』(国立公文書館所蔵)
図2 『図像三国志演義第一才子書』(肇記書局、光緒二十二年〔一八九六〕石印本、龍谷大学図書館所蔵)
図3 『図像三国志演義第一才子書』(肇記書局、光緒二十二年〔一八九六〕石印本、龍谷大学図書館所蔵)
図4 『紅楼夢』(東観閣、乾隆五十六年〔一七九一〕刊本、龍谷大学図書館所蔵)
図5 『三才図絵』(出版者不明、万暦三十五年〔一六〇七〕序、龍谷大学図書館所蔵)
図6 『三教源流捜神大全』(仲郎園、宣統元年〔一九〇九〕序、龍谷大学図書館所蔵)

【コラム】

6　八健将

第五章で述べたように、物語世界の呂布の形象は殷元帥、という道教系の神の形象と混淆したと思しい。その傍証として、物語世界の呂布には、八健将が従うことが挙げられる。

呂布の部下を指して、「健将」という例は、早く『後漢書』呂布伝に確認できる。しかし、魏越と成廉という名が見えるのみで、何人いたかは明記されていない。

だが、『平話』巻上では「八健将」が呂布に麾下に置かれる（陳宮と楊奉がこれに含まれることは確認できる）。『演義』でも八健将（八員健将）が登場し（第二十二則「呂温侯濮陽大戦」）、張遼・臧覇《そうは》・郝萌《かくほう》・曹性《そうせい》・成廉・魏続・宋憲・侯成という陣容になっている（八員健将の上位に陳宮と高順がいる）。

呂布が殷元帥の影であって、ある種の神将としての形象を備えていると考えると、その下に八健将が附けられるのも頷ける。特に道教系の神は、中心となる主神の側に侍する副神（?）を配することはしばしばある。例えば、関帝となった関羽の両側には関平と周倉が配されるのが常である。

呂布麾下の八健将については、八という数字が先にあり、これを史書の人物を使って埋めていったと見るべきであろう（第一章で言及した「十八路諸侯」にも同様の傾向が見出せる）。

その証拠に、雑劇の八健将は陣容が一定しない。まず八という数字があり、人員が後から決められたのであろう。以下に一覧を示す（順序は登場順）。

①「虎牢関三戦呂布」雑劇（三戦呂布）
楊奉／侯成／高順／李粛／李儒／何蒙《かもう》／陳廉《ちんれん》／韓先《かんせん》
②「張翼徳単戦呂布」雑劇（単戦呂布）
李粛／陳廉／高順／楊奉／魏悦《ぎえつ》／何蒙／侯成／陳宮
③「張翼徳三出小沛」雑劇（三出小沛）
魏悦／何蒙／侯成／程廉《ていれん》／陳宮／楊奉／李粛／高順
④「関雲長単刀劈四寇」雑劇（単刀劈四寇）
張遼／何蒙／魏悦／程廉／侯成／高順／楊奉／陳宮

共通する者も多いが、李儒と韓先は①のみにしか登場せず、④では、八健将登場直前に李粛が自刎するためか居らず、初めて張遼が入る（張遼は呂布の死後、曹操の部下となり活躍した）。演劇の脚本の場合、実際に上演される／されたのが前提であるから、『平話』と異なり、端役に至るまで名が与えられているのであろう。

ちなみに、陳廉と程廉は中国語音から考えて同一人物であろう（『後漢書』呂布伝に名の見える成廉がモデルか?）。魏悦も、字音から推すに同じく『後漢書』呂布伝の魏越のことだと思われる。

附章 一

陳寿と裴松之

現代日本における正史

附章として、正史『三国志』について述べる。ただし、力点は、正史に何が書かれているか？ではなく、書物としての正史の特徴を述べることにある。

現代日本における三国志の受容、という観点から考えると、正史は興味深い存在である。後述するように、正史本文が記されたのは三世紀末、今から一千七百年以上前であると考えて大過ない。これに対し、『演義』の成立は、現在のところ、十五世紀以前には遡れない（『演義』の成立過程については、附章二で述べる）。つまり、（当然ではあるけれども）正史の方がはるかに成書年代は古い。

しかし、「現代日本語で読む」という視点で考えると、この先後関係は逆転する。

正史の現代日本語全訳として最も早く刊行されたのは、井波律子・今鷹真・小南一郎訳によるものだ（現在は、ちくま学芸文庫所収。以下、筑摩版正史と称する）。この筑摩版正史は、当初、筑摩書房の『世界古典文学全集』に収録される形で刊行された。その第一冊の刊行は一九七七年七月、第二冊は一九八二年、第三冊は一九八九年である。一九八九年は平成元年であるから、昭和までは、正史の現代日本語全訳は存在しなかったわけである。

無論、この全訳刊行以前から、正史は日本人に読まれてきた。現代語訳登場以前、正史を必要とする人間は原文（あるいは訓点を施した所謂「漢文」）で読んでいたから、現代日本語訳が不要であったに過ぎない。しかし、第二次世界大戦後、日本における漢文リテラシーは急激に低下し、原文で読める人間も当然減ってしまった。それゆえ、現代日本語訳が必要とされることになったのであろう。ちなみに正史の抄訳（部分訳）であれば、筑摩版正史の完結に先行するものが数点存在する。特に、徳間書店より刊行された『三国志』（全五巻、別巻一。一九七九〜八〇年刊行。訳者は丸山松幸等）は、全六冊という量からも判るように、単なる部分訳に留まるものではないが、全訳とも言えない。

現代日本語全訳の登場は、三国志受容にとって劃期的な出来事であった。以前は原文で読んでいたとはいうものの、その人数は決して多かったわけではなかろう。それが、現代日本語訳の登場によって、正史読者が爆発的に増えることとなったのである。換言すれば、多くの三国志読者にとって、「正史」とは「新たに登場した書物」だったのである。

これに対し、『演義』現代日本語全訳の登場は早い。

「当時の人々にとって相対的に身近な言葉で翻訳された」ということを「現代日本語訳」と称するのであれば、つとに江戸時代元禄年間（十七世紀末〜十八世紀初頭）に刊行された『通俗三国志』こそ、『演義』現代日本語全訳ということになろう。もっとも、当時の人々にとっての現代日本語訳であり、二十一世紀に生きる我々が読んで決して読み易いものではない。

我々が抵抗なく読める現代日本語訳としては、小川環樹・金田純一郎訳『完訳三国志』（岩波文庫、一九五三〜六五年）あるいは立間祥介『三国志演義』（平凡社、一九五八〜五九年）が最も早い例となるだろう。

いずれも、筑摩版正史第一巻の刊行より十年以上早く完結している。つまり、第二次世界大戦後、昭和に限って言えば、正史よりも『演義』の方が登場は早いのだ。例えば、戦後すぐに生まれたとしたら、少年時代に『演義』に慣れ親しむことは可能だが、正史に巡り会うのは大学卒業以降ということになる（筑摩版正史が完結する時には四十歳を過ぎている）。

また、戦後日本における三国志受容を考えると、一九八〇年代に大きな三国志ブームがあった。このブームは、横山光輝のマンガ『三国志』（雑誌連載は一九七一年開始。一九八七年完結）と光栄（現コーエーテクモゲームス）が一九八五年に発売したPCシミュレーションゲーム『三國志』が牽引したと言ってよい。換言すれば、三国志は、マンガとゲームという媒体《メディア》のコンテンツとなることにより、それまで三国志に親しむことの少なかったであろう十代の若者に、広く認知されることになる。

筆者などは、この八〇年代の三国志ブームの洗礼を受け、本書を書くに至ったようなものである。ともあれ重要なのは、この段階でも筑摩版正史は完結していない、ということだ（横山光輝『三国志』も、光栄『三國志』も、ベースは『演義』であった）。現在、五十歳前後になろうとしている筆者と同世代の人々にとっても、正史は「新しい」存在だったわけである。

通常、小説／マンガ／ゲームを問わず、近代以降の作品であれば、一つの作品世界は、その作品のみで完結する。しかし、三国志の場合、事情はやや異なる。それぞれの作品はもちろん独自の世界を持つわけであるが、三国志を主題とした作品が再生産され続けるゆえ、それぞれの作品世界が共有する「基盤」のようなものが現れ、その基盤を頼りに三国志を主題とした作品を渉猟するという読者が現れるのである。

もっとも、このような読者は三国志に限って存在するわけではない。古典文学と称される作品には多かれ少なかれ存在するはずである。ただし、現代日本に限った場合、三国志を主題とした作品の再生産は突出して数多く、それゆえに複数の作品を渉猟する読者も数多いとは言えるであろう。

そのような読者にとって、筑摩版正史は特別な意味を持った。正史はすべての三国志物語の原点である。なおかつ、正史の語る内容は、それまで知っていた三国志の物語とはかなり異なっており、それこそが「正史」だと謳っていたのである。この段階で「正史」という語の持つ意味は、おそらくあまり吟味されていない。その語の持つ「正しい」という語感のみが広く共有されていった。そして、この「正しい」という「雰囲気」は、数多くある三国志コンテンツの中で、正史を「神聖化」するベクトルを作り出し、現代に至るまで長く共有されていったように思う（「思う」と断ったように、あくまで筆者の主観である。しかし、八〇年代三国志ブームを通過した読者にはある程度共有していただけるのではないか？）

すなわち、三国志読者（の一部分）が、三国志を形成する両輪（『演義』と正史）の中、『演義』を軽視し正史を重視するという傾向の背後には、両書の出版状況という、内容とは直接関係しないものが影響しているわけである。

正史の体裁＝紀伝体

無論、九〇年代前半の段階で、『演義』と正史は出揃っているのであるから、「まず『演義』から入る」必然性は失われている。正史から三国志を知った読者もいるはずであろう。

しかし、実のところ、「『演義』から正史へ」という全体的な流れはあまり変わっていないように思われる。というのも、正史の特徴として「読みにくい」というものがあるからだ。

よく知られているように、正史『三国志』は紀伝体というスタイルを採る。この紀伝体を教科書的に説明するのであれば、以下のようになろう。

『史記』に始まり、『漢書』で完成した歴史記述の一形式。本紀（帝王の年代記）・列伝（重要人物の伝記や外国記事）・表（年表）・志（諸制度）から歴史記述を行う。本紀・列伝を中心とするこの構成は、以後、中国正史形式の標準となった。
（山川二〇〇四、五三頁）

附言しておけば、紀伝体の始祖である『史記』の場合、「志」ではなく「書」と称し、世家（諸侯国の歴史。孔子等個人であっても世家を立てられる場合もある）と称される部分もある。また、「表」を年表とする説明は間違いではないのだが、現代日本人が思い浮かべる（例えば第一章に示した）年表とはかなり異なる（さらに別の要素が組み込まれる場合もある）。正史『三国志』は、「表」も「志」も欠《か》いているので、「紀」と「伝」しかないことになるが、それでも「紀」「伝」体であることは間違いない。

さて、正史が「読みにくい」と述べたのは、この紀伝体というスタイルに原因がある。「読みにくい」という言い方は些か曖昧であろうから、もう少し精確に言えば、「最初から最後まで読み通しても全体像が解らない」のだ。

遡る時系列

具体例を挙げよう。正史『三国志』の構成については後述するが、全六十五巻からなる。その巻一は魏書武帝紀。ひらたく言えば曹操《そうそう》の伝記である。この曹操、後漢の永寿元年（一五五）に生まれ、同じく後漢の建安二十五年（二二〇）に死去している。続く巻二は魏書文帝紀。曹操の息子であり、魏の初代皇帝でもある曹丕《そうひ》の伝記である。曹丕は後漢の中平四年（一八七）生まれで魏の黄初七年（二二六）歿。息子の伝記であるから半ば当然のことではあるが、父である曹操の伝記よりも扱っている年代が後《おく》れる。以下、巻三魏書明帝紀、巻四魏書三少帝紀までで扱われている六人（曹操・曹丕・曹叡《そうえい》・曹芳《そうほう》・曹髦《そうぼう》・曹奐《そうかん》）の生歿年を並べていくと以下のようになる。

曹操　一五五年生　二二〇年歿
曹丕　一八七年生　二二六年歿
曹叡　二〇四年生　二三九年歿
曹芳　二三二年生　二七四年歿
曹髦　二四一年生　二六〇年歿
曹奐　二四六年生　（三〇四年歿）

後半三人、曹芳・曹髦・曹奐の関係はややこしいが、総じて巻一から巻四（曹芳・曹髦・曹奐）へと時間が流れていることは確認できよう。ここまでは、伝記が並んでいるとはいえ、時系列に沿って叙述がなされているわけである。

続く巻五は曹操・曹丕・曹叡の夫人たちの伝記である。この人々は、当然、巻四で扱われる曹芳たちよりも上の年代であるので、ここで時系列は遡ることになる。

確認し易いのは巻六である。この巻は董卓《とうたく》（一九二年歿）・袁紹《えんしょう》（二〇二年歿）・袁術《えんじゅつ》（一九九年歿）・劉表《りゅうひょう》（二〇八年歿）計四人の伝記で構成される。彼らは後漢末期の混乱期にあって、一方の雄と言うべき人物であり、いずれも曹操と敵対したことのある人物であった。

そして、その歿年が示すように、その活動期間は曹操と重なるのであるから、巻六の扱う内容は時系列的には巻一と重なる。つまり、巻一から巻四まで順調に流れていた時系列が、巻五で巻一〜巻三と重なる辺りに遡り、巻六は巻一と重なる。更に言えば、明らかに曹操より年長である董卓／劉表の若い頃の挿話などは、巻一以前のことを語っていることになろう。

しかも、巻三十で魏書は終わり、巻三十一からは蜀書となる（正史『三国志』全体の構成については巻末附録を参照）。その蜀書巻二（通巻第三十二巻）には、「先主伝」が配置される。先主とはすなわち蜀漢初代皇帝 劉備《りゅうび》のこと。後漢の延熹四年（一六一）生まれ、蜀漢の章武三年（二二三）歿。曹操とほぼ同世代である。

劉備は、その生涯において曹操とのかかわりが深く、特に四十歳前後の頃はしばしば顔を合わせていたと思しい。曹操と劉備がともに関係する事件も数多い。

当然、正史『三国志』巻一魏書武帝紀と巻三十二蜀書先主伝は、同一の事件や戦争をしばしば重複して語ることになる（ただし、同じ事件であっても、その「語られ方」が一致するとは限らない）。

換言すれば、正史『三国志』では、巻一と巻三十二で同一の事件が語られている。しかも、この二巻に限ったことではなく、到るところで同様のことが起こっている。餘程の博覧強記でなければ、正史『三国志』を巻一から巻六十五までを通読しただけで、正史の物語の全容を把握することは不可能であろう。幾度とない「再読」が不可欠となる。

そして、この「再読の必要性」こそ、正史の魅力の源泉であろう、と筆者は考える。

再読する読者

情報の氾濫する現代において、「重要な」テクストとは「多くの人に読まれる」ものと同一視されることが多い。ＳＮＳにおけるフォロワー数の重視などが典型的であろう。質的な「重要さ」は問題ではない。多くの人に読まれているゆえ「重要」と認識されるわけだ。

しかし、一個人の行動に還元した場合、多くのテクストは一読されるだけであろう。再読されるのはごく限られたもの、おそらくは学校の教科書や資格試験のテキストに象徴される、「勉強」に供される性格のもののみだと思われる。それらは目的達成（受験合格や資格取得）とともに打ち棄てられ、顧みられることは滅多にない。

そのような「勉強」に供されるもの以外で、一個人に再読されるテクストとは、その個人にとって（多くの場合、ごく私的な意味で）「特別」だと認識されているのであろう。そして、あるテクストを「特別」だと認識し、再読する読者が増えれば、そのテクストは「名作」「古典」として共有されることになる。再読する読者が減少し続ければ、そのテクストは「名作」「古典」の地位を逐われることになろう。逆に言えば、「名作」「古典」には「再読する読者」が不可欠だ、ということになる。

さて、正史『三国志』である。前述したように、このテクストは、構造上、一読したのみでは全容を把握できない。それゆえ、全容を把握することを抛棄する読者も多いであろうが、一方で、全容を把握すべく、「再読する読者」を産み出す力も持っている。そして、「再読する読者」にとって、正史『三国志』は「特別」な存在となる。

多くの「名作」「古典」が、その「秀《すぐ》れた内容」によって「再読する読者」を獲得するのに対し、正史『三国志』は、テクストの構造によってそれを得るわけである。

価値観の多様化した現代において、「秀れた内容」の意味も多様化し、その内容によって「名作」「古典」とされてきたテクストは、「再読する読者」を減らさざるを得ない。しかし、正史『三国志』のように、構造的に「再読する読者」を産み出す力を持つテクストは、現代においても「再読する読者」を増やし続ける可能性を持っている、と言えよう。

無論、正史『三国志』が内容的に秀れていない、と言いたいわけではない。テクストが「再読する読者」を獲得する構造であっても、一顧に値しない内容であれば、やはり打ち棄てられるであろう。正史『三国志』が、一顧に値しない内容ではないことは、現代日本語訳が出版されていることが証明している。しかし、通読しても全容が把握できないテクストの内容をどうやって知るのか？　我々はすでに迷宮に入り込んでしまっている。

この迷宮を進んでゆくためには、水先案内人が必要である。そして、『演義』こそ最良の水先案内人であった。『演義』は編年体、すなわち年代順に物語が展開してゆく。具体的には、二世紀末、後漢王朝末期の混乱から説き起こし、赤壁の戦いを経て魏・蜀漢・呉三国の建国の過程が語られ、ついには蜀漢滅亡から魏から晋への禅譲（皇帝の位を平和裡に譲ること）、晋による呉平定、すなわち天下統一に至る。正史とは異なり、『演義』を通読すれば、三国分裂から統一に至る過程が把握できるのである。

年代的な変遷を把握することができる一方で、『演義』の構造は、個人について述べることが苦手である。基本的に年代順に事件を羅列するのであるから、その事件にかかわらない人物は登場しない。主人公的な扱いである劉備などは史実を無視して事件にかかわることはあるが、それにしても限界がある。例えば『演義』全一百二十回の中、序盤十回に限ると、劉備は第一・二回、第五〜七回にしか登場しない。影の主人公と言うべき曹操であっても、第一〜六回と第十回とに登場するに留まる。つまり、『演義』の登場人物はすべて、その物語に断続的に登場するのであり、その登場人物の事績全体を把握することは、『演義』のみでは難しい。それを得意とするのは、個人の伝記の集積体である正史だ。

つまり、三国時代の物語を把握する、ということが目的ならば、正史と『演義』は表裏一体の関係にある。双方を行き来することが目的を達成するための最良の手段だと言えよう。

しかし、この両者には決定的な違いがある。正史が「史実」(多くの読者は、これを「実際に起こったこと」と認識するのであろう)に準拠するのに対し、歴史小説とされる『演義』には虚構が含まれるのである。それゆえ、序に述べた通り、「歴史好き」の人々は、正史のみを重視し、『演義』は水先案内人の役割を終えると同時に打ち棄てられる。

本文の撰者　陳寿

しかし、正史に書いてあることは、「実際に起こったこと」なのであろうか?

それを検討するに当たり、まずは本文の撰者について確認しておこう。

正史本文の撰者は陳寿《ちんじゅ》(字《あざな》は承祚《しょうそ》。『晋書』に陳寿伝がある)。蜀漢の版図である巴西安漢の出身であった。

魏蜀呉の三国のうち、最初に建国された魏の成立は二二〇年、二二一年に蜀漢が成立し、更に翌二二二年に呉が成立している（なるべく元号を併記すべきだと思うのだが、三国時代は三国それぞれが独自の元号を立てている。あまりにややこしいので西暦で統一する）。その後三十年ほど三国が鼎立する時期となるが、二六三年に蜀漢が魏に滅ぼされることで均衡が崩れる。その二年後、二六五年に魏が晋に禅譲して滅亡、更に十五年後、二八〇年に呉が晋に滅ぼされ、三国時代は終焉する（厳密に言えば、二六三年に蜀漢が滅んで以降は二国時代なのだが）。

陳寿自身の生年は蜀漢の建興十一年（二三三）。時期は定かでないものの、故国の蜀漢に出仕する。その後、三十一歳の時、炎興元年（二六三）に蜀漢が滅亡。陳寿は野に下る。数年経ってから晋に出仕。著作郎（国史を掌《つかさど》る官職）を務めていた時に『三国志』を完成させたという。その後は、やや不遇な官僚生活を送り、晋の元康七年（二九七）歿。

つまり、陳寿は三国が出揃った後、十年程して生まれ、三国が統一されてから二十年弱して歿した。すなわち、陳寿自身が三国時代の生き証人なのであり、当時の状況を伝える史料も豊富に残っていたはずである（もっとも、そのすべてに陳寿がアクセスできたわけではなかろうが、務めていた役職から考えても、相当な量の史料を見られたはずである）。

となれば、現代の我々から見れば、陳寿は三国時代の歴史を記録するのに理想的な立場にいたように見える。事実、陳寿の撰した『三国志』本文は、「近世の嘉史（裴松之《はいしょうし》「上三国志注表」）」と称されているし、史家としての陳寿を「良史の才あり（『晋書』陳寿伝）」とする評語もある。

陳寿への非難

一方、『晋書』陳寿伝は、以下のような陳寿への非難も記している。

〔陳寿について〕このようなことを言う者もある。丁儀《ていぎ》・丁廙《ていい》の兄弟は魏の時代に名声があったので、陳寿はその子に、「もし千斛の米を頂けるのであれば、父君のために立派な伝を書きましょう」と言った。ところが丁氏の側は米を与えなかったので、結局、伝を立てなかった。

陳寿の父は馬謖《ばしゅく》の参軍〔官職名〕であったが、馬謖が諸葛亮《しょかつりょう》に罰せられたとき、陳寿の父も連坐して髡刑〔髪を剃られる刑〕に処された。〔諸葛亮の息子の〕諸葛瞻《しょかつせん》もまた陳寿を軽んじた。そこで、陳寿は諸葛亮の伝を立てた時、「諸葛亮は軍略に長けておらず、敵に対応する才能がなかった」と述べ、「諸葛瞻はただ書が巧みなだけであり、政治家としての実力は名声に及ばない」と記した。

これをして、歴史家としての陳寿の力量が劣っているとする者もある。（『晋書』陳寿伝）

陳寿が私意により、筆を曲げた、という非難である。魏書を閲すれば、確かに本文に丁儀／丁廙の伝はない。誰を立伝するかは、撰者である陳寿に委ねられるから、陳寿が賄賂（?）をもらえなかったから立伝しなかったのではない、と証明することはかなり難しい。しかし、『晋書』陳寿伝のみを証拠に「そうである」と断定するのも、乱暴な話であろう。真相はとりあえず闇の中だ。

これに対し、蜀書巻五に諸葛亮伝があるから、諸葛父子の方は確認ができる。そして、確かに、諸葛瞻については「書画に巧みであった（工書画）」が「これにより諸葛瞻に対する称賛が溢れかえり、その内実を上回ってしまっていた（是以美声溢誉。有過其実）」と記されている。陳寿の私意は判らないが、『晋書』陳寿伝の指摘と合致する。

一方、諸葛亮の方はどうか？　蜀書諸葛亮伝末尾に附される諸葛亮伝の評には、確かに、「しかし、連年、軍を動員しながら結果を残せなかった。思うに臨機応変の軍略は得手とするところではなかったのか（然連年動衆。未能成功。蓋応変将略。非其所長歟）」と述べられている。ここでも、『晋書』陳寿伝の指摘する通りではある。

陳寿の諸葛亮評

しかし、実のところ、この記述は蜀書諸葛亮伝評のごく一部である。以下、全文を引こう。

評に言う。諸葛亮は宰相（相国）になると、民衆を慰撫し、踏むべき道（儀軌）を示し、官職の数を減らし、制度（権制）に従って、誠実で公正な政治を行った。

忠を尽くし国益となった者には、仇であっても必ず賞を与え、法を犯し怠慢であった者は、親しくとも必ず罰した。罪に服して反省の情を見せた者は、重罪人でも赦し、言辞を弄して誤魔化す者は、微罪でも必ず殺した。どんな小さな善行でも必ず賞し、どんな些細な悪行でも必ず罰した。あらゆること（庶事）に精通し、物事はその根本をただし、建前（名）と事実（実）を一致させ、虚偽は相手にしなかった。それゆえ国内の人々は、みなこれを畏敬した。刑罰や政治は峻厳であったがこれを怨む者はいなかったのは、公正であることに心を砕き、賞罰が明確であったからである。統治の何たるかを知る良才であり、管仲《かんちゅう》や蕭何《しょうか》に次ぐ者（亜匹）といってよい。

しかし、連年、軍を動員しながら結果を残せなかった。思うに臨機応変の軍略は得手とするところではなかったのか。

（蜀書諸葛亮伝評）

管仲と蕭何は人名。管仲（前六四五歿）は、春秋時代の大国斉（今の山東半島付近にあった）の宰相を務めた人物である。春秋時代の実力者として称される「春秋五覇」の筆頭と言うべき斉の桓公（在位前六八五～前六四三）を補佐した。諸葛亮や陳寿から見て九百年ほど前の人物である。

蕭何（前一九三歿）は、前漢の人物。諸葛亮や陳寿からすれば四～五百年ほど前の人物である。前漢初代皇帝高祖の許で相国（宰相）を務めた。ほぼ戦場に立ったことはなかったが、漢五年（前二〇二）、項羽を滅ぼして天下統一を成し遂げた際、高祖は、後方支援に当たっていた蕭何を功績第一とした、という（『史記』巻五十三蕭相国世家）。

つまり、三国時代の人々にとって、覇者や帝王を補佐した管仲や蕭何は超一流の行政家であった。その両者に次ぐ、というのであるから、行政家としての諸葛亮を、陳寿は最大限に称賛している。

ただし、軍事家としては評価できない、というわけである。蜀書諸葛亮伝を閲するに、諸葛亮は建興六年（二二八）春以来、毎年のように魏の領内に攻め込んでいる（北伐と称される）。しかし、建興十二年（二三四）に陣歿するまで、顕著な功績は挙げられていない（竹内一九九五参照）。結果から見れば、軍事家としての諸葛亮に対する陳寿評は、決して不当なものではないであろう。ともかく、蜀書諸葛亮伝の陳寿評は、全体としては肯定的評価が記されているのであり、否定的なのはごく一部なのである。そこのみを抽出して、陳寿が私意により諸葛亮を貶した、とするのは、相当な「偏り」が感じられる。

そもそも、蜀書諸葛亮伝には、陳寿自身が代表となって編纂した『諸葛氏集（すなわち諸葛亮の著述を蒐集した文集）』の目録及びそれを皇帝（晋の武帝、司馬炎）に献上する上表文が附されている。それを見ると、『諸葛氏集』の編纂そのものは、著作郎の官にあった陳寿に下された勅命であったことが判る。しかし、上表文そのものは、陳寿の諸葛亮に対する敬愛の念に溢れ、否定的に評価する意図はほとんど感じられない。

陳寿の非難される理由

それでは、何故、『晋書』陳寿伝に至り、陳寿は諸葛亮を否定的に評価している、と非難されるに至ったのか？　そこには、陳寿ではなく、諸葛亮に対する評価の変化が関係していよう。

『旧唐書』房玄齢《ぼうげんれい》伝に拠れば、『晋書』を編纂するよう、房玄齢等に勅命が出たのが唐の貞観十七年（六四三）、完成したのは同二十年（六四六）であるという。諸葛亮歿後四百年以上、陳寿歿後三百五十年ほど経って完成したことになる。

この間、諸葛亮に対する知識人層の評価は高まっていった。それを象徴的に示すのが、『晋書』成立後の人物ではあるが、杜甫（七一二〜七〇）の存在であろう。「詩聖」と称され、今なお高く評価される杜甫であるが、諸葛亮に傾倒していた人物でもあった。諸葛亮を主題とする詩を四首（「蜀相」「武侯廟」「八陣図」「諸葛廟」）残しているが、いずれも諸葛亮への敬愛が感じられる作品である。また、杜甫以外にも、唐代、諸葛亮を主題とする詩は数多い（角谷二〇〇〇）。諸葛亮への肯定的高評価が、この時代には共有されていたことを示していよう。

そして、すでに諸葛亮を高く評価する先入観を持った人物にとって、陳寿が諸葛亮評の末尾に附したわずかな否定的評価（軍事的才能への疑念）さえ許し難いものであったのかも知れない。その感情が、『晋書』陳寿伝における陳寿への非難に繋がっている、と考えるのは穿ち過ぎであろうか？

傍証はある。陳寿の伝記としては、『華陽国志』に収録される陳寿伝もあるが、こちらには陳寿が私意をもって諸葛父子を貶めた、という記述はない。『華陽国志』の撰者は、東晋の常璩《じょうきょ》なる人物で、成書は東晋の永和年間（三四五〜五六）とされる。陳寿の死後五十年ほど経過しているのみであり、『晋書』陳寿伝よりかなり古い。つまり、『晋書』陳寿伝に表れた陳寿への非難は、後世の附加である可能性を指摘できるのである。

陳寿の記録できなかったこと

というわけで、ひとまず陳寿のことを、私意によって筆を曲げるような人物ではない「良史」であるという前提で話を進めよう。すでに述べたように、陳寿自身が三国時代を生きた証人であり、同時に「良史」の資質を備えている。ならば、三国時代の正史を先述するにはうってつけの人物であるように思われる。しかし、事はそう簡単には運ばない。

陳寿自身が三国時代の生き証人ということは、陳寿の存命時には、同様に三国時代を知る人間が数多くいた、ということでもある。陳寿の書き残す記録は、当然、そのような人々の目に晒される。これは、仮に「事実」であったとしても（むしろ「事実」であればこそ）記録されることを嫌悪するような人間が数多く存在していたことを示唆する（例えば、自分の敬愛する人物の恥部を記録されることを歓迎する人間はあまりいないであろう）。「言論の自由」など存在しないから、遠慮のない記録は、陳寿の生命を脅かす可能性すらある。当然、「記録できないこと」は数多く存在したはずである。

ただし、「何が記録できなかったのか？」を断定することは難しい。不要と判断して記録しなかったことも多いであろうし、よく知られた挿話であっても、陳寿歿後に「創作された」ものであれば記録することは原理的に不可能である。

曹操の体格

一例を挙げる。曹操の身長が低かったというイメージは、多くの三国志読者に共有されていよう。しかし、正史本文にそのことは記録されていない（後述する裴註も曹操の身長には言及しない）。

正史『三国志』が、扱う人物の身長ひいては身体的特徴に言及しないわけではない。むしろ熱心だといえるであろう。諸葛亮の身長は八尺だと明記されているし、程昱《ていいく》（八尺三寸）、許褚《きょちょ》（八尺餘）、太《たい》史慈《しじ》（七尺七寸）等、身長について言及される人物は数多い。また、第四章で言及したように、劉備の身体的特徴はかなり詳細に叙述されている。

しかし、正史（およびその註釈）において、曹操の身体的特徴に対する言及はないわけである。ならば、曹操の背が低い、というイメージは何に由来するのか？　管見の限り、それについて最も早く言及するのは『世説新語』である。その「容止第十四」に言う。

魏の武帝〔曹操〕は、匈奴の使者を引見しようとしたとき、自分は、姿がみすぼらしくて、遠国を威圧するに足りぬと思い、崔季珪《さいきけい》〔崔琰《さいえん》〕に身代わりをさせ、帝自らは刀をとって御牀のかたわらに立った。会見が終わると、
「魏王は、いかがでしたか」
と、間諜にたずねさせた。匈奴の使者が答えて曰く、
「魏王の風采は非常に立派ですが、御牀のかたわらで刀をとっていた、あの人こそ英雄です」
魏の武帝はこれを聞くと、追いかけてこの使者を殺させた。

（『世説新語』容止第十四）

この挿話が何を語ろうとするのかは、実のところ、定め難い。しかし、ここにおいて曹操の容貌が、同時代的に称賛に値するようなものではなかった、と認識されているのは確実である。

ちなみに、曹操の代役として匈奴の使者に謁見した崔季珪（崔琰）の容貌については、魏書崔琰伝に「崔琰は声も姿も気高く、眉目は朗らかに見え、鬚の長さは四尺もあり、極めて威厳があった」と言及されている。あまりにも立派であったため、朝臣たちが仰ぎ慕ったばかりか、太祖（曹操）自身も畏敬し憚ったと言う。そんな崔琰がみすぼらしい曹操の代役に立った、というのは、如何にもありそうな挿話に見える。しかし、『世説新語』が魏書崔琰伝を参照できた以上、何とでもなる記述ではある。

『世説新語』の撰者としては、南朝宋の皇族である劉《りゅう》義慶《ぎけい》（四〇三〜四四）が比定されるから、その成書年代は五世紀前半と考えてよかろう。正史『三国志』の本文が成立してから百年餘り後に成立した書籍ということになる。陳寿が語らなかった曹操の身体的特徴が、百年餘り後には広範囲で共有されていたことが窺われる。

では、陳寿が、曹操の身体的特徴を語らなかったことをどう捉えるべきなのだろうか。「可能性」で考えるならば、正史本文に曹操の身体的特徴が記録されていない理由は、いくらでも考えられる。

①陳寿自身は曹操の身体的特徴を把握していたが、何らかの忌避が働き、記録に留めなかった。
②曹操には語るべき身体的特徴がなく、それゆえ陳寿は記録しなかった。『世説新語』で語られる曹操の身体的特徴は、後世の創作である。
③元来、陳寿は曹操の身体的特徴を記録していたが、後世、何らかの理由でそれが削除された。

まだまだ挙げられるであろう。しかし、いずれも（程度の差はあれ）「可能性」に過ぎず、「本当の」理由は判らない。間違いなく言えるのは、「正史の本文には曹操の身体的特徴が記されていない」ということのみである。曹操の身体的特徴が、陳寿にとって、「既知のことではあったが記録しなかった」のか、「未知のことであったゆえ、記録できなかった」のか、は闇の中だ。

つまり、陳寿には「（結果的に、かも知れないが）記録できなかった」ことがあったわけである。そこで、もう少しこれを敷衍し、陳寿のテクストが受けた「制約」について考えてみたい。

如何なるテクストも、それが記された時間的空間的制約（両者を合わせて社会的制約と言い換えてもよい）を超越することはできない。今更、言語化する必要もないほど自明のことではあるのだが、正史本文を題材にして、そのことを改めて確認する。

正史の本文を著しく制約するものとして「正閏論」が挙げられる。

古来、「天に二日無く、土に二王無し」（『礼記』曾子問等）というのが中国（知識人層）における世界認識であった。天の中心には、ただ一つの太陽があるように、人間世界（土）においては、ただ一人の正当な王者が君臨する、という考え方である。

しかし、現実が常にこの世界認識に合致するとは限らない。そして、三国時代こそ、正しくそういう時期であった。強弱はあれど、魏・蜀漢・呉三国の皇帝が三十年以上も鼎立したのである。

分裂状態が続くことは、三国時代に生きていた当事者たちにとっては、然程《さほど》大きな問題ではない。特に、士大夫（官僚）として生きる知識人にとっては、自分の仕える皇帝を正当だと確認できれば十分であったであろう。他の二国の皇帝をどう考えるかは、本人の政治的立場によって変わる。例えば、諸葛亮は魏の領内へ侵攻する「北伐」（＝魏の皇帝の正当性を承認しない）を繰り返しながら、呉の皇帝の即位は承認している。

問題は、分裂時代が終焉した後のことである。三国時代の場合、分裂状態は永続せず、晋による統一状態に帰結した。すなわち「土に二王無し」が証明されたことになる。ならば、三国時代もまた二

（三）王はいなかったはずである。魏蜀呉のいずれが正当（正統）であったのか？

同時代に存在した複数の王朝の中、正当／正統（正）を一つに定め、他を不当／非正統（閏）と位置づける議論のことを「正閏論」と言う。後世、三国時代について記す者は、この正閏論について考えることを餘儀なくされた。陳寿こそ、三国時代の正閏論に取り組んだ最初期の人々の一である。

「紀」と「伝」

とはいえ、形式的には陳寿の正閏論は明確である。魏が正統なのだ。

三国時代、皇帝に即位したのは以下の計十一人である（括弧内にそれぞれの伝記の名称を附す）。

魏　：曹丕（文帝紀）／曹叡（明帝紀）／曹芳・曹髦・曹奐（三少帝紀）
蜀漢：劉備（先主伝）／劉禅《りゅうぜん》（後主伝）
呉　：孫権《そんけん》（呉主伝）／孫亮《そんりょう》・孫休《そんきゅう》・孫晧《そんこう》（三嗣主伝）

すなわち、魏の皇帝の伝記のみが「〇〇紀」と称され、蜀漢と呉の皇帝の伝記は「〇〇伝」、つまり、「諸葛亮伝」など臣下の伝記と同じ名称が用いられているのである。

正史『三国志』の採用した形式である紀伝体において、本紀（紀）は「帝王の年代記」であり、列伝（伝）は「重要人物の伝記」であった。はっきりと分類《カテゴリ》が異なる。疑いなく、魏の皇帝のみが帝王扱いなのである（曹操は帝位に就いていないが、魏の始祖として扱われ、その伝記は「武帝紀」と称される）。

陳寿の履歴に照らし合わせれば、魏を正統とするのは半ば当然のことであろう。陳寿は蜀漢の出身であるが、蜀漢滅亡後、晋に出仕した。その晋は、魏から禅譲を受けて成立した王朝である。すなわち、魏が正統でなければ、晋も正統ではない。晋の禄を食んでいた陳寿が、晋の正統を否定できるはずもない。

「崩《ホウ》」

正閏論は、皇帝の死を叙述する際にも明確に表れる。
史書において、死を叙述する際、最も一般的に用いられる字は「卒《シュツ》」である。

その年〔蜀漢建興十二年、二三四〕の八月、諸葛亮の病は篤くなり、陣中で卒した。享年五十四。
（蜀書諸葛亮伝）

死に方によって、表現は変わる。例えば、捕虜となって殺された呂布の死は、魏書呂布伝において「呂布を縊り殺した（そのまま「縊殺」）」と記されている。では、皇帝の場合はどうか？　皇帝扱いされる曹操の死をめぐる叙述を見よう。

〔建安二十五年、二二〇、正月〕庚子〔二十三日〕、王（曹操）は洛陽において崩じた。享年六十六。

曹操の死を記す字は「崩」である。帝王の死を記す際は、この字を用いるのが伝統であり、古くは、古代の帝王の布告文を記録しているとされる『尚書』において、周武王の死を「崩」と表現しているのが確認できる（周書・大誥）。『史記』においても、帝王の死を表す際に頻出する字である。前漢高祖の死の叙述を確認しておこう。

〔前一九五〕四月甲辰（二十五日）、高祖は長楽宮において崩じた。

（『史記』高祖本紀）

附言しておけば、後述する孫権の死の叙述と比較した場合、日付と場所が入っているのも、帝王の死を叙述する際の条件と言える。これに照らせば、正史『三国志』において、曹操の死は、確かに帝王の死として記録されていることになる。

「薨《コウ》」

次に、呉の初代皇帝、孫権の死の叙述を見よう。曹操とは異なり、孫権は皇帝として即位している。

〔呉の太元二年、二五二〕二月、大赦を行い、神鳳と改元した。皇后の潘氏《はんし》が薨じた。部将や官吏たちが王表《おうひょう》のもとを訪れて〔孫権のために〕福を請うと、王表は逃亡した。夏四月、孫権が薨じた。享年七十一。大皇帝と諡《おくりな》された。秋七月、蔣陵に葬られた。

（呉書呉主伝）

孫権の死を示す字は「薨」である。諸葛亮の死を表した「卒」よりも重要な人物の死を示す。ただし、魏書の、特に帝紀では濫発と言ってよいほど頻出する。これは、皇族の他、三公や高位の将軍等、高官となった臣下に対しても用いられるからである。また、引用した呉書呉主伝では、孫権の死を記す直前、その皇后であった潘氏の死に対しても「薨」が用いられている。「崩」ほど重くないのは明白である。

無論、誰にでも用いられるわけではない。帝紀に現れるものや、皇后を除くと、死後、「○侯」という爵位を追贈されている人物については、その死を「薨」とすることが多い。例えば、魏書巻十は荀彧《じゅんいく》／荀攸《じゅんゆう》／賈詡《かく》の伝記を収録し、三人とも「薨」という字で、その死を表す。そして、荀彧には敬侯、荀攸にも敬侯（ただし、死後二十年以上経ってから）、賈詡には粛侯が追贈されている。

蜀書・呉書では、陳寿の本文に限れば、帝位に就いた劉備／劉禅／孫権／孫休及び両朝の皇后、そして、呉の基礎を築いた孫堅《そんけん》（孫権の父）と孫策《そんさく》（孫権の兄）にほぼ限定して「薨」が用いられている。管見の限り、呉書呉主伝で、曹操の死を「薨」と表現するのが唯一の例外と言えそうである。

また、曹操とは異なる点として、孫権の逝去した日付と場所が記されていないことが挙げられる。正史『三国志』には、孫権の命日についての記述は一切ない（唐代に成書した『建康実録』巻一／巻二には四月乙未［二十六日］と記録されている）。

「殂《ソ》」

以上、魏と呉では、皇帝の死の叙述の仕方がはっきりと違い、呉の皇帝は、魏の重臣と同程度の扱いであることは確認できた。問題は蜀漢、就中《なかんずく》、初代皇帝劉備である。先述した通り、劉備の死を、孫権と同じく「薨」と表現する例はある（蜀書馬良伝／呂凱伝等）。しかし、劉備本人の伝である蜀書先主伝では「薨」は用いられない。

〔章武三年、二二三〕夏四月癸巳、先主は永安宮に殂した。享年六十三。

孫権とは異なり、逝去した日付も場所も明記されている（ただし、この年の四月に癸巳という日はなく、何らかの間違いだと思われる。コラム4参照）。明らかに曹操に近い。唯一の違いは、「崩」ではなく「殂」で劉備の死は表現されていることであろう。

この「殂」という字は、正史『三国志』において、ほぼ劉備の死に対してのみ用いられる（厳密に言えば他にも用例はある。しかし、布告の引用等であり、所謂「地の文」の用例としては劉備のみ）。陳寿が劉備の死に対し「殂」を用いたのは、諸葛亮の「出師表《スイシのヒョウ》」の冒頭を踏まえるのであろう。

先帝〔劉備を指す〕は創業の半ばにも達しないのに、中途にして崩殂されました。今、天下は三つに分裂し、益州は疲弊しきっております。これはまことに危急存亡の時であります。（蜀書諸葛亮伝）

ここで諸葛亮は劉備の死を「崩殂」と表現する。「崩」の字が用いられていることから判る通り、明らかに帝王（皇帝）の死を表現しているのである。

附言しておけば、「殂」を帝王の死に対して用いることは、古く（周武王に対する「崩」と同じく）『尚書』に見られ、帝堯《ぎょう》の死を「殂」もしくは「殂落」と表現する（虞書・舜典）。帝堯は、周武王よりもはるか以前、ほとんど伝説の時代を生きた聖天子であった。

蜀書先主伝に叙述される劉備の死は、おそらくこれらの典拠を踏まえている。「殂」のみを用い、かつ逝去した日付と場所を明記することで、故国蜀漢を立てた劉備への敬慕を最大限に表しつつ、あくまで正統とは扱わない表現に辿り着いたのである。換言すれば、蜀漢と呉は同じく非正統（閏）でありながら、その扱いには雲泥の差があることになる（ここまでの崩／薨／殂についての議論は、今鷹一九九二に依拠した）。

「帝」と「主」

同様の傾向は、他にも見出せる。正史『三国志』は、魏の皇帝のみを「帝」と称し、蜀漢と呉の皇帝は「主」と称される。しかし、同じ「主」であっても、やはり明らかに扱いが違う。

孫権については、「主」を用いる場合であっても、「呉主権」のように名を併記し（しかも少数の例しかない）、本人の伝記である呉書呉主伝においても、しばしば「権」と呼び捨てにされる（前掲）。孫権の後に立った孫亮／孫休／孫晧に至っては、本人たちの伝（呉書三嗣主伝）であっても名の前に「呉主」が置かれる例はない。

これに対し、蜀漢の皇帝となった劉備／劉禅は、それぞれの伝においては、「先主」／「後主」と称されるのが通例である。名が出てくるのは引用文のみであり、地の文に名は記されない。「先主備」のように名を併記される例もない。

孫堅の出自

さらに踏み込めば、陳寿が、魏よりも蜀漢を、というか、曹操よりも劉備を尊重しているのではないか？　と思われる箇所もある。曹操の伝記（魏書武帝紀）と劉備の伝記（蜀書先主伝）の冒頭部分がそれである。

比較の対象として、まず、呉の始祖というべき、孫堅の伝記の冒頭を引こう。

　孫堅は字を文臺《ぶんだい》と言い、呉郡富春の人である。思うに孫武《そんぶ》の後裔なのであろう。（呉書孫破虜伝）

伝の書き出しとしては、一般的なものである。姓名を呼び捨てで書いた後に字《あざな》を記し、次いで本貫（出身地）と出自を記す。

注目したいのは出自である。呉書孫破虜伝は、孫堅の出自を「思うに孫武の後裔なのであろう（蓋孫武之後也）」と言う。孫武は孫子の称で知られる、中国史上名高い軍略家であるが、活躍したのは春秋時代、前六世紀から前五世紀にかけてである。すなわち、孫堅の生きた後漢末から見れば、七百年近く前のことなのであり、しかも、孫武から孫堅の間の血筋については何も記されていない。

孫破虜伝に現れる「蓋」という字は「思うに／考えるに」という義である。結局、孫堅が孫武の後裔である、というのは、両者が同姓であり、孫武が、春秋時代の呉すなわち孫堅の本貫附近で活躍したことからの推測以上のものではないであろう。

曹操の出自

これに対し、曹操の出自に関する叙述は詳しい。魏書武帝紀冒頭を引こう。

> 太祖武皇帝は沛国譙の人であり、姓を曹、諱を操、字を孟徳《もうとく》と言い、漢の相国であった曹参《そうさん》の後裔である。桓帝（在位一四六～六七）の治世に、曹騰《そうとう》は中常侍・大長秋となり、費亭侯に封ぜられた。養子の曹嵩《そうすう》は爵位を継承し、太尉にまで出世したが、その出自はよく判らない。曹嵩は太祖を生んだ。
>
> （魏書武帝紀）

「太祖武皇帝」という敬称（廟号・諡号）から始まる点で、呉書孫破虜伝とは異なるが、その後に本貫と姓名字、出自が続くことは（順序はともかく）一致する。ただし、出自に関する情報量が異なり、曹操は遠祖（孫堅にとっての孫武）以外に、養祖父と実父の情報が残っている。

曹参（前一九〇歿）は、前述した蕭何の後任として漢の相国となった。それから三百年ほど後の末裔が曹騰である。孫堅と孫武よりも経過時間が短く、殊更に「蓋」等の字が用いられていないから、それなりに確度の高い繋がりなのであろう。

曹操の祖父に当たる曹騰は宦官（去勢された男子）であり、宦官としてほぼ最高位の官職である中常侍・大長秋まで昇った。『後漢書』宦者列伝に伝がある。

幼くして宦官となったと思われる曹騰に実子のいるはずがない（成人してから刑罰として宮刑［去勢］を受け、宦官となるような場合は子がいることがある。例えば、武帝の怒りに触れ宮刑に処せられた『史記』の撰者司《し》馬遷《ばせん》には娘がいた［『漢書』楊敞伝附楊惲伝］）。元来、宦官には養子が認められていなかったから、宦官が如何に栄耀を極めようとも、一代限りのものであった。

ところが、陽嘉四年（一三五）二月丙子（十六日）、中官（宦官）が養子を取り、爵位を世襲させることが認められる。これに伴い、曹騰も養子を取ることとなったのであろう。それが曹操の実父、曹嵩である。

ところが、曹嵩について、魏書武帝紀は「（曹騰の）養子の曹嵩は爵位を継承し（養子嵩嗣）、太尉にまで出世したが（官至太尉）、その出自はよく判らない（莫能審其生出本末）」と記すのみである。後に皇帝扱いとなる曹操の父親であり、本人も三公にまで昇っている人物に対し、「出自はよく判らない」と述べることには、やや違和感がある（註釈者である裴松之《はいしょうし》も同様であったのか、『続漢書』『曹瞞伝』『世語』等を引いて、曹嵩の事績を補っている）。

ともかく、魏書武帝紀本文が曹操の出自を語る口調は冷淡である。曹操の養祖父曹騰、実父曹騰の事績は、『後漢書』や『三国志』裴註等によってかなり補うことができるが、それは裏を返せば、魏書武帝紀本文の叙述が簡略に過ぎることを意味していよう。

当時の常識に照らせば、宦官の養子の子、という出自そのものが誇れるものではない。曹操を指して「贅閹遺醜（出世した宦官の醜い子孫）」と貶す語が残されていること（魏書袁紹伝裴註所引『魏氏春秋』）が、その事実を端的に物語る。魏書武帝紀が曹操の出自の叙述を最小限に絞っていることは、そのような曹操の出自をある程度隠蔽しようとしたのか、それとも、それを嫌悪したのかは判らない。どちらの可能性もあるように思う。

劉備の出自

残る劉備の場合、曹操とは正反対だと言えそうである。蜀書先主伝に言う。

> 先主は姓を劉、諱を備、字を玄徳《げんとく》と言い、涿郡涿県の人であり、漢の景帝の子である中山靖王劉勝《りゅうしょう》の後裔である。劉勝の子の劉貞《りゅうてい》は、元狩六年〔前一一七〕涿県の陸城亭侯に封ぜられた。後に酎祭の献上金不足を咎められて爵位を喪《うしな》い、そのままこの地に居住するようになった。先主の祖父は劉雄《りゅうゆう》、父は劉弘《りゅうこう》と言い、代々州郡に仕えた。劉雄は孝廉に挙げられ、官は東郡范県の令にまでなった。（蜀書先主伝）

姓名字、出身地が示されるのは、孫堅／曹操と変わらない。前述したように、先主伝において劉備は呼び捨てにされないので、姓名の扱いは曹操に近い印象である。

さて、先主伝には、劉備の先祖の名が五名現れる。すなわち、漢の景帝（劉啓《りゅうけい》）／中山靖王劉勝／陸城亭侯劉貞／祖父劉雄／父劉弘である。叙述を信じるのであれば、劉備は漢王朝皇帝の末裔だということになる。

景帝（在位前一五七～前一四一）の子、中山靖王劉勝には子が一百二十餘人いた、という叙述がある（『漢書』景十三王伝）。その、数多い劉勝の子に、陸城亭侯劉貞がいた。この人物については、『漢書』の列伝中に伝はないが、『漢書』王子侯表上に、中山靖王の子として、「陸城侯貞」の名が見える。蜀書先主伝の陸城亭侯劉貞と同一人物であろう。王子侯表上に拠れば、武帝（劉徹《りゅうてつ》。在位前一四一～前八七）の元朔二年（前一二七）六月甲午に陸城侯となり（蜀書先主伝が元狩六年［前一一七］とするのに一致しない）、元鼎五年（前一一二）に「酎金」に連坐して爵位を剝奪された。

「酎金」とは祭祀の際に拠出する黄金のこと。毎年の慣例であったが、武帝の元鼎五年（前一一二）九月、その黄金の純度が法の規定に達しなかったかどで、実に一百六人が爵位を剝奪されるという事件が起こる（『漢書』武帝紀）。陸城（亭）侯劉貞も、この時爵位を失った（皇族扱いをされなくなった）が、そのまま涿郡に住み着いた。劉備はその子孫だというわけである。

ただし、皇族扱いでなくなった、ということは劉貞の子孫については、公的な記録がない、ということである。蜀書先主伝では、劉貞から劉備の祖父劉雄がそのまま連続して記載されるが、前一一二に劉貞が爵位を失ってから、劉雄に至るまでかなりの時間的懸隔がある。

劉備の生年は後漢延熹四年（一六一）。その祖父であるから、劉雄の生年は、早くとも西暦一〇〇年前後であろう。劉貞が爵位を失ってから二百年以上経過している。その間の劉備の先祖については全く言及がない。不明なのである。すなわち、劉備の出自には、ツッコミの餘地があるわけだ。

しかし、蜀書先主伝では、この時間的懸隔は完全に無視されている。この無視により、劉備が皇帝に連なる血筋であるということは「事実」化されている、と言うことも可能であろう。つまり、曹操の出自に対して冷淡な正史『三国志』が、劉備の出自に対しては積極的に騙る。ここに撰者陳寿の、故国蜀漢に対する敬慕を読むのは穿ち過ぎであろうか？

以上、正史『三国志』本文について見てきた。しかし、正史『三国志』は本文のみでは完結しない。

裴松之註の成立

正史『三国志』の本文は、主として陳寿という人物が三世紀末に撰述した。しかし、その本文は（おそらくは様々な制約のゆえに）簡潔に過ぎ、陳寿より百年ほど後の読者にとっては物足りないものであったようだ。それゆえ、南朝宋の文帝（劉義隆《りゅうぎりゅう》。在位四二四〜五三）は、裴松之なる人物に、正史『三国志』に註釈を施すよう命じた。

裴松之は字を世期《せいき》という。河東郡聞喜県出身。東晋の咸安二年（三七二）に生まれ、南朝宋の元嘉二十八年（四五一）に歿した。三国時代の終焉（呉の滅亡。二八〇）から百年ほど後の人物である。

註釈を完成させた裴松之は、完成した旨を上表文（皇帝への報告書）として著しており、そこには元嘉六年（四二九）七月二十四日という日付が残っている。裴松之、この時五十八歳。文帝の勅命によって裴註の編纂は始まっているから、作業期間は最長で、文帝即位（四二四）時から四二九年まで、足かけ六年ということになる。

裴松之註の形式

さて、註釈を附す、という行為は伝統的中国学術の根幹を成すものと言ってよい。ただし、伝統的には、字義の解釈を基盤として文意を解釈するものが註釈であった（「訓詁」と称する）。その目的は、対象となる本文に何が書いてあるか、を明らかにすることにあった。

だが、『三国志』に対する裴松之の態度はかなり異なるものであった。裴松之の註釈（裴註）は、陳寿の本文が「簡略に過ぎ、時に脱漏がある（然失在于略。時有所脱漏）」（裴松之「上三国志注表」）ため、それを補うことを目的とするものであった。つまり、本文に何が書いてあるか、について註釈を施すのではない。本文には記されていない挿話を補うことが裴註の主目的となる。

例えば、曹操の伝記である魏書武帝紀は、中平六年（一八九）、董卓の元を脱出した曹操が間道伝いに東方へ逃げたことを記す。この叙述の途中に、裴松之は註釈を施している。

『魏書』に曰く。太祖は、董卓が必ず失敗すると考え、任命に応じず、郷里に逃げ戻った。数騎の従者とともに、旧知であった成皐《せいこう》〔地名〕の呂伯奢《りょはくしゃ》を訪ねた。呂伯奢は留守で、その子は食客とともに太祖を脅迫し、馬と荷物を奪おうとした。太祖は自ら数人を斬り殺した。

『世語』に曰く。太祖は呂伯奢を訪ねた。呂伯奢は外出しており、家にいた五人の子が〔曹操を〕しっかりと款待した。太祖は自分が董卓の命に背いていたため、自分の身を狙っていると疑い、夜、自ら剣を揮って八人を殺害して去った。

孫盛《そんせい》の『雑記』に曰く。太祖は食器の音を耳にして、自分を捕まえようとしていると勘違いし、夜、その家の者を殺害した。そのあと悲惨な思いにとらわれ、「我が人に背くことはあっても、人が我に背くことはあってはならない」と言い、立ち去った。（魏書武帝紀裴註）

引用した裴註は、裴松之自身が記した文章ではなく、『魏書』（正史『三国志』魏書とは別の書物）『世語』『雑記』という三書の引用によって構成される。いずれも、目的地に至る途中、成皐という所で、曹操が呂伯奢なる人物の家族を殺害した、という事件を記す。

しかし、その経緯はかなり異なっている。『魏書』に従うならば正当防衛と言えるであろうし、『世語』に従うならば過剰防衛（？）、『雑記』に従うなら勘違いによる殺人、ということになるであろう。この箇所において、裴松之はただ引用するのみであり、自らの見解は述べない。

裴註の根幹は、このように、陳寿の本文が記さない挿話を、「引用」によって記すことにある。興味深いのは、引用しているからと言って、裴松之自身がその引用の記す内容を是認しているわけではない、という点だ。前述の「呂伯奢一家殺し」は三書を引用することで、事件の実態が曖昧なものであることを示唆しているし、裴松之自ら「この話は信用ならない」等と言いつつ引用することさえある。

そして、自分は承認しない挿話まで大量に引用する、という裴松之の態度は、三国志物語を大きく発展させることになった。

例えば、前掲した、曹操の呂伯奢一家殺しの挿話は『三国志演義』に取り込まれ、改変された。特に、孫盛『雑記』に記された「我が人に背こうとも、人が我に背くことはあってはならない（寧我負人。毋人負我)」という語はやや改変されつつ流用されており、曹操の性格《キャラクタ》を決定づけるセリフの一つとなっている(第八則「曹操謀殺董卓」)。

また、呂布を評した「人中の呂布、馬中の赤兎」という語も、裴松之の引用した『曹瞞伝』のものであった(第二章参照)。つまり、陳寿の本文のみでは、『演義』の呂布像が完成したかは疑わしい。つまり、陳寿の記載しなかった挿話を大量に増補する、という裴松之の手法は、(結果的に)三国志物語に豊饒をもたらした、と言えよう。

裴松之の警鐘

さて、裴松之註の存在とその内容は二つのことを教えてくれる。一つには、陳寿の本文には「語られないこと」が多く存在していること。そして、一つの事件をめぐる記述にはしばしば「ゆらぎ」が存在していること、である。前者は陳寿の本文が十全ではないことを示し、後者は陳寿の本文自体が矛盾を内包し得ることを示唆する。

そして、裴松之は更に重要なことを指摘する。すなわち、「語り手の信頼性」についてである。魏書武帝紀に以下のような記事がある。

〔建安〕五年(二〇〇)春正月、董承《とうしょう》らの謀《はかりごと》が漏れ、みな誅に伏した。公〔曹操〕が自ら東に進み劉備を討とうとすると、諸将みな曰く、

「公と天下を争うのは袁紹です。いま袁紹がやって来るのに、これを棄てて東へ向かい、袁紹が背

後に乗じて来たらば、いかがされますか」

公曰く、

「劉備は人傑である。今撃たねば必ずや後患となろう」

（魏書武帝紀）

事件は呂布の死後、車騎将軍の地位にあった董承が曹操殺害を計画し、これに劉備が加担したことを記す。その計画が発覚し、董承等は処刑される。劉備は洛陽から離れていたため逮捕はされなかったが、その劉備を曹操は討とうとしたのである。この箇所において、裴松之は以下のように註する。

孫盛『魏氏春秋』に云う。諸将に答えて言った。「劉備は人傑である。寡人《わたし》を生かしておいて憂えさせようとするのだ」

臣《わたくし》裴松之は考える。史官が事を記録する段階で、すでに潤色が多く、そのため同時代に近い記述であっても事実でないものがある。後世の作者がさらに作意を起こして改める。こうして、ますます事実から遠くなる。孫盛は書物を作るとき、なべて『左氏』を利用して旧来の文章を改変することが多く、こうした例は一つではない。ああ、後世の学者はどれを信ずればよいのか。しかも魏武はまさに天下に向かって大志を逞しくしているときだ。それなのに夫差《ふさ》が死を覚悟したときの語を用いている。最も用いてはならぬ対比だ。

（魏書武帝紀裴註。なお、この訳文は、二〇一九年九月十四日に開催された三国志学会第十四回大会における口頭発表、渡邉義浩「『三国志』裴松之注と「史」の範囲」を参考にしている）

ここにおいて、裴松之は孫盛という歴史家の「語り方」を問題とする。陳寿の本文は、「劉備は人傑である。今攻撃せねば必ずや後の憂いとなるであろう」という曹操のセリフを記す。これに対し、孫盛『魏氏春秋』は、曹操のセリフを「劉備は人傑である。寡人《わたし》を生かしておいて憂えさせようとするのだ」と改変する。

豫備知識がなければ、この改変の問題点は解らない。裴松之は、まず、孫盛が『春秋左氏伝』哀公二十年（前四七五）に見える呉王夫差のセリフを引用して曹操のセリフを改変したことを指摘する。その上で、曹操と夫差の政治的局面の違いを理由に、この引用が不適切であることを指弾するのである。

『左伝』哀公二十年における夫差のセリフは、後に越王句践《こうせん》に敗れて滅ぶ運命を暗示するものである。このセリフを発した翌々年、哀公二十二年（前四七三）に、句践に敗れた夫差は自害した。これに対し、曹操がこのセリフを発したとされるのは建安五年（二〇〇）のことであった。この年、曹操は最大の宿敵であった袁紹を撃破し、以降、急速に勢力を拡大することとなる。滅亡を眼前にした夫差とは政治的立場が正反対なのであり、夫差のセリフを引用して曹操のセリフを「改変」するのは不適切も窮まる、というのが裴松之の主張であった。

しかし、裴松之の指摘の本質は、おそらく、そこにはない。孫盛の不適切な「改変」を指摘するより前に、裴松之は極めて深刻なことを言う、すなわち「史官が事を記録する段階で、すでに潤色が多いものだ（史之記言。既多潤色）」と。

我々は、客観的記述を標榜する近代歴史学の「歴史観」を大前提として現代を生きている。無論、客観的記述に辿り着くのは容易なことではない。それゆえ、依拠すべき史料が「信頼するに足るか否か」を吟味する史料批判は欠《か》かせない。その史料批判の根幹は、複数の史料を突き合わせ、それぞれの史料の蓋然性（確からしさ）を確認することにある（蛇足ではあるが、近代歴史学において、「史料批判」以上に重要なことは、「史料で語られないことについては語らない」ということであろう。少なくとも、「史料に書かれていること」と「歴史家が推測すること」は峻別されねばならない）。

しかし、時代を遡るほど史料批判は難しくなる。史料の数が減ってゆくからだ。突き合わせる史料がなければ、その史料の蓋然性は判定できない。

正史『三国志』本文（及び裴註）が語るのは、二世紀末から三世紀末の歴史である。現代から一七〇〇年以上前のことだ。残念ながら、正史『三国志』本文や裴註と突き合わせることのできる史料は多くない。結果として、近代歴史学的な意味での史料批判は、かなり早い段階で難しくなる。

史家の覚悟

では、史書の記述の「真実性」は何によって担保されるのか？

象徴的には、『春秋左氏伝』襄公二十五年（前五四八）の記事が、そのことに言及している。

大史は「崔杼《さいちょ》、其の君を弑す」と記録した。崔子はこれを殺した。その弟が地位を継いでまた記録した。死者は二人となった。その弟がまた記録した。そこでこれを許した。南史氏が、大史がみな殺されていると聞き、簡（文字を記すための木もしくは竹の札）を執ってやって来たが、すでに記録されたと聞くと、帰って行った。

崔杼は春秋時代の斉の実力者。恵公・霊公・荘公・景公の四代に仕えたが、前五四八、斉の荘公が自分の妻と密通したことに怒った崔杼は荘公を殺害する。斉の史官（大史）は、これを直截に記録し、怒った崔杼は大史をも殺してしまう。その弟が後を継いで同様に記録し、やはり崔杼に殺害される。また弟が後を継ぎ、同様に記録した。ついに崔杼は諦め、これを許したという。

如何に迫害されようと「真実」を書き残そうとする、史家の苛烈な覚悟を示す挿話ではある。しかし、あくまで建前、というか伝説であり、現実はそんなに甘いものではあるまい。

雑駁に言ってしまえば、正史『三国志』本文の記述の「真実性」は、この『春秋左氏伝』の叙述の延長線上にある。本文が、「近世の嘉史（裴松之「上三国志注表」）」と評されたり、その本文を記した陳寿が「良史の才あり（『晋書』陳寿伝）」と評されたりしたことによって、正史『三国志』本文の「真実性」は辛うじて担保されているに過ぎない。

そもそも、陳寿の本文そのものが矛盾をはらんでいる場合もあり、こうなると「真実性」を判定しようとする行為自体、莫迦莫迦しく思えて来てしまう。

複数の史料を引用する、という体裁を採る裴註は、陳寿の本文よりは、史料批判に耐えられそうである。しかし、一つの史料しか引用されないことも多い。そのような場合、裴松之はしばしば、陳寿の本文と照応して、その史料の蓋然性を判定する。この態度そのものは、近代歴史学における史料批判と一脈通ずるものであろうが、陳寿の本文が無謬とは言えない以上、危なっかしいことではある。

一次史料の問題

また、正史『三国志』本文にせよ、裴註が引く諸史料にせよ、論纂史料である。すなわち、先行する史料に依拠して書かれざるを得ない。

「史実」に直截依拠する史料を一次史料、それを参照して編纂される史料を二次史料と称する。以下、三次史料、四次史料となるが、正史『三国志』に限らず、ほとんどの史書は二次史料ですらなく、三次史料／四次史料であればマシな方であろう。

先行する史料に誤謬が含まれていれば、（史料批判によってある程度の修正は可能であるとはいえ）それに依拠する史料はその誤謬を継承してしまう。ならば、一次史料であれば信頼に値するのか？

怖ろしいことに、それすら不確実なのである。魏書国淵伝には、以下のような挿話がある。

太祖〔曹操〕が関中を征伐する際（二一一）、国淵《こくえん》を居府長史とし、留守の事を統括させた。田銀《でんぎん》・蘇伯《そはく》が河間で反乱を起こした。田銀らは撃破され、その餘党はみな法で処断されねばならなかった。国淵は首謀者ではないゆえ、刑を行わぬよう請願し、太祖はこれに従った。国淵によって救われた者は一千餘人に上った。

賊徒討伐の報告書は、一をもって十とするのが旧例であったが、国淵は首級の数を実数で報告した。太祖がその故を問うと、国淵は言った。「外敵を征討した際、斬った首級や捕虜の数を多く言うのは、功績の大なることを民に示すためです。河間は領土であり、田銀らは叛逆いたしました。勝利したと言っても、私国淵はこれを恥といたします」。太祖は大いに喜び、魏郡太守に昇進させた。

（魏書国淵伝）

国淵の言が「真実」であるとするならば、一次史料（賊徒討伐の報告書）の段階で、数字が改竄《かいざん》されていることになる。この改竄は悪意あるものではなく、慣例に従ったに過ぎないが、改竄には違いない。一次史料すら信用できないのだ。

しかも、魏書国淵伝の叙述は更なる疑問を生む。賊徒討伐以外の報告書の数字は改竄されていないのか？　また、陳寿の本文にこの叙述が含まれる以上、陳寿は数字が改竄されていることを知っていたことになる。とすれば、陳寿の本文の数字は一次史料のままなのか？　修正されているのか？

これらの疑問に答えるための材料はあまりに乏しい。むしろ、判らない、とするのが誠実な態度なのかも知れない。更に根元的な問題もある。そもそも言語というものは、事実／真実を記述できるのか？（野家二〇一六を参照）

事ほど然様《さよう》に、「真実」を知ることは困難である。換言すれば、歴史研究者とは、その困難と格闘する者を言うのであろう。自分が歴史研究者ではないと自覚するからこそ、「真実」を探求しようとする歴史研究者の真摯な努力に敬意を払いたい。

【コラム】

7　諡号と廟号

正史『三国志』魏書巻一は「武帝紀」と称される。曹操の伝記である。「紀」とは帝王の年代記であることは附章一で述べた。では「武帝」とは何か?

生前の曹操は帝位に就かなかったが、死後、帝位に就いた嫡子曹丕から帝位を追贈された。それゆえ「帝」と称されるわけだが、その上に冠される「武」は生前の業績を評して贈られた字である。これを「諡《し》」という。「武」「文」「明」「霊」「献」など、様々な字があるが、それぞれが表す義については、「諡法解」に詳しい。

諡は皇帝のみに贈られるわけではなく、臣下にも贈られる。例えば、諸葛亮は死後、忠武侯という諡号を贈られており、しばしば「武侯」と称されている。

本書の主人公、呂布は温侯という称でも知られているが、これは諡号ではない。第二章で述べた通り、董卓を討った功績により加えられた爵位であり、「温」は地名（県名）である。

前近代中国においては「文」が最高の諡とされた。『論語』公冶長第五には、孔文子（孔圉《こうぎょ》）という人物が、何故、「文」という字を贈られたかについての、子貢《しこう》（端木賜《たんぼくし》）と孔子との問答が載っている。

また、曹操の「武帝」という諡号は曹丕によって贈られたが、これは曹丕が自分に「文」を贈ってもらいたかったからだ、という俗説がある。目論見通り（?）曹丕に贈られた諡号は「文帝」であった。

諡号に類似したものとして、廟号がある。これは、死去した帝王を、先祖を祭る廟に列する際に用いられる称号である。「太祖」「世祖」「太宗」等がある。『三国志』の中では、曹操が太祖と称されるのが目立つ程度であるが、後世、皇帝の称号として用いられるようになる。具体的には少数の例外を除き、漢から隋までの皇帝は諡号で、唐・宋・元の皇帝は廟号で称されるのが慣例である。

諡号にせよ、廟号にせよ、死後に贈られる。曹操が生前に「武帝」と称されたわけではない。

8　『資治通鑑』と『資治通鑑綱目』

附章一で述べたように、正史『三国志』は魏王朝を正統とする。これは、『演義』系統の三国志物語に馴染んでいると、やや違和感があるかも知れない。『演義』の主人公は劉備であり、その劉備が建国したのは蜀漢であるのだから。

正史『三国志』以降の史書では、実は、魏正統論のみが語られていたわけではない。早いところでは、東晋（三一七～四二〇）の人である習鑿歯《しゅうさくし》の著した『漢晋春秋』が蜀漢正統論を唱えている。『漢晋春秋』は、裴松之註でもしばしば引用される。つまり、結果的に裴松之註は陳寿の本文と相反する正閏論を内包するとも言える（ただし、『漢晋春秋』も蜀漢を無条件で賛美するわけではない）。

その後、唐代（六一八～九〇七）に入ると、魏正統論が主流となる（劉知幾《りゅうちき》『史通』等）。五代十国を経て北宋（九六〇～一一二七）に入ると、司馬光《しばこう》（一〇一九～八六）等の撰した『資治通鑑』が現れる。『資治通鑑』は、『史記』『三国志』などの紀伝体ではなく、編年体を採用した。これは司馬光が儒学の経典である『春秋』を範としたためである。周の威烈王二十三年（前四〇三、戦国時代の始まりとされる）から後周の顕徳六年（九五九）すなわち北宋建国の前年までを叙述する。

治平二年（一〇六五）に宋の英宗（在位一〇六三～六七）の勅命を受け編纂が開始され、英宗を継いだ神宗（在位一〇六七〜八五）の元豊七年（一〇八四）に完成した。約二十年を費やして編纂された大著である。

三国時代の正統については、魏の年号を用いつつも正統を立てないとするが、実際の文章を見ると、魏の皇帝を「帝」、蜀漢の皇帝を「漢主」、呉の皇帝を「呉主」と称することが確認できる。魏を正統と扱っているとすべきであろう（ただし、死去に際しては、魏蜀呉の皇帝全てに際して「殂」を用いており、例えば漢の皇帝に「崩」を用いるのとは異なっている）。

『資治通鑑』が編纂されてより後、十二世紀の後半に、朱熹《しゅき》（朱子、一一三〇〜一二〇〇）によって主導された『資治通鑑綱目』（以下、『綱目』）が現れる。その書名の示す通り、『資治通鑑』の内容を再編集したものであり、「綱（大要）」を朱熹が示し、弟子の趙師淵《ちょうしえん》が「目（詳註）」を記した、とされる。

『綱目』は、『資治通鑑』の再編集であるのだが、三国時代の叙述においては、蜀漢を正統とし、その皇帝を「帝」と称する。魏の皇帝は「魏主」、呉の皇帝は「呉主」である。また、蜀漢滅亡（二六三）後、二六四年は魏と呉、二六五〜二八〇年は晋と呉の二国時代となるが、その間は正統を立てていない。晋の皇帝は、呉が残存している期間は「晋主」と称され、呉を滅ぼし、中国統一（二八〇）を果たすことで、初めて「帝」と称される。

さて、習鑿歯や朱熹が蜀漢を正統としたのは、自らの置かれた政治状況に由来すると考えられる。

習鑿歯は、自らの主君であった桓温《かんおん》が（曹丕が漢の帝位を奪ったように）晋の帝位を奪うことを諌めるために蜀漢正統論を説いた。王朝が衰微しても、臣下は王朝の保全に努めるべきであり、安易に簒奪を考えるべきではない、と考えたのである。

朱熹の生きた南宋（一一二七〜一二七九）は、北宋が黄河流域を女真族の立てた金（一一一五〜一二三四）に奪われ、長江流域に亡命して存続していた政権である。すなわち、魏によって黄河流域を奪われた後漢王朝を継承すると称した蜀漢王朝と政治状況が似る。南宋時代を生きた朱熹にとって、魏を正統と認めることは、金による黄河流域支配を正当化することに繋がり、許容できなかったのであろう。

そして、朱熹の確立した儒学の学問体系である理学（宋学とも。日本では朱子学の名で知られる）は、南宋以降、官学（官僚になるための学問）として主流であり続けた。例えば、現代日本で中国古典としてまず想起されるのは『論語』であろうが、これは朱熹が初学者向けの書物として再編した「四書」の筆頭に『論語』を置いたことに由来する。朱熹の影響が現代日本にまで及んでいる一端を示していよう。

このように後世に大きな影響を及ぼした朱熹が、蜀漢正統論の主唱者であったことは重要である。少なくとも、『演義』のように、劉備を主人公とした物語を知識人が肯定的に受容するための素地とはなっているのであろう。

なお、知識人の世界ではなく、より庶民的な場でも、蜀漢に肩入れする風潮のあったことを語る史料もある。司馬光の同時代人である文人蘇軾《そしょく》（一〇三七～一一〇一）は、知人からの伝聞として、街巷で講釈を聞いていた子どもたちが、曹操が負けたと聞くと快哉を叫び、劉備が負けたと聞くと涙を流した、という挿話を記録している（『東坡志林』巻一）。

9　『三国志平話』

南宋末から元を挟んで明代初期に至るまで（十三～十六世紀）は、中国における商業出版の勃興期であった。実用書と科挙受験の参考書（挙業書）の需要拡大により拡大／発展した中国の商業出版であるが、その拡大／発展は新たな需要を掘り起こした。結果として、より規模を大きくするために、新たなコンテンツを欲したのである。

教養書や娯楽書（現代日本でもそうであるように、両者に厳然たる区別があるわけではない）は、そうした新たなコンテンツの有望な候補であった。そして、教養書／娯楽書として出版された最初期のものの一つに『三国志平話』がある（国立公文書館所蔵）。

もっとも、『三国志平話』は、孤立した存在ではなく、同様の版式《スタイル》を持つ『平話』シリーズが『三国志平話』を含め五種類現存している。

①『新刊全相平話武王伐紂書』（『武王伐紂平話』）
②『新刊全相平話楽毅図斉七国春秋後集』（『七国春秋後集』）
③『新刊全相平話秦併六国』（『秦併六国平話』）
④『新刊全相平話前漢書続集』（『前漢書続集』）
⑤『新刊全相平話三国志』（『三国志平話』）

いずれも全頁上部に挿図が入り、下部に文章が記される形式（上図下文と称する）。また、上図下文ではなく、文章のみの形態であるが『新編五代史平話』（南宋末～元代の成立とされるが確証はない）という作品も存在する。

附言すると②『七国春秋後集』が存する以上、『七国春秋前集』が、④『前漢書続集』が存する以上、『前漢書正集』、あるいは『前漢書前集』『前漢書後集』が刊行された可能性が高い。しかし、現在のところ、それに相当する作品は発見されていない。

『三国志平話』とほぼ同内容を語る作品として、『三分事略』が存在する（天理図書館等所蔵）。しかし、挿図の美麗さで、『平話』に大きく劣り、また計八葉もの缺落があるなど、文献学の常識から推すと、『三分事略』は『三国志平話』の翻刻、あるいは『三国志平話』の祖本の翻刻と考えるのが妥当である。しかし、『事略』の封面（表紙）識語と本文標題の表記が、問題をやや複雑にしている。

『三国志平話』の封面識語には「至治新刊」とある。「至治」は元王朝の元号で一三二一～一三二三年のみ使用された。それゆえ『三国志平話』は、この三年間に刊行されたと考えて大過ない。

一方、『三分事略』は、その封面に「甲午新刊」とあり、本文第一行に「至元新刊全相三分事略」とある。至元は至治と同じく元代の元号であるが、中国史上でも珍しい特徴を持っている。同じ元代に二度用いられているのである。

別の王朝であれば、同一の元号が用いられることは珍しくない。例えば、「建興」という元号は、蜀漢／呉／西晋で用いられている。しかし、同一王朝で同じ元号が用いられるのは稀有である。便宜的に前至元（一二六四～九四）、後至元（一三三五～四〇）と称するが、前至元と後至元の間に『三国志平話』の刊行された至治が位置するのが問題となる。

「甲午」は、言うまでもなく干支による年記である。元代では一二三四、一二九四（前至元四十五年）、一三五四（至正十四年）が甲午である（コラム4参照）。

素直に考えると、『三分事略』は前至元甲午（一二九四）の刊行となり、『三国志平話』に先行することになる。しかし、先述したような挿図の杜撰さや缺葉の存在、更に封面の標題（「新全相三国志故事」だと推定されている）と本文の標題（「至元新刊全相三分事略」）が大きく異なること等を考え併せると、以下のような解釈に辿り着く。

すなわち、『三分事略』の初刻が後至元年間に出版され、封面のみ甲午の歳に刊刻し直された重刊本が、現存の『三分事略』なのである。当然、『三国志平話』より後れることになる（以上、中川二〇〇三・竹内二〇〇五参照）。

『平話』は、後漢王朝の滅亡から三国成立、その後の中国統一までを叙述した史書以外の三国志物語としては（今のところ）最古のものだと言える。特に冒頭部分と結末を捉えて荒唐無稽としばしば評されるが、具体的な内容については本書では立ち入らない（小松謙一九九二・竹内一九九七参照）。中川諭・二階堂善弘訳『三国志平話』（コーエー、一九九八）と立間祥介訳『全相三国志平話』（潮出版社、二〇一一）という二種の邦訳が存するので、それで内容に触れるのが最善かと思う。また、金一九九三と井波一九九四にもやや詳しい言及がある。

10　雑劇

ギリシア悲劇を持ち出すまでもなく、英雄の物語はしばしば演劇の題材となる。中国でも古くから演劇は存在したに違いない。『演義』成立に近いところでは、宋（十〜十三世紀）では雑劇、金（十二〜十三世紀）では院本と称される演劇が上演されたことが判っている。しかし、これらは宋金代のものは、脚本が一つも確認されていない。

これに対し、元代に興隆した元雑劇は比較的多量の脚本が現存する。その実態をかなりの程度確認することができるわけである（ただし、元代に刊行されたものは三十種程が残っているに過ぎない。雑劇の脚本として残っているものの多くは、明代の朝廷で上演されることが前提とされたものである）。

雑劇の大きな特徴としては以下の三点が挙げられる。

①歌劇であること。

②四幕（一幕を「折」と呼称する）で構成されるのが原則であり、一折は一つの組曲（「套数」と呼ばれる）から成ること。

③一人独唱であること。

①については問題あるまい。現在の京劇などにも継承される、中国の伝統的演劇形態である。②は形式的なことであり、雑劇を語る上では極めて重要なことであるが、ここでは深入りしない。

今日のオペラ（京劇などを含む）やミュージカルと決定的に異なるのは③であろう。実際の上演形態はさて措き、脚本を見る限りにおいて、雑劇で歌うのは原則として主役一人に限られる（男役は「正末」、女役は「正旦」と呼称される）。逆に言えば、ある雑劇において誰が主役と設定されているかは、歌う人物を見ることで確定できるのである。

ただし、四折を通じて劇中に現れる同一人物が主役であるとは限らない。例えば、「莽張飛大鬧石榴園」雑劇では、第一折の正末は簡雍《かんよう》、第二折は張飛《ちょうひ》、第三折は楊脩《ようしゅう》、第四折は再び張飛である。これは、一人の役者が正末を演じており、簡雍・張飛・楊脩の三役をこなしているのだと考えられている。

三国志物語の雑劇では、孫堅に道化役（浄）が割り振られることがある（「虎牢関三戦呂布」雑劇等）。自信過剰で失敗ばかりする役柄であり、『演義』において、孫堅・周瑜《しゅうゆ》・魯粛《ろしゅく》・呂蒙《りょもう》等、呉の主要人物が史書の叙述を歪曲されて、主人公側である関羽や諸葛亮の引き立て役となっていることの源流なのかも知れない。

三国志物語の雑劇については、その殆どを網羅し、邦訳した井上泰山訳『三国劇翻訳集』（関西大学出版部、二〇〇二）が存在する。また、雑劇の概要やテキストについては、小松謙二〇〇一を参照。

11 『花関索伝』

『三国志演義』版本の研究史上、「花関索」という人物の登場する系統（二十巻繁本系）は早くから注目されて来た。その物語があまりにも史書から乖離し、なおかつ『平話』や雑劇にも見えないことから、知られていない花関索の物語の存在も豫想された（小川一九六四）。

その豫想を裏付ける如く、一九六七（一説に一九六四）年、上海郊外の嘉定県城東公社澄橋大隊宣家生産隊にあった明代の墳墓から、『花関索伝』を含め十一冊の「説唱詞話」および南戯『白兎記』が出土した。

最も早くは成化辛卯（七年、一四七一、『薛仁貴征遼故事』『石郎駙馬伝』）の、遅くは成化戊戌（十四年、一四七八、『花関索伝』前集）の刊記があり、説唱詞話についてはいずれもこの年代の刊行であろうと思われる。

墳墓は一基の主墓と左右一列各五基の副墓からなる。主墓に埋葬されていたのは成化年間に西安府同知を務めた宣昶《せんちょう》。しかし、『花関索伝』他が出土したのは主墓ではなく、主墓から見て左側にある一番手前の副墓からであると言う。埋葬順から見て、宣昶の子か孫の墓だと思われるが確定できない。

前集・後集・続集・別集の四書からなる（「花関索出身伝」「花関索認父伝」「花関索下西川伝」「花関索貶雲南

伝」)。その内容は、関羽《かんう》の次男の花関索の出生から説き起こされ、結婚、父関羽との再会、英雄豪傑たちとの死闘、蜀平定、関羽の死、呉への復讐、劉備の死、諸葛亮の隠遁、花関索の死と展開してゆく。『三国志平話』に比しても、史実からより乖離した内容であり、花関索の活躍は歴史上の英雄というよりは、最早、『西遊記』の孫悟空《そんごくう》めいた超人のそれである。『花関索伝』においては、『三国志平話』の主人公というべき張飛ですら花関索の引き立て役に過ぎない(以上、金一九八九)。

成書年代に注目するなら、『三国志平話』(一三二一〜一三二三刊行?)と『三国志演義』(最も早い刊記のある嘉靖壬午序本の刊行が一五二二?)との間を埋める存在であり、三国志物語の多様な展開を想像させる作品である。

邦訳は存在しないが、影印と翻刻・註釈、和文の解説を附した井上泰山他編『花関索伝の研究』(汲古書院、一九八九)が刊行されている。

附章 二

羅貫中と毛宗崗

「演義」の意味

附章二では、書物としての『三国志演義』について述べる。まずは、書名について考えてみよう。

本書では、『演義』を引用する際、原則として、葉逢春《ようほうしゅん》本と称される版本を用いてきた。何故、葉逢春本なのか？　ということは後述するとして、実はこの版本、『三国志演義』という書名ではない。

葉逢春本の巻之一第一行には、

新刊通俗演義三国志史伝

とある。これが所謂「書名」になろう（別の箇所には異なる書名が記してあったりするが、議論を単純にするためにこれに絞る）。

「新刊」は「新たに刊刻した」という義。つまり、何処かから版木を手に入れて印刷したのではなく、この書を売り出した書坊（本屋）自身が、新しく版木を作って印刷した、ということである。つまり、ちゃんと手間をかけてますよ（だから買ってください）、と言いたいのである。「通俗」は「俗に通ずる」、つまり、堅苦しい／古雅な文言ではなく、解り易く書いてありますよ、ということ。

最大の問題である「演義」は、「義を敷演（敷衍）する」ということ。つまり、物事の道理（義）を解り易く説明することを言う。ただし、『三国志演義』に附されたためか、後世、「演義」というと、『三国志演義』のような、所謂「歴史小説」的作品を指す語として用いられることも多くなった。「三国志」は言うまでもあるまい。正史『三国志』のことである。

「史伝」は「史書の伝」ということ。「伝」とは、本文の内容に註釈を施したり、解釈したりして理解し易くした著作のことである。「演義」と類似した概念とも言える。

つまり、葉逢春本の書名は、乱暴に言ってしまえば、「新作・正史『三国志』の解説本」という義である。あくまで正史『三国志』に従属する著作だ、という言明でもある。正史が難しいから、それを解り易くした、ということを言いたいのである。ここまで見てきたように、解り易くするために「虚構」が採用されることも多々あるから、「歴史小説」と称しても間違いではなかろう。

作者の不在

だが、「小説」と断言してしまうことへの躊躇いもある。

何故なら、現代日本語で「小説」と言ってしまうと、それを著した作者を無意識的に前提としてしまっているような気がするからである。例えば、現代日本の著名な文学賞である芥川賞にせよ、直木賞にせよ作品に与えられるもののはずだが、注目は作家の方に集まる。

現代の小説はそれでよい。しかし、その認識を『三国志演義』に適用することは、大袈裟に言えば、『演義』の本質を見失わせる可能性がある。

『演義』をめぐって、以下のような言明がある。

> やがて、これにも飽き足りなくなった。その間、少しずつ出始めた『三国志』関連の史料を読んでゆくうちに、『三國志通俗演義』は「七分が史実、三分が虚構で、読者は往々惑わされる」（清の

章學誠《しょうがくせい》『丙辰箚記』）ことを知り、「三分の虚構」とは何かを知りたくなった。

〔中略〕

期待に違わず陳壽の『三国志』は面白かった。そこには紋切り型《ステレオタイプ》ではない、躍動的で個性豊かな人間の姿が描かれており、人間という複雑な生き物は、単純に類型化できるものではないことを教えてくれた。と同時に「三分の虚構」も明らかになった。「桃園の結義」は作り話だったこと、赤壁の戦いでは黄蓋《こうがい》の「苦肉の計」はなかったこと、關羽は曹操を華容道で待ち伏せした事実はなかった、ということ等である。さらに曹操は旧弊にとらわれない。新時代を拓くにふさわしい才能を持つ人物だったこと、諸葛孔明は名軍師というより誠実な政治家だったこと、劉備はしたたかな、多分に食えない人物だったこと等である。

前置きが長くなったが、筆者が本書の上梓を思い立ったのは、小説の『三国志』に興味を持った人は、必ず筆者と同じ過程を経て、より深く史実に迫りたくなるに違いない、と考えたからであり、筆者が正史を読んで得た感動を少しでも多くの『三国志』ファンにお伝えし、この感動を共有したいと思ったからである。

本書は陳壽の『三国志』に基づいて書かれ、羅貫中《らかんちゅう》の『三国志通俗演義』との違いに触れて「三分の虚構」を明らかにした。これが結果的には、羅貫中の脚色の巧みさを浮彫りにすることになった。

（坂口二〇〇二、四～六頁）

この文章の著者、坂口和澄は、附章一で述べたような、「一九七〇～八〇年代型」三国志読者の典型である。『演義』に出会って三国志を愛好し、その後、正史に出会ったわけである。そもそも、正史に書いてあることを、現実に起こったことという意味での「史実（≒事実）」と認識するのは問題を孕む（附章一参照）。しかし、今、強調したいのはそこではない、

指摘したいことは二つある。一つは、羅貫中なる人物を、『演義』の（現代小説的な意味での）「作者」と認識していること。もう一つは、『演義』に現れる「七分の史実」ではない「三分の虚構」を、「作者」である羅貫中の想像力・構想力の産物（坂口の語を借りるならば「脚色」）として理解していることである。

その結果、『三国志演義』は、正史（や他の史書）のみを原拠とし、それを読んだ個人（羅貫中）が、史実を咀嚼し「脚色」を加えた「小説」として認識されてしまう。あたかも、現代における「歴史小説」のように（現代の歴史小説とて、そこまで単純ではなかろうが）。

では、何故、『三国志演義』を現代的な意味での「歴史小説」と混同してしまうのか？

様々な要因があろうが、やはり『三国志演義』そのものに「羅貫中（もしくは羅本貫中《らほんかんちゅう》）」という名が附されていることが主因であろう。後述するように、多数の版本《エディション》がある『三国志演義』ではあるが、その多くに「羅貫中」という名が見える。

そして、羅貫中の名は、『三遂平妖伝』や『残唐五代史演義』等にも附けられており、『水滸伝』の編者に擬せられることもある。あたかも現代の小説作家のように、多数の「小説」の編纂に携わったと認識されているわけである。それゆえ、羅貫中と『三国志演義』との関係を、現代の小説とその作者との関係に無意識的に擬してしまう。

『三国志演義』自体に記されているのであるから、羅貫中と『三国志演義』とが無関係だと言うつもりはない。関係があるに違いないのだが、大きな問題がある。一つは、そもそも羅貫中の事績がほとんど伝わっていないこと。そして、もう一つ、より大きな問題として、羅貫中が『演義』とどう関係しているのかが全く判らないこと、である。

羅貫中の伝記

羅貫中の伝記史料と称されるものが、現在のところ、一種類のみ伝存している（他にもないことはないのだが、その信頼性については慎重な議論が必要である）。撰者未詳の『録鬼簿続編』なる書である。「続編」であるから、前作（?）がある。鍾嗣成《しょうしせい》の撰とされる『録鬼簿』がそれである。鍾嗣成は生歿年未詳ながら、『録鬼簿』に附された鍾嗣成の序文には至順元年（一三三〇）の年記があり、『録鬼簿』自体もその頃の完成とみて大過なかろう。『三国志平話』成立の十年ほど後である。

「鬼」は「死者」の義だから、『録鬼簿』とは、「死者について記録した名簿」ということになる。具体的には、それまで文人としての評価をされることの少なかった雑劇作者の略伝とその作品名を記録したものである。

『録鬼簿続編』は、『録鬼簿』に倣い、より後代の雑劇作者について記録している。収録される最初の人物は、『録鬼簿』の撰者である鍾嗣成。第二が羅貫中である。

羅貫中は太原の人である。湖海散人と号した。人付き合いをあまりしなかったが、楽府（雑劇）

や隠語は非常に清新なものであった。私とは年の差を超えた交友を結んでいたが、当時は波乱の世で、離ればなれになってしまった。至正甲辰（二十四年、一三六四）に再会したが、その後六十餘年経ってしまい、その最期は判らない。

風雲会　連環諫　蜚虎子

（『録鬼簿続編』）

最後に記されているのは、羅貫中の著した雑劇の篇名。「風雲会（趙太祖龍虎風雲会）」のみ、今に伝わっている。

『録鬼簿続編』に記載されたものの中で、伝記情報と言えそうなのは、出身地（太原）と号（湖海散人）、そして至正庚辰（二十四年、一三六四）に「生存していた」ということのみである。至正二十八年（一三六八）、元《げん》は首都の大都を明《みん》軍に明け渡し、北へ奔った。通常、これをもって元は滅んだ、とされるので、羅貫中は元の最末期から（おそらく）明の初期を生きた人物ということになる。

羅貫中は『三国志演義』自体に名を記されている。その羅貫中は元末明初の人であった。ならば、『演義』も元末明初に成立していなければならない。このような思考のもと、『演義』の成書を元末明初に比定する議論はしばしば見出せる。

しかし、そう考えるのは早計なのかも知れない。何故なら、元末明初に刊行された『演義』は、未だ発見されていないのだ。現在のところ、『演義』の版本は明が成立（一三六八）してから百年以上経ったものしか発見されていない。実証的立場からは、『演義』の成立は十六世紀初めに遡るのが精一杯なのだ（『演義』の成立年代については後述）。『演義』の成書を元末明初とするのは、ひとえに『録鬼簿続編』の羅貫中の記事にかかっているのである。

しかし、虚心坦懐に『録鬼簿続編』羅貫中の記事を見れば、そこに三国志に対する言及が一切ないことに気づくだろう。記事本体のみならず、掲載されている雑劇の篇名のいずれも、三国志物語とは全く関係がない可能性が高い。すなわち、『録鬼簿続編』の羅貫中を、『演義』の作者に比定するのは、『演義』中に羅貫中の名が見えるからに過ぎない。同姓同名の別人ではないか？　という疑念を実証的に払拭するのは極めて難しいのである。

むしろ、別人である可能性を指摘する方が容易い。『録鬼簿続編』は羅貫中の出身地を太原（山西省）とするが、『演義』諸本では「東原（東平、山東省）」とされることが多く、杭州（浙江省）とする史料もある（郎瑛《ろうえい》『七修類稿』巻二十三等）。金一九九三はこのような出身地の分散を、一人の人物に収斂することは可能だと言うが、やはり、『録鬼簿続編』の羅貫中と『演義』作者として記載される羅貫中を同一人物とする前提を置いた上での議論であろう。『録鬼簿続編』に現れる羅貫中と、『演義』との時間的懸隔を顧慮するならば、現在のところ、羅貫中は二人（以上）いた、とするのが無難であるように思う。

『演義』の成立年代

ここで、『演義』の成立年代について記しておこう。しばしば言及されることだが、『演義』諸版本の中、現在発見されているものに限れば、「嘉靖壬午（元年、一五二二）」の「引（序文）」を持つ嘉靖壬午序本が最も早く、嘉靖二十七年（一五四八）の年記を持つ「序」が附された葉逢春本がこれに次ぐ

（だからと言って内容的に、前者が後者に先行する、とも言い難いのである）。また、この二種の序文が示す刊行年代は、『演義』諸版本の中でも相当に早い。明代に限っても、多くの『演義』が刊行されているが、その多くは万暦年間（一五七三～一六二〇）のものなのである。

早くに刊行された、嘉靖壬午序本にせよ、葉逢春本にせよ、『録鬼簿続編』の羅貫中の伝記が記す、至正甲辰（一三六四）から百五十年以上が経過している。やはり、この百五十年を繋ぐ新史料が出現しない限り、『録鬼簿続編』の羅貫中と『演義』とは切り離しておくべきであろう。

ややこしい問題はある。嘉靖壬午序本には、嘉靖壬午の「引」の他に、弘治甲寅（六年、一四九四）の年記を持つ「序」も存在する。それゆえ、かつては、この版本を「弘治本」と称したこともあった（小川一九五三）。その後、研究が進み、嘉靖壬午の「引」を持つものが初版本であろう、というのが定説となって来た。「引」がなく、弘治甲寅の「序」のみを附された版本も存在するのだが、内容的には一部改変された第二刷以降のものだとされている（ちなみに「序」には「庸愚子」、「引」には「修髯子」という署名がある。いずれも筆名であろうが、「羅貫中」ではないことは注意しておきたい）。

また、嘉靖壬午序本は『演義』諸版本の中でも、抜群に美麗なものであり、それゆえに「原作」のような扱いをされることもあった。しかし、嘉靖壬午序本の「美しさ」は、その特殊な刊行事情に由来する。古くは鄭振鐸（作家・文学研究者。一八九八～一九五八）の指摘する通り、嘉靖壬午序本は内府本、すなわち明の朝廷内の工房で（原則として皇帝閲覧用に）出版されたものであると思しい。すなわち、当時の技術の粋を集め、なおかつコスト度外視で製作された書物である可能性が高い。

『演義』は商業出版物として製作され、流布してきた。つまり、利潤を追求する「商品」の側面がある。そんな「商品」にとってコストは重要な制約であり、版面の美しさや、時として内容までもコストによって変化する。

そのような『演義』諸版本の中、コスト度外視で製作されている嘉靖壬午序本は、いわば「反則」である。飛び抜けて美麗なのも、むしろ当然であろう。

『演義』の系統

閑話休題。嘉靖壬午序本や葉逢春本だけではなく、『演義』には多くの版本が存在する。その状況を金一九九三は以下のように言う。

『三国志演義』は、明代以降に成立した中国近世のありとあらゆる小説のなかで、おそらくはもっともよく読まれた作品であろう。あるいは二十世紀に入ってからの近代小説を数に入れたとしても、その地位は揺るがないかもしれない。明代以後の小説は、原則としてすべて商業出版の産物であるから、よく読まれたということは、よく売れたということであり、それだけ数多くのエディションが大量に出版されたということになる。実際、明清間に各地の民間の出版業者、これを中国では古く書坊といったが、彼らが刊行した『三国志演義』のテキストの数は、現在残っているものだけでも、百種類は下らないであろう。実際はその数倍あったに違いない。

しかも、清代中期以降は、毛宗崗《もうそうこう》本の天下であり、毛本一色になるので別であるが、それ以前の明代のテキストは、いくつかの系統によって内容は表現にかなりの違いがあり、しかも同じ系統に属するテキストであっても、書坊の間で版木を流用したような場合を除いて、字句まで完全に同じテキストは、これまでにひとつも知られていない。

（金一九九三、一九一頁）

二十世紀初頭に、鄭振鐸が「（毛宗崗本を除けば、『演義』諸本の）内容には全く差異はない（内容実在一無差別）」と断じた影響が大きく（鄭一九二九）、二十世紀半ばまでは（毛宗崗本を除く）『演義』諸版本間の差異は、あまり重要視されて来なかった。しかし、小川一九五三を嚆矢として、『演義』諸版本の研究は大きく進展する。特に八十年代後半以降、金文京／中川諭／上田望等の日本の研究者により、陸続と新しい成果が発表された（『演義』諸版本の研究史については中川一九九八を参照）。引用は、その研究状況を踏まえた発言である。

日本における『演義』諸版本の研究は、中川一九九八と井口二〇一六に結実した、と言ってよい。詳細については、両書を参照いただくとして、本書の内容に関係する議論のみを抜萃しておこう。

現在のところ、『演義』諸版本の系統を「二十巻繁本系」「二十

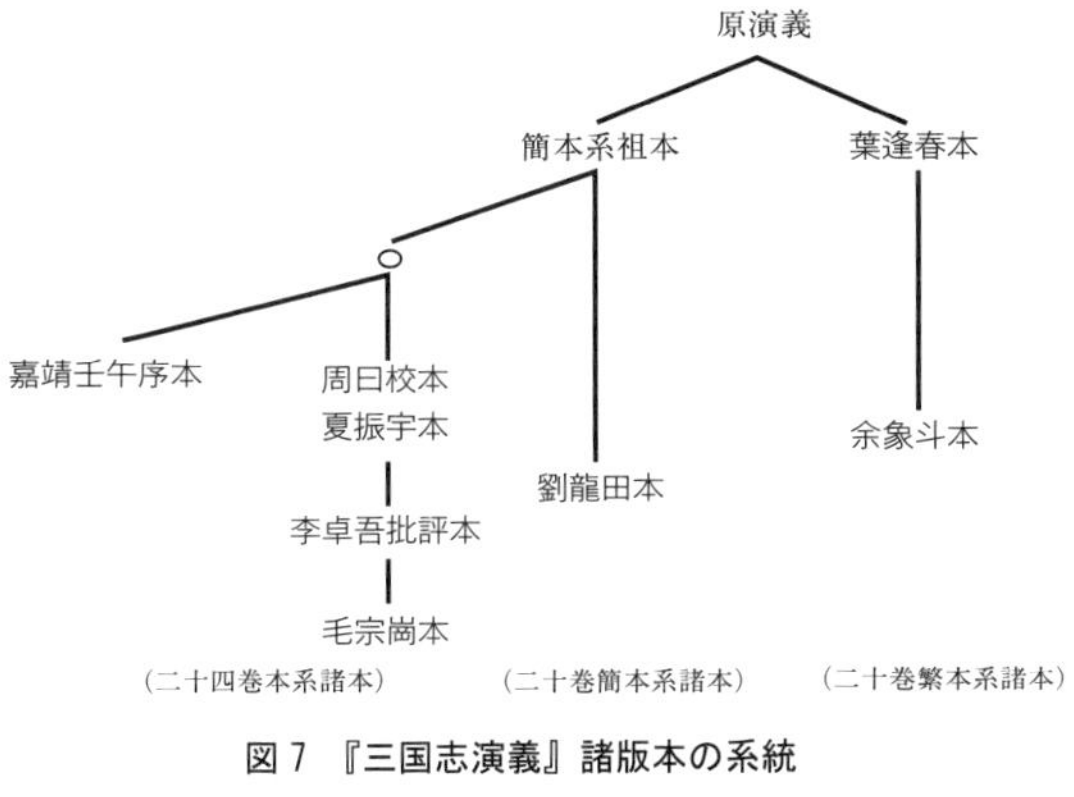

図7　『三国志演義』諸版本の系統

巻簡本系」「二十四巻本系」の三系統に分類することは、ほぼ定説になっている。その三系統の関係を図式化すると図７のようになる（井口二〇一六、四三九頁に拠る）。

図の中で、ゴシック体は現存する版本。明朝体は理念的に存在するはずのテキストである（発見はされていない）。中川一九九八では、三系統の関係性の解釈は異なるが、やはり共通した祖本（原演義）を想定した上で、三系統に大別する点では一致する。

李卓吾批評本より前、『三国志演義』の内容は、全体としては二百四十に分割されていた。全二百四十則と称されることが多いが、二十巻本繁本系に属する葉逢春本は段と称しているし、本文の内容に鑑みて、全二百四十回と称すべきだ、という議論もある。

二十巻本や二十四巻本というのは、その全二百四十則を如何《どう》分巻するか？という話である。二十巻本であれば一巻に十二則、二十四巻本であれば一巻に十則が収録されることになる。なお、二十巻本には十巻本（一巻二十四則。葉逢春本は十巻本である）、二十四巻本には十二巻本（一巻二十則）という変　種《ヴァリエーション》が存在する（他に六巻本というのもある）。

無論、単に分巻だけが異なるわけではない。例えば、二十巻簡本系は、その名称の通り、他の二系統よりも文章が大幅に簡略化されている。結果として、挿話の改変なども多い。嘉靖壬午序本を除く二十四巻本系統のみに見られる挿話もある（中川一九九八は「十一の挿入説話」と称する）。

また、通行本にも登場する関羽の架空の息子、関索《かんさく》は、嘉靖壬午序本や葉逢春本に登場しない。葉逢春本を除く二十巻繁本系の多くにも関索は登場しないが、「花関索」という関羽の架空の息子が登場する（関索は関羽の三男、花関索は関羽の次男と設定され、その挿話も大きく異なる。関索と花関索の双方が登場する版本まで存在する。花関索についてはコラム11を参照)。

相異の詳細については、中川一九九八と井口二〇一六を参照されたい。本書において重要なのは、いずれにせよ、未だ発見されていない共通の祖本(原演義)が措定されていることである。

関羽の呼称

原演義に相当する版本は、未だ発見/確定されてはいない、現在のところは、理念上の存在である(すでに知られている版本のいずれかが、原演義もしくは、それに極めて近い、という議論は存在する。しかし、定説となったものはない)。そして、現在、発見されている版本全ての祖本であるから、原理的に全ての版本より早く存在していなければならない。では、この原演義を羅貫中が書いたと想定してはどうだろうか?

おそらく、ダメである。何故なら、現在までの研究で、原演義もまた、先行テキスト(原「原演義」)が存在する可能性が高いとされているからである。

具体的な例を挙げよう。第三章で言及した関羽であるが、『演義』では「関羽」と呼び捨てにされることはほとんどない。むしろ、セリフではない地の文であっても「関公」「関某」という尊称(及びそれに類する呼称)を用いられることがしばしば指摘される。これは、『演義』成書当時に興隆しつつあった関羽信仰の反映だ、というのもよくなされる説明である(小川一九五三、金一九九三)。

だが、『演義』全体を俯瞰すると、関羽に対して最も多用される呼称は字の「雲長《うんちょう》」である。地の文で字を使用することも、『演義』における一般的な現象ではない。しかし、関羽の「雲長」の他、劉備は「玄徳」と字で称され、諸葛亮も「孔明」が多用される。字の使用だけでは、関羽が抜きん出で特別扱いされているとは言い難い。やはり「関公」等の使用が、『演義』の関羽を特徴づけている。そこで、『演義』における、「関公（公）」という呼称の使用について、その分布を調査すると、興味深いことに気づく。特定の箇所に集中しているのだ。

具体的には、第四十九～五十六則と第一百四十七～一百五十三則に集中して現れる。前者は「五関斬六将」「千里独行」と称される挿話群、後者は関羽の死を語る挿話群である（「走麦城」と称しておく）。関羽を主人公として語る挿話群であるから、関羽に対し、敬称である「関公」を用いるのに不思議はないように思われる。しかし、同じ関羽を主人公とする挿話であっても、「華容道」（第九十八～一百則）や「単刀赴会」（第一百三十～一百三十一則）のように「関公」ではなく「雲長」を使用する挿話も存在する。つまり、『演義』における関羽の古称は、斑《まだら》になっているのである。

この現象をどう解釈するか？　安易な結論は出せないが、幾つかの可能性は指摘できる。例えば、関羽を「関公」と称する「五関斬六将」「千里独行」「走麦城」は、元々の『演義』（原「原演義」）には存在しておらず後入された。あるいは、元々、原型となる挿話は原「原演義」に存在していたが、「五関斬六将」「千里独行」「走麦城」が加筆修正された、と考えれば納得はゆく（竹内二〇〇二）。趙雲《ちょううん》についても、「趙雲」と称される箇所と「子龍《しりゅう》（字）」が使用される箇所が斑になっている、という指摘もある（小松健男一〇〇二）。また、井口二〇一六は、葉逢春本・嘉靖壬午序本・劉龍田《りゅうりゅうでん》本という三版本を綿密に校合することによって、より詳細に原「原演義」の性格を炙り出している。

羅貫中にサヨナラを

さて、原演義以前に原「原演義」が存在するとなると、『演義』と羅貫中とをどう関係づけるかは明確になる。少なくとも、『録鬼簿続編』の羅貫中は、『演義』にとって、近代小説的な意味での作者ではない。つまり、羅貫中個人の想像力・構想力の存在を、百歩譲って認めるとしても、その想像力・構想力を主たる原動力として、現存する『演義』が出来上がっている、とは絶対に言えないのである。

仮に、原演義の「作者」を羅貫中であるとしよう。しかし、原演義には原作となる原「原演義」が存在する。となれば、原演義という作品の核は羅貫中によって書かれたものではない。

また、羅貫中が、原「原演義」の「作者」であると仮定してみよう（時代的にはこちらの方がしっくり来る）。その原「原演義」は、原演義に辿り着くまでに幾多の改変を施されている。となれば、羅貫中は原「原演義」の「作者」ではあっても、原演義にとっては精々「原作者」に過ぎない。

『三国志演義』というのは、一篇の「（現代日本における一般的な意味での）小説」ではない。数十種以上に及ぶ版本があり、その版本群の原作（原演義）が想定され、さらに先行する原「原演義」の存在も意識される……その全てが『三国志演義』なのである。もはや一箇の作品というよりも、「現象」だと言うべきかも知れない（これは『三国志演義』に限った話ではなく、『演義』と同時代、あるいはやや後れて成書した「白話小説」と称される分野の作品は、多くがそうである）。

ここまで、筆者が逆説的に、羅貫中という存在にこだわって来たのは、この「（現代的な意味での）小説である」という先入観を排除したかったからである。『演義』の「虚構」の背後にあるのは、現代の我々が「何となくイメージできる」ような、個人の想像力／構想力ではない。三国時代以来、千年以上にわたって蓄積されてきた（史書も含む）三国志物語そのものである。

おそらく『演義』に現れた全ての「虚構」には原拠がある。「作者」の想像に見えるものは、その原拠に読者が気づいていないだけだ。裴松之は、陳寿の本文を補うために註を附けた。『演義』は、その後、生成／発展し続けた三国志物語を継承し、三国志という存在に附された厖大な註なのである。

毛宗崗

ただし、現在読まれている『三国志演義』には「作者」がいると言ってよいかも知れない。中国にせよ、日本にせよ、現代で受容されている『演義』は、ほとんど一種類の版本に限定されている。これまで何度か言及してきたが、毛宗崗本（以下「毛本」）と呼ばれるものである。例えば、現代日本語訳として比較的入手し易い、小川環樹／金田純一郎訳、立間祥介訳、井波律子訳のいずれもが、毛宗崗本を底本としている。他の版本の現代日本語訳は、二〇二〇年七月時点で存在しない（厳密に言えば、十七世紀末に刊行された、『三国志演義』の本邦初訳である『通俗三国志』は、毛本ではなく李卓吾批評本を底本としている。ただし、江戸時代に刊行されたものであり、現代の我々が難なく読みこなせるものとは言い難い）。

毛宗崗、字は序始《じょし》。生歿年は不明だが、清初（十七世紀中葉〜後半）に活動していたのは間違いない。父毛綸《もうりん》（声山）が着手していた『三国志演義』の改訂作業を継承し、それを完成させたと言われる。

毛父子の改訂は、それまでの『演義』諸本の相異を、鄭振鐸に「内容には全く差異はない」と言わしめるほど徹底したものであった。その改訂を受けた毛本のみが、現代においてほぼ唯一の『三国志演義』として受容されている。ならば、毛宗崗（及びその父毛綸）は、演義の「作者」とも言えるであろう（後述するが、毛父子は、現代的な意味の「作者」に近い意識で改訂を行っているように思われる）。

毛本の完成は、康熙五年（一六六六）以前とされる（小川一九五三）。その刊行後、「毛宗崗本の天下」となったとは、前掲した金一九九三の言であるが、他にも同様の見解はしばしば述べられる。

最初の版本である「嘉靖本」以後、さまざまな版本が世に出たが、十七世紀後半、清の康熙年間に毛声山・毛宗崗父子によるいわゆる「毛宗崗本」が刊行されるや、他の版本を圧倒して、これのみが広く行なわれるようになった。（井波一九九四、v頁）

清の中期に毛綸・毛宗崗父子がまとめた⑥毛宗崗本は、②嘉靖本の流れを汲む⑤李卓吾本をもとにしているが、これが現在の中国で読まれている『三国志演義』の決定版である。

（渡邉・仙石二〇一〇、六頁〔引用中の○囲いの数字は当該書の行論上、便宜的に附されたもの〕）

「他の版本を圧倒して」「『三国志演義』の決定版」という表現には、毛本以前の版本より、毛宗崗本が秀《すぐ》れている、という語感があろう。本当にそうなのだろうか？　以下、検証してゆきたい。

百二十回本

だが、毛本について検証する前に、毛本以前に施された大きな改訂に触れておく必要があるだろう。

毛本は全百二十回で構成されている。旧来の全二百四十則ではないのである。しかし、二百四十を百二十にしたのは、毛本が初めてではない。

『演義』全体を百二十回で構成するのは、李卓吾《りたくご》批評本（以下「李本」）に始まる。刊行年代について、中川一九九八は、そ「の刊行は万暦三十年前後かそれより後と豫想される」（九五頁）と結論づけている。万暦三十年は西暦一六〇二年。嘉靖壬午序本「引」からは八十年後れることになる。

さて、二百四十則だったものを百二十回に再構成するのは、かなり大胆な改訂に思われる。しかし、その実態は拍子抜けするものであったと言ってもよいかも知れない。旧来の二則を、一回に纏めただけなのである。例えば、全二百四十則の場合、第一則の標題は「祭天地桃園結義」、第二則は「劉玄徳斬寇立功」である。一方、李卓吾批評本冒頭の目録（目次）には、第一回の標題として「祭天地桃園結義　劉玄徳斬寇立功」と掲げられている。一見して判る通り、二百四十則本の第一則と第二則の標題を並べただけである。

しかも、第一回本文を見ると、その冒頭には「祭天地桃園結義」という標題のみがあり、中盤に至って「劉玄徳斬寇立功」の標題が現れる。何のことはない、一回がさらに二則に分かれるのであり、実質的には二百四十則本と異ならない。『三国志演義』が本当の意味で百二十回本になるには、毛本を待たねばならないのである。

では、何故、李卓吾批評本は、二百四十則本の実態を改変せず、体裁のみを百二十回本にする小手先の改訂を加えたのか？　鍵は、この版本に附された「李卓吾」という名にある。

李卓吾

卓吾は号もしくは字、名は贄《し》（一五二七〜一六〇二）。思想家と称するのが相応しい文人である。童心説を唱えた。童心とは、人間が生得的に持っている純真無垢な心であるが、社会生活・文明生活によって失われる、と李卓吾は考えた。

この思考は、学問を修めることによって人格を陶冶する、という当時の知識人の主流的な価値観（具体的には、理学［朱子学］的価値観）と、真っ向から衝突する。その結果、李卓吾は、知識人（士大夫）的価値観を否定するような書（『焚書』『蔵書』等）を刊行し、士大夫たちは李卓吾を危険人物と看做すようになる。結局、李卓吾は逮捕・獄死するという最期を迎えた（劉一九九四）。

さて、反逆的知識人とでも言うべき李卓吾であるが、何故、『三国志演義』と結びつくのか？　それは、李卓吾が、当時、真っ当な文章として評価されることのなかった白話小説や戯曲の中、『水滸伝』や『西廂記』を「至文」として高く評価したことにある（李卓吾『焚書』巻三「童心説」）。そればかりではなく、『水滸伝』には序を撰する程であった（「忠義水滸伝序」）。

『水滸伝』は、李卓吾の手になるという批評まで加えられ刊行された。そして、これが大いに売れたらしい。出版部数までが判るわけではないが、同じく「李卓吾先生批評」と銘打つ『西遊記』や『三国志演義』が刊行されたのが何よりの証拠であろう。そして、少なくとも『三国志演義』に関しては、偽託であり、李卓吾本人は関わっていないことがつとに指摘されている（陸聯星一九八二。実際に批評を加えたのは葉昼《ようちゅう》なる人物だという）。そもそも、『三国志演義』は、李卓吾が唾棄したはずの理学的価値観との親和性が高く（コラム8参照）、李卓吾が称賛する対象になったとは思い難い。

そして、（偽託も含め）李卓吾批評が附された『水滸伝』『西遊記』『三国志演義』を並べると、『三国志演義』のみ、元来の体裁が違う。李卓吾批評のものが登場する以前より、『水滸伝』は全百回（後に全百二十回や全七十回等も刊行されたが）、『西遊記』も全百回で刊行されていた。『三国志演義』のみが全二百四十則であったのだ。そこで、二則を一回にし、百二十回本にするという、小手先の改変で他の李卓吾批評本と体裁を近づけたのである（廣澤二〇〇六参照）。何のためか？ 他の李卓吾批評本の評判に便乗して売るためである。『三国志演義』とは紛れもなく商業出版物であった。

回目の改変

さて、「決定版」たる毛宗崗本の底本は、この李卓吾批評本だとされている。しかし、すでに述べたように、（実際にはそうでなくても）それ以前の版本の差異が僅かなものに見えるほど、毛本の改訂は徹底したものであった。その全てを語る力量は筆者にはない。一端を紹介するに留める。

真っ先に目につくのは回目《かいもく》（百二十回それぞれに附された標題《タイトル》）である。毛本自体が、冒頭に附された「凡例」で以下のように言っている（中川一九九八、一三四頁の邦訳を引用）。

一、俗本の則題は不揃いで対になってなく、乱れていてきまりがない。また一回の中が上下二つに分かれている。今、すべて作者の意を考えて一つにまとめ、毎回必ず二句の対句で題を為し、務めて精巧にし、見る者の目にすっきりとくるようにした。

「俗本」とは、要するに底本のことである（李卓吾批評本である可能性が高いとされる）。「一回の中が上下二つに分かれている」ということは二百四十則本ではなく百二十回本であることを示唆する。その回目が対句になっていないことを、「乱れていてきまりがない（錯乱無章）」とし「毎回必ず二句の対句で題を為」すよう改変したのである。第一回を例に採ろう。

李卓吾批評本第一回の回目は、

天地を祭りて桃園に義を結び（祭天地桃園結義）
劉玄徳　寇を斬りて功を立つ（劉玄徳斬寇立功）

となっている。両句とも七字で数は揃っている（李本の場合、目録上ではすべて七字句で揃えられている）。しかし、前半は、

動詞［祭］＋目的語［天地］／場所［桃園］／動詞［結］＋目的語［義］

という構文であるのに対し、後半は

主語［劉玄徳］＋動詞［斬］＋目的語［寇］／動詞［立］＋目的語［功］

となっている。中国語の修辞上、これは「対句」ではない。元来、全二百四十則の第一と第二であったものだから、対になっていないのは、むしろ当然である。

一方、毛本の第一回の回目は、

桃園に宴して　豪傑　三たり　義を結び（宴桃園豪傑三結義）
黄巾を斬りて　英雄　首《はじ》めて　功を立つ（斬黄巾英雄首立功）

と改変されている。こちらは、

動詞［宴／斬］＋目的語［桃園／黄巾］／
主語［豪傑／英雄］＋修飾語［三／首］＋動詞［結／立］＋目的語［義／功］

という構文をとる典型的な対句である。毛本の回目は全てこのような対句構成に改変されている。「凡例」は作者（原作者）の意向を踏まえて、改変したのだ、と言うが、無論、毛本自体の「意志」である。『水滸伝』等多くの白話小説の回目は対句で構成されており、それに合わせて更新《アップデート》したわけである。換言すれば、毛本より前の『演義』は古臭かった、とも言える。

これをもって、洗練、ということは可能であろう。その一方で、対句にする、という改変の中には、しばしば毛本自体の価値判断が入り込む。判り易い例を挙げよう。

第二十回
李本：曹孟徳　許田に鹿を射／董承　密かに衣を受け詔を帯ぶ
毛本：曹阿瞞　許田に打囲《まきがり》し／董国舅　内閣に詔を受

第二十四回
李本：曹操　董貴妃を勒《し》いて死なさしめ／玄徳　匹馬にて冀州に奔る
毛本：国賊　兇を行いて貴妃を殺し／皇叔　敗走して袁紹に投ず

第五十八回
李本：馬超　兵を興し潼関を取り／馬孟起　渭橋に大いに戦う
毛本：馬孟起　兵を興して恨みを雪《すす》ぎ／曹阿瞞　鬚を割きを棄つ

いずれの回目にも曹操が現れるが、その呼称が、李本と毛本では異なっている。第二十回は「曹孟徳」が「曹阿瞞《そうあまん》」に、二十四回は「曹操」が「国賊」になっている。第五十八回では、李本に曹操は現れないが、毛本では登場し、やはり曹阿瞞と称されている。

「阿瞞」は正史裴註にも見える曹操の幼名（小字）である。だが、単なる幼名ではなく、「瞞（だます）」という字が用いられているように、明らかに曹操を揶揄／批判する意図を持つ呼称である。すなわち、例示した三回の回目は、いずれも、原型である李本に比べ、曹操を貶めようとする価値判断が加わっている。毛本に言わせれば、それは「作者の意」ということになるのであろうが、実質的には毛本の意図である。

「凡例」と並んで毛本冒頭に附される「読三国志法」という文章では、関羽を「義絶」、諸葛亮を「智絶」、曹操を「奸絶」として（しばしば「三絶」と総称される）、『演義』中で出色の存在感を持った人物だと称している。無論、毛本に先行する『演義』諸版本にそのような傾向がないとは言わないが、毛本自身が、その傾向を強化すべく改変しているのは、ここに挙げた回目を見るだけでも看取できよう（巻末に李本と毛本の回目一覧を附した）。

曹操の初登場

回目のみならず、本文中でも、「三絶」を強調する傾向は見出せる。ここでは、曹操初登場の場面を引こう。

> 突然、一隊の軍馬が現れ、紅旗を押し立て、殺到して賊軍のゆくてを遮った。先頭に躍り出たのは一人の大英雄、身の丈は七尺、細眼長髯、胆力は人一倍、機略も抜群。斉の桓公、晋の文公を王佐の才なしと笑い、趙高、王莽に縦横の策なしと断じ、その用兵は古の孫子、呉子の再来、その胸

中には六韜三略を諳んず。騎都尉の官にあり、沛国は譙郡の人、姓を曹、名を操、字を孟徳という者。

（李本第一回）

突然、一隊の軍馬が現れ、紅旗を押し立て、殺到して賊軍のゆくてを遮った。先頭に躍り出た一将を見れば、身の丈は七尺、細眼長髯、騎都尉の官にあり、沛国は譙郡の人、姓を曹、名を操、字を孟徳という者。

（毛本第一回）

李本では「一人の大英雄（一箇好英雄）」だったものが、毛本では「一将」になり、李本後半の傍点部分、すなわち曹操の才幹等を称する叙述が、毛本では完全に削除されている。李本のように、歴史上の人物を交えて、ある人の為人《ひととなり》を表現するのは常套手段であり、陳腐とも言える。であるから、これを削除した毛本の改訂は修辞的な洗練と言える一方で、曹操に対する称賛が失われたのも間違いない。

また、詳述はしないが、李本には以下のような挿話がある。

第六次、すなわち最後の北伐の最中、諸葛亮は、（おそらくは将来的な裏切りを懸念して）味方の魏延《ぎえん》を敵の司馬懿《しばい》もろとも焼き殺そうとする。この計略は驟雨により失敗。魏延は諸葛亮の許に呶鳴《どな》り込む。

（李本第一百三回）

諸葛亮に実は酷薄な一面のあることを語る叙述であるが、毛本では、魏延を焼き殺そうとする箇所が削除されている。「智絶」諸葛亮の造形を改変しようとしているわけである（竹内二〇〇七B）。

つまり、毛本の改訂は、修辞の洗練等による完成度の向上という側面を持ちつつ、一方で、毛宗崗（及びその父毛綸）という個人（作者、と言い換えてもよい）の想像力・構想力が如実に反映されてもいるのである。毛本に至って、『演義』は近代小説に近づいた、とも言える。

四大奇書

現代において、物事はどうしても俗流の進化論的に認識され易い。作者という個人を想定できなかった『演義』が、毛本に至って近代小説に近づいたことも「進化」に見えてしまう。そして、「進化」とされるものは往々にして是認される。それが、毛本に対して、「他の版本を圧倒し」「決定版」となった、という評価を惹起するのであろう。

だが、現代の我々ではなく、当時の読者はどう捉えていたのであろうか？　このような観点で、毛本、引いては『演義』を取り巻く状況を確認すると、毛本を安易に『三国志演義』の決定版に位置づけることに躊躇いも覚えるのだ。

明代白話小説において、「四大奇書」という概念があり、『三国志演義』『水滸伝』『西遊記』『金瓶梅』を指すことはよく知られている。ところが、仔細に検討すると、かなり厄介な概念である。

「四大奇書」の語が早く現れる例として、しばしば指摘されるのは、『三国志演義』酔耕堂本（毛本の最初期刊本）の序文及び、同じく『三国志演義』李漁本の序文である。ともに李漁《りぎょ》（明末清初の文人、一六一一～八〇）の撰とされ、前者には「康熙己未（十八年、一六七九）」の年記がある。同じ『演義』の序ではあっても、その内容はかなり異なるが、冒頭で四大奇書に言及する点では一致する。ここでは、前者を引こう。

昔、弇州先生は、宇宙四大奇書として『史記』『南華（荘子）』『水滸』そして『西廂』を挙げていた。馮猶龍《ふうゆうりゅう》はまた、四大奇書として『三国』『水滸』『西遊記』そして『金瓶梅』を挙げる。
（『演義』酔耕堂本「序」）

弇州先生は明末清初の文人、金聖歎《きんせいたん》（一六六一歿）を指すか？　金聖歎は『史記』『荘子』『水滸』『西廂』に加え、「離騒」と杜甫の詩を合わせて「六才子書」と称し、自ら『水滸伝』『西廂記』の評点を加えて出版した。管見の限り、金聖歎が弇州先生と称された例はないのだが、（「離騒」と杜甫詩に言及しないことを留保すれば）内容的には金聖歎が最も相応しい（明代後期の文人である王世貞《おうせいてい》［一五二六～九〇］が「弇州山人」と称したことから、「弇州先生」と称された可能性を指摘できるが、内容がそぐわない）。

馮猶龍は明末の文人、馮夢龍《ふうぼうりゅう》（一五七四～一六四六）を指す（馮子猶《ふうしゆう》／龍子猶《りゅうしゆう》等とも称される）。『智囊』『笑府』等の著作や、短篇小説集「三言」（『古今小説（喩世明言）』『警世通言』『醒世恒言』）の編纂（異説あり）、『新平妖伝』『新列国志』の編纂等で知られる。

ただ、問題はある。馮夢龍が何の文章で、この四大奇書について言及したのかが判然としない。酔耕堂本（あるいは『演義』李漁本）の序も原拠には言及しておらず、不明なのである。

管見の限り、それらしいものとして『新平妖伝』の序が挙げられる。『新平妖伝』は、二十回本であったものを馮夢龍が増訂し、四十回としたものと言われる。その序文では、『水滸伝』『三国志演義』『西遊記』を併称し、『金瓶梅』を「『水滸伝』の亜流である」としつつも「奇書」と称している。『三国』『水滸』『西遊』『金瓶梅』を併称する萌芽とは言い得るであろう（ただし、この序文には張《ちょう》無咎《むきゅう》［張誉《ちょうよ》］の署名があり、馮夢龍本人の撰とはされていない）。

毛本が通行本となった理由

このように判然としないところもある四大奇書の概念であるが、別の問題も存する。『金瓶梅』には「第一奇書」と題する版本（張竹坡本）が存在し、『三国志演義』毛本に至っては、相当数の「四大奇書第一種」と称するテキストが伝存するのだが（上田一九九八）、『水滸伝』『西遊記』と四大奇書を結びつけた版本が見出せない。つまり、「四大奇書」という概念は大々的に喧伝された、というより、特定の書籍（『三国志演義』と『金瓶梅』）を売るための宣伝文句《キャッチコピー》としてのみ機能していた可能性もある。

裏を返せば、毛本刊行の段階で、『三国志演義』は、少なくとも物語内容への評価が下降しつつあったのかも知れない。宣伝文句に頼らなくては売上を期待できなかったわけである。毛宗崗父子による改訂自体、そのような動向を打破するためのカンフル剤であった可能性も指摘できる。

毛本には「四大奇書第一種」と同時に「第一才子書」という語が附されることもある。こちらは、前掲の金聖歎が提示した「六才子書」を意識したものであろう（実際、金聖歎の序と称するものも附されている）。しかし、前述したように、金聖歎の六才子書に『三国志演義』は含まれない。四大奇書とは異なり、虚偽と言ってよい宣伝文句である。ただ、事ほど然様《さよう》に『演義』の出版が下降局面にあったことを示唆しているのかも知れない。

毛本以降の『演義』出版の衰退は、確証のある話ではない。しかし、状況証拠は幾つか挙げられる。

明末以来、世間では『水滸』『三国』『西游』『金瓶梅』を「四大奇書」と目し、小説作品の筆頭に位置づけた。しかし、清の乾隆年間（一七三六～九五）に至ると『紅楼夢』が流行し、『三国』の地位を奪って文人たちに称されることとなった。（魯迅『中国小説史略』第二十七篇「清之俠義小説及公案」）

魯迅が如何なる根拠によって、このように言っているかは未詳である。

現代中国では、四大奇書から『金瓶梅』を外し、代わりに『紅楼夢』を入れて「四大名著」と称することが一般化している。それゆえ、ここの『三国』は『金瓶梅』の誤りであるのかも知れない。その一方で、やはり『三国志演義』が衰退したのではないか、と思われる論考もある。上田望が『演義』毛本の出版状況を精査しているのだが（上田二〇〇一）、その中で乾隆・嘉慶年間（一七三六～一八二〇）の毛本出版が低調であったことを指摘する。そして、「『三国志演義』という小説が中国全土に普及するようになったのは、実は毛評本が各地域で出版されるようになった清代道光、咸豊［竹内注：一八二一～六一］以降であ」ると結論づけるのである（一二七頁）。しかも、当初は江南三省（江蘇・浙江・福建）でしか出版されていなかった『演義』が、道光二十年（一八四〇）に四川で刊行されて以来、「四川・広東・山東・山西・河北など従来白話小説を出版するなど考えられなかった地域でも出版がおこなわれている」とも言う。

別言すれば、江南三省という出版の中心地における『演義』の出版は一旦衰退し、新興の出版者が商品として『演義』を出版するようになって、広く普及した。しかし、新興の出版者は、それまでのように『演義』を改訂して「新しい」版本を作り出すようなことはせず、すでに存在する版本を再生産するだけだったのである。

一旦衰退した以上、再生産にあたって、底本は（比較的）新しいものが選択されるのは当然である。古いもの、いいものは残っていない、いないのだ。結果として、明代に多種多様を誇った『三国志演義』の諸版本は駆逐され、新興の毛本のみが残った……のかも知れない。


ここまでの議論はあくまで可能性の提示である。これまで言われているように、毛本は「決定版」であり、「他の版本を圧倒」した可能性は否定しない。ただ、『演義』研究者の端くれとして、毛本のみをもって『三国志演義』とは考えたくはない。微細な差異しかない（ように見える）版本群も含めて、全てが『三国志演義』なのである。

とは言いながら忸怩たる思いもある。自分は、『演義』が如何なる存在かを外部に提示してきただろうか？　先述したように現代日本語では毛本しか読めない。他の版本の邦訳は存在しないのであるから。『三国志演義』の原文は、決して難解なものではなく、比較的短期間の訓練である程度読めるようになるのだが、これは言い訳に過ぎまい。毛本以外の『演義』邦訳は、今後取り組まねばならぬ課題であろう。

参考文献一覧

［テキスト］

［『三国志演義』］　中文：葉逢春本『三国志通俗演義史伝』（全二冊）（関西大学出版部、一九九七年影印）
嘉靖壬午序本①『三国志通俗演義』（人民文学出版社、一九七五年影印）
嘉靖壬午序本②（涵芬楼蔵本）『明弘治版三国志通俗演義』（新文豊出版、一九七九年影印）
李卓吾批評本『李卓吾先生批評三国志』（ゆまに書房『対訳中国歴史小説選集４』、一九八四年影印。この書には、対訳として『通俗三国志』の本文も附されている）
毛宗崗本（酔耕堂本）『古本三国志四大奇書第一種』（中国国家図書館蔵本影印）
邦訳：小川環樹・金田純一郎訳『完訳三国志』（岩波文庫［全十冊］、一九五三～六五年。現在は全八冊）
井波律子『三国志演義』（ちくま文庫［全七冊］、二〇〇二～〇三年。現在は講談社学術文庫所収）
立間祥介『三国志演義』（平凡社［全二冊］、一九五八～五九年。現在は角川ソフィア

文庫所収）
渡辺精一『新訳三国志』全三冊（講談社、二〇〇〇～〇一年）
翻案：吉川英治『三国志』全八冊（講談社文庫、一九八〇～八一年版を使用）
横山光輝『別冊コミック 三国志』（潮出版社［全四十二冊］、一九八〇～八九年。現在は潮漫画文庫［全三十冊］等）

［正史『三国志』］中文：『三国志』全五冊（中華書局、一九八二年排印）
盧弼『三国志集解』（上海古籍出版社［全八冊］、二〇〇九年排印）
※以下、正史中文はすべて中華書局排印本に拠った。
『史記』『漢書』『後漢書』『晋書』『旧唐書』『新唐書』『新五代史』『宋史』
邦訳：井波律子・今鷹真・小南一郎訳『正史三国志』（ちくま学芸文庫［全八冊］、一九九二～九三年）
丸山松幸（他）訳『三国志』（徳間書店［全五冊、別巻二］、一九七九～八〇年）
渡邉義浩編『全訳三国志』（汲古書院、二〇一九年第六冊［蜀書］刊行。以下続刊）
渡邉義浩編『全訳後漢書』（汲古書院［全十九冊］、二〇〇一～一六年）

［『三国志平話』］中文：『三分事略／三国志平話』（『古本小説集成』所収、上海古籍出版社、一九九〇年影印）
邦訳：中川諭・二階堂善弘訳注『三国志平話』（コーエー、一九九九年）
立間祥介訳『全相三国志平話』（潮出版社、二〇一一年）

［ 雑 劇 ］中文：『全元雑劇』初編／二編／三編／外篇（世界書局影印）

『元曲選』全四冊（中華書局、一九七七年排印）
邦訳：井上泰山訳『三国劇翻訳集』（関西大学出版部、二〇〇二年）

［その他］中文：『十三経注疏』全二冊（中華書局、一九八〇年影印。『尚書』『礼記』『春秋左氏伝』『論語』を収録）
「諡法解」（『四部備要』第三集史部所収『逸周書／竹書紀年』、中華書局、一九二七年影印）
『華陽国志校補図注』（上海古籍出版社、二〇〇七年排印）
『世説新語箋疏〔修訂本〕』全二冊（『中国古典文学叢書』所収、上海古籍出版社、一九九三年排印）
『古今刀剣録』（『百川学海』所収、中国書店、一九九〇年影印）
『通典：校点本』全五冊（中華書局、一九八八年影印）
『元和郡県図志』全二冊（『中国古代地理総志叢刊』、中華書局、一九八三年排印）
『建康実録』全二冊（中華書局、一九八六年排印）
『史通箋注』全二冊（貴州人民出版社、一九八五年排印）
『太平御覧』全四冊（中華書局、一九六〇年影印）
『資治通鑑』全二十冊（中華書局、一九六五年排印）
『東坡志林』（中華書局、一九八一年排印）
『資治通鑑綱目』（清刊本、神戸大学図書館所蔵）
『正統道蔵』全三十巻（中文出版社、一九八六年影印）

「録鬼簿続編」（『録鬼簿〔外四種〕』所収、上海古籍出版社、一九七八年排印）
「薛仁貴征遼事略」（『永楽大典』所収、中華書局、一九六〇年影印）
『七修類稿』（『歴代筆記叢刊』所収、世紀出版集団、二〇〇一年排印）
『三教源流捜神大全』（仲郎園〔清刊本〕、一九〇九年）
『容与堂本水滸伝』全二冊（上海古籍出版社、一九八八年排印）
『新平妖伝』（魏同賢主編『馮夢龍全集』、上海古籍出版社、一九九三年影印）
『醒世姻縁伝』全五冊（『古本小説集成』所収、上海古籍出版社、一九九四年影印）
『説唐演義後伝』全二冊（『古本小説集成』所収、上海古籍出版社、一九九一年影印）
『三家評本紅楼夢』精装全二冊（上海古籍出版社、一九八八年排印）
　邦訳：伊藤漱平訳『紅楼夢』（平凡社ライブラリー〔全十二巻〕、一九九六〜九七年）
日文：高津春繁訳『ギリシア神話』（岩波文庫、一九七八年）
厨川圭子・厨川文夫編『アーサー王の死』（ちくま文庫、一九八六年）
井上泰山〔他〕編『花関索伝の研究』（汲古書院、一九八九年）

【書籍】

阿辻哲次『漢字学：「説文解字」の世界』（東海大学出版会、一九八五年。二〇一三年新装版刊行）
井口千雪『三国志演義成立史の研究』（汲古書院、二〇一六年）
伊藤晋太郎『「関帝文献」の研究』（汲古書院、二〇一八年）

井波律子『三国志演義』（岩波新書、一九九四年）
柿沼陽平『劉備と諸葛亮：カネ勘定の『三国志』』（文春新書、二〇一八年）
北方謙三『三国志の英傑たち』（ハルキ文庫、二〇〇六年）
金　文京『三国志演義の世界』（東方選書、一九九三年。二〇一〇年増補版刊行）
胡　厚宣『五十年甲骨文発現的総結』（上海商務印書館、一九五一年）
小松　謙『中国歴史小説研究』（汲古選書、二〇〇一年A）
小松　謙『中国古典演劇研究』（汲古書院、二〇〇一年B）
小松　謙『「四大奇書」の研究』（汲古書院、二〇一〇年）
坂口和澄『三国志群雄録』（徳間文庫、二〇〇二年。二〇一六年に増補改訂版刊行）
荘　一払『古典戯曲存目彙考』全三冊（上海古籍出版社、一九八二年）
孫　楷第『中国通俗小説書目』（人民文学出版社、一九八二年新一版）
高島俊男『三国志：きらめく群像』（ちくま文庫、二〇〇〇年）
譚其驤主編『中国歴史地図集』第二冊［秦・西漢・東漢時期］（地図出版社、一九八二年）
陳　垣『二十史朔閏表』（中華書局、一九六二年新版）
中川　諭『『三国志演義』版本の研究』（汲古書院、一九九八年）
二階堂善弘『道教・民間信仰における元帥神の変容』（関西大学出版部、二〇〇六年）
野家啓一『歴史を哲学する：七日間の集中講義』（岩波現代文庫、二〇一六年）
箱崎みどり『愛と欲望の三国志』（講談社現代新書、二〇一九年）

浦安迪著・沈亨寿訳『明代小説四大奇書』（中国和平出版社、一九九三年）
劉岸偉『明末の文人李卓吾：中国にとって思想とは何か』（中公新書、一九九四年）
渡邉義浩・仙石知子『「三国志」の女性たち』（山川出版社、二〇一〇年）
渡邉義浩『三国志：演義から正史、そして史実へ』（中公新書、二〇一一年）
『世界史B用語集』（山川出版社、二〇〇四年版）

[論文]

今鷹真「解説」（『正史三国志』第一冊所収、ちくま学芸文庫、一九九二年）
上田望「毛綸、毛宗崗批評『四大奇書三国志演義』版本目録（稿）」（『中国古典小説研究』第四号、一九九八年十二月）
上田望「毛綸、毛宗崗批評『四大奇書三国志演義』と清代の出版文化」（『東方学』第百一輯、二〇〇一年一月）
大塚秀高「小説と物語：剣神説話を端緒として」（『中国古典小説研究動態』第四号、一九九〇年十月）
大塚秀高「関羽が貂蟬を斬るのはなぜか：弾唱小説と異端小説」（『狩野直禎先生傘寿記念三国志論集』、汲古書院、二〇〇八年）
小川環樹「『三国志演義』の発展のあと」（初出：岩波文庫『三国志』第一冊解説、一九五三年）
小川環樹「三国演義の毛声山批評本と李笠翁本」（初出：『神田博士還暦記念書誌学論集』、平凡社、一九五七年）

小川環樹「関索の伝説そのほか」（初出：岩波文庫『三国志』第八冊附録、一九六四年）
（右記三論文は『小川環樹著作集』第四巻〔筑摩書房、一九九七年〕所収）
角谷　聡「「三国時代物語」の形成：『全唐詩』における三国時代の人物」（『中国学研究論集』第五号、
二〇〇〇年四月）
金　文京「関羽の息子と孫悟空（上）（下）」（『文学』、一九八六年六月・九月）
金　文京「解説」（『花関索伝の研究』所収、汲古書院、一九八九年）
小松　謙「両漢をめぐる講史小説の系統について：劉秀伝説考補論」（『未名』第十号、一九九二年三月）
小松健男「『三国志演義』の生成」（『中国文化：研究と教育』、二〇〇一年六月）
高橋繁樹「『連環計』の虚構：三国平話と三国雑劇（2）」（『目加田誠博士古稀記念中国文学論集』、龍渓書舎、
一九七四年）
鄭　振鐸「三国志演義的演化」（初出：『小説月報』二十巻十号、一九二九年。『中国文学論集』〔港青出版社、
一九七九年〕上冊所収）
中川　諭「『三国志平話』と『三分事略』」（『新潟大学教育人間科学部紀要 人文・社会科学編』第六巻第一号、
二〇〇三年十一月）
廣澤裕介「明末江南における李卓吾批評白話小説の出版」（『未名』第二十四号、二〇〇六年七月）
陸　聯星「李贄批評『三国演義』辨偽」（『光明日報』一九六三年四月七日〔『文学遺産』四五八期〕）
魯　迅「中国小説史略」（初出：一九三五年改訂版〔北京北新書局〕、『魯迅全集』第九巻〔人民文学出版社、
一九八一年〕所収）

初出一覧（すべて筆者単著。本書に収録するに当たり、いずれも大幅に改稿）

「司馬懿像について：正史から演義へ」（『未名』第十三号、一九九五年三月）
「『三国志演義』の結末に対する一試論：司馬炎を起点として」（『未名』第十五号、一九九七年三月）
「呂布と薛仁貴：英雄の祖型」（『未名』第十七号、一九九九年三月）
「関羽と呂布、そして赤兎馬：『三国志演義』における伝説の受容」（『東方学』第九十八輯、一九九九年七月）
「『三国志演義』における関羽の呼称：演義成立をめぐって」（『日本中国学会報』第五十三集、二〇〇一年十月）
「『三分事略』の成立について」（『桃の会論集』第三集、二〇〇五年九月）
「呂布の装束：その意味についての考察」（『三国志研究』第一号、二〇〇六年十二月）
「貂蟬は何故呂布の「妻」であるのか」（『三国志研究』第二号、二〇〇七年七月A）
「泣かずに魏延を焼き殺す：吉川英治の読んだ三国志」（『アジア遊学』一〇五、二〇〇七年十二月B）
「青龍刀と赤兎馬：関羽像の「完成」過程」（『三国志研究』第五号、二〇一〇年九月）
「十八路諸侯をめぐって」（『林田愼之助博士傘寿記念　三国志論集』、三国志学会、二〇一二年）
「呂布「最強」への道程」（『ユリイカ』二〇一九年六月号、二〇一九年六月）

跋

本書は小学生の頃、三国志にハマった筆者が、そのまま三国志研究を志し、四半世紀の間に書いてきた論考（と呼べるのか未だに自信がないのだが）を元に構成したものである。

執筆終盤に、井波律子先生の訃報がもたらされた（二〇二〇年五月十三日ご逝去）。筆者が改めて言うまでもなく、戦後日本における三国志研究の巨星でいらっしゃった。現在のところ、正史『三国志』と『三国志演義』双方の翻訳に携わった唯一の方であり、多岐にわたる三国志関係の著作も多くの読者を獲得されていた。井波先生の著作で、三国志を愛好されるようになった読者も多いことと思う。

そして、思うのだ。井波先生の業績こそ偉大な「文学研究」であった、と。

すべての文藝（これを「文学」と称することには、躊躇いを覚えるのだが）は人間の営為の証拠である。無論、その価値のありようは様々だし、評価する／しないのは評価しようとする者の文脈による。商業出版に乗る作品の場合、売れる／売れないは重要な価値基準であろうし、別の価値基準を持ち込んで評価することも当然あり得る。

ただ、「文学研究」を標榜し、ある作品について「研究」しようとするならば、その「研究」対象となる作品を残すことは、「研究」の大きな目的の一つとして忘れてはならないであろう。この場合の「残す」とは、物理的に残存させることのみを意味しない。その作品が読まれることが必要だ。ならば、『三国志演義』及び正史『三国志』の読者を新たに産み出し続けた井波先生の業績は、簡単には比肩できない金字塔である。

烏滸《おこ》がましい言い方だが、井波先生の顰《ひそ》みに倣い、この拙著を読んで、『三国志演義』や正史等の三国志関聯書籍を新たに／改めて手に取る読者諸氏がいるのであれば、これに勝る喜びはない。

本書は龍谷大学出版助成金を受けて出版された。記して謝意を表する。


以下は謝辞となります。

大学入学以来、諸先生・諸先輩・学友に蒙った学恩は、どんなに感謝しても足りません。特に、自由（奔放）に研究することを容認してくださった恩師釜谷武志先生、視野を広く持ち、社会とかかわり続けることの大切さを教えてくださった故一海知義先生がいらっしゃらなければ本書の執筆まで辿り着くことさえできませんでした。深く感謝いたします。

また、なかなか出来上がらない原稿を辛抱強く待ってくださった、春風社の三浦衛社長、石橋幸子専務、ご迷惑をおかけしました。今後ともよろしくお願いいたします。また、こんな趣味的な本の下読みをしてくれた福田葵さん、本当にありがとう。

最後に、いつも支えてくれる家族にも感謝を。そして、ようやく形となった本を、母と亡き父に捧げたいと思います。

二〇二〇年七月二六日

竹内　真彦

[巻末附録]

三国志 略年表

(後漢)	西暦	事　　項（括弧内数字は年齢）
霊帝	184	黄巾の乱
献帝	189	霊帝（34）崩御。少帝辯（17）が即位。直後に大将軍何進（少帝辯の母の兄）が宦官に殺害される。何進の部下であった袁紹らが宦官を誅滅する。董卓が入京し、朝廷の実権を握り、少帝辯を廃し、劉協（9）を帝位に就ける（献帝）
	190	董卓が洛陽から長安への遷都を強行
	192	董卓が王允と呂布に殺害される
	194	曹操（40）が徐州を攻めるも本拠地の兗州を呂布に攻められ撤退。劉備が徐州の実権を握る
	195	曹操（41）は呂布を兗州から撃退。呂布は徐州の劉備を頼る。献帝 (15) が長安を脱出
	196	呂布と劉備が争い、呂布が徐州の実権を握る。献帝 (16) が洛陽へ帰還。曹操 (42) がこれを庇護し、許へ都を遷す
	197	袁術が皇帝を僭称する
	198	呂布が劉備（38）を攻め、劉備は曹操（44）を頼る。呂布が曹操・劉備聯合軍に敗れ殺害される
	199	孫策（25）が江東をほぼ平定。袁術歿
	200	官渡の戦で曹操 (46) が華北最大勢力の袁紹を破る。孫策（26）歿。弟の孫権 (19) が後を嗣ぐ
	201	倉亭の戦で再び曹操（47）が袁紹を破る。袁紹の頽勢が決定的となる
	202	袁紹が病歿
	204	曹操 (50) が、袁氏の本拠地であった鄴を陥落させる
	207	曹操 (53) が華北を平定
	208	曹操 (54) が漢の丞相となる。赤壁の戦で、曹操が劉備 (48) と孫権 (27) の聯合軍に敗れる
	211	涼州で反乱を起こした馬超（36）を曹操（57）が平定。劉備（51）が益州に入る
	213	曹操 (59) が魏公に封ぜられる
	214	劉備 (54) が益州を平定
	216	曹操 (62) が魏王に封じられる
	219	定軍山の戦。曹操軍が劉備軍に敗れる。劉備 (59) が漢中王を自称。劉備の部下で荊州を守っていた関羽が孫権（38）の部下、呂蒙（42）の軍に敗れ、処刑される

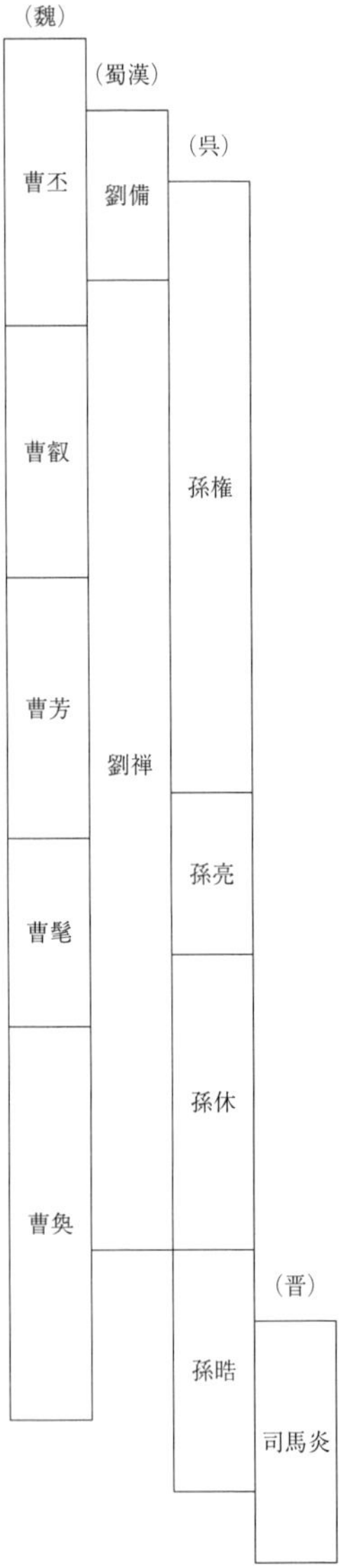

西暦	
220	曹操 (66) 歿。曹丕 (34) が後を継ぐ。曹丕は献帝 (40) からの禅譲を受け帝位に就く（魏の建国）
221	劉備 (61) が帝位に就く（蜀漢の建国）。劉備が孫権（40）を攻撃。魏が孫権を呉王に封じる
222	孫権領に攻めこんだ劉備 (62) が孫権軍に大敗する。孫権 (41) が独自の元号を立てる（実質的な呉の建国）
223	蜀帝劉備 (63) 歿。劉禅 (17) が後を継ぐ
226	魏帝曹丕（40）歿。曹叡が後を継ぐ
228	諸葛亮（48）による魏への北伐が開始
229	孫権 (48) が帝位に就く（呉の建国）
234	諸葛亮（54）が陣歿
238	司馬懿（60）が遼東を平定。倭の卑弥呼が魏へ使者を送って来る
239	魏帝曹叡（34）歿。曹芳（9）が後を継ぐ。曹爽と司馬懿（61）が輔政の任に就くが、やがて曹爽が実権を握る
249	司馬懿（71）父子のクーデタ。魏の朝廷の実権を握っていた曹爽一派を排斥する
251	司馬懿歿（73）
252	呉帝孫権（71）歿。孫亮（10）が後を継ぐ
254	魏帝曹芳 (24) が司馬師（47、司馬懿の嫡男）によって廃される。曹髦（14）が擁立される
255	司馬師（48）歿
258	呉の孫綝が呉帝孫亮（18）を廃し、孫休（24）を擁立する。その後、孫休は孫綝を粛清する
260	魏帝曹髦（20）が朝廷の実権を握っていた司馬昭（50、司馬懿の次男、司馬師の弟）を排除しようとして失敗、殺害される。曹奐（15）が擁立される
263	魏の将鄧艾によって蜀漢の都成都が陥落。蜀漢皇帝劉禅 (47) が魏に降伏（蜀漢の滅亡）。魏の大将軍司馬昭 (53) が晋公に昇る
264	司馬昭 (54) が晋王に昇る。呉帝孫休（30）歿。孫晧（23）が後を継ぐ
265	晋王司馬昭（55）歿。嫡子の司馬炎 (30) が後を嗣ぐ。魏の元帝曹奐 (20) が晋王司馬炎に帝位を禅譲し（晋の武帝）、魏が滅亡する
280	晋の総攻撃を受け、呉の都建業が陥落。呉帝孫晧 (39) が晋に降伏する（呉の滅亡）
290	晋帝司馬炎（55）歿。嫡子の司馬衷（32）が後を継ぐ

正史『三国志』目録　※原則的に盧弼『三国志集解』の名称に従う

魏書

通巻	巻号	巻名	No		
1	1	武帝紀	1	曹操	
2	2	文帝紀	2	曹丕	
3	3	明帝紀	3	曹叡	
4	4	三少帝紀	4	曹芳	
			5	曹髦	
			6	曹奐	
5	5	后妃伝	7	卞皇后	
			8	甄皇后	
			9	郭皇后	
			10	毛皇后	
			11	郭皇后	
6	6	董卓二袁劉表伝	12	董卓	（附伝）
			13		李傕
			14		郭汜
			15	袁紹	（附伝）
			16		袁譚
			17		袁尚
			18	袁術	
			19	劉表	
7	7	呂布張邈臧洪伝	20	呂布	（附伝）
			21		張邈
			22		陳登
			23	臧洪	（附伝）
			24		陳容
8	8	二公孫陶四張伝	25	公孫瓚	
			26	陶謙	
			27	張楊	
			28	公孫度	（附伝）
			29		公孫康
			30		公孫晃
			31		公孫淵
			32		公孫恭
			33	張燕	
			34	張繡	
			35	張魯	
9	9	諸夏侯曹伝	36	夏侯惇	（附伝）
			37		韓浩
			38		史渙
			39	夏侯淵	
			40	曹仁	（附伝）
			41		曹純

通巻	巻号	巻名	No		
9	9	（承前）	42	曹洪	
			43	曹休	（附伝）
			44		曹肇
			45	曹真	（附伝）
			46		曹爽
			47		曹羲
			48		曹訓
			49		何晏
			50		鄧颺
			51		丁謐
			52		畢軌
			53		李勝
			54		桓範
			55	夏侯尚	（附伝）
			56		夏侯玄
10	10	荀彧荀攸賈詡伝	57	荀彧	（附伝）
			58		荀惲
			59		荀甝
			60		荀霬
			61	荀攸	
			62	賈詡	
11	11	袁張涼国田王邴管伝	63	袁渙	
			64	張範	（附伝）
			65		張承
			66	涼茂	
			67	国淵	
			68	田疇	
			69	王脩	
			70	邴原	
			71	管寧	（附伝）
			72		胡昭
			73		王烈
			74		張臶
			75		焦先
12	12	崔毛徐何邢鮑司馬伝	76	崔琰	（附伝）
			77		婁圭
			78		孔融
			79		許攸
			80	毛玠	
			81	徐奕	
			82	何夔	
			83	邢顒	

通巻	巻号	巻名	No		
44	14	蔣費姜伝	321	蔣琬	(附伝)
			322		蔣斌
			323		蔣顕
			324		劉敏
			325	費禕	
			326	姜維	
45	15	鄧張宗楊伝	327	鄧芝	
			328	張翼	
			329	宗預	(附伝)
			330		廖化
			331	楊戲	(附伝)
			332		王嗣
			333		常播
			334		衛継

呉　書

通巻	巻号	巻名	No		
46	1	孫破虜討逆伝	335	孫堅	
			336	孫策	
47	2	呉主伝	337	孫権	
48	3	三嗣主伝	338	孫亮	
			339	孫休	
			340	孫晧	
49	4	劉繇太史慈士燮伝	341	劉繇	(附伝)
			342		劉基
			343	太史慈	
			344	士燮	(附伝)
			345		士徽
			346		士壹
			347		士䵋
			348		士匡
50	5	妃嬪伝	349	呉夫人	
			350	謝夫人	
			351	徐夫人	(附伝)
			352		徐真
			353		徐琨
			354	歩夫人	
			355	王夫人	
			356	王夫人	

通巻	巻号	巻名	No		
50	5	(承前)	357	潘夫人	
			358	全夫人	
			359	朱夫人	
			360	何姫	
			361	滕夫人	
51	6	宗室伝	362	孫静	(附伝)
			363		孫瑜
			364		孫晈
			365		孫奐
			366	孫賁	
			367		孫鄰
			368	孫輔	
			369	孫翊	
			370	孫匡	
			371	孫韶	
			372	孫桓	
52	7	張顧諸葛歩伝	373	張昭	(附伝)
			374		張承
			375		張休
			376		張奮
			377	顧雍	(附伝)
			378		顧邵
			379		顧譚
			380		顧承
			381	諸葛瑾	(附伝)
			382		諸葛融
			383	歩隲	(附伝)
			384		歩闡
53	8	張厳程闞薛伝	385	張紘	(附伝)
			386		張玄
			387		張尚
			388	厳畯	(附伝)
			389		裴玄
			390	程秉	(附伝)
			391		徴崇
			392	闞沢	(附伝)
			393		唐固
			394	薛綜	(附伝)
			395		薛珝
			396		薛瑩
54	9	周瑜魯粛呂蒙伝	397	周瑜	
			398	魯粛	
			399	呂蒙	

通巻	巻号	巻名	No		
30	30	（承前）	250		東沃沮
					挹婁
					濊
					馬韓
					辰韓
					弁辰
					倭人

蜀　書

通巻	巻号	巻名	No		
31	1	劉二牧伝	251	劉焉	
			252	劉璋	
32	2	先主伝	253	劉備	
33	3	後主伝	254	劉禅	
34	4	二主妃子伝	255	甘后	
			256	穆后	
			257	敬哀后	
			258	張后	
			259	劉永	
			260	劉理	
			261	劉璿	
35	5	諸葛亮伝	262	諸葛亮	（附伝）
			263		諸葛喬
			264		諸葛瞻
			265		董厥
			266		樊建
36	6	関張馬黄趙伝	267	関羽	
			268	張飛	
			269	馬超	
			270	黄忠	
			271	趙雲	
37	7	龐統法正伝	272	龐統	
			273	法正	
38	8	許麋孫簡伊秦伝	274	許靖	
			275	麋竺	
			276	孫乾	
			277	簡雍	
			278	伊籍	
			279	秦宓	

通巻	巻号	巻名	No		
39	9	董劉馬陳董呂伝	280	董和	
			281	劉巴	
			282	馬良	（附伝）
			283		馬謖
			284	陳震	
			285	董允	（附伝）
			286		陳祗
			287		黄皓
			288	呂乂	
40	10	劉彭廖李劉魏楊伝	289	劉封	
			290	彭羕	
			291	廖立	
			292	李厳	
			293	劉琰	
			294	魏延	
			295	楊儀	
41	11	霍王向張楊費伝	296	霍峻	
			297		
			298	王連	
			299	向朗	（附伝）
			300		向寵
			301	張裔	
			302	楊洪	
			303	費詩	
42	12	杜周杜許孟来尹李譙郤伝	304	杜微	
			305	周羣	（附伝）
			306		張裕
			307	杜瓊	
			308	許慈	
			309	孟光	
			310	来敏	
			311	尹黙	
			312	李譔	
			313	譙周	
			314	郤正	
43	13	黄李呂馬王張伝	315	黄権	
			316	李恢	
			317	呂凱	
			318	馬忠	
			319	王平	
			320	張嶷	

通巻	巻号	巻名	No		
21	21	王衛二	168	王粲	（附伝）
		劉傅伝	169		徐幹
			170		陳琳
			171		阮瑀
			172		応瑒
			173		劉楨
			174		邯鄲淳
			175		繁欽
			176		路粋
			177		丁儀
			178		丁廙
			179		楊脩
			180		荀緯
			181		応璩
			182		応貞
			183		阮籍
			184		嵆康
			185		桓威
			186		呉質
			187	衛覬	（附伝）
			188		潘勗
			189		王象
			190	劉廙	
			191	劉劭	（附伝）
			192		繆襲
			193		仲長統
			194		蘇林
			195		韋誕
			196		夏侯恵
			197		孫該
			198		杜摯
			199	傅嘏	
22	22	桓二陳	200	桓階	
		徐衛盧	201	陳羣	（附伝）
		伝	202		陳泰
			203	陳矯	
			204	徐宣	
			205	衛臻	
			206	盧毓	
23	23	和常楊	207	和洽	
		杜趙裴	208	常林	
		伝	209	楊俊	
23	23	（承前）	210	杜襲	
			211	趙儼	
			212	裴潜	（附伝）
			213		裴秀
24	24	韓崔高	214	韓曁	
		孫王伝	215	崔林	
			216	高柔	
			217	孫礼	
			218	王観	
25	25	辛毗楊	219	辛毗	
		阜高堂	220	楊阜	
		隆伝	221	高堂隆	（附伝）
			222		桟潜
26	26	満田牽	223	満寵	
		郭伝	224	田豫	
			225	牽招	
			226	郭淮	
27	27	徐胡二	227	徐邈	
		王伝	228	胡質	（附伝）
			229		胡威
			230	王昶	
			231	王基	
28	28	王毌丘	232	王淩	（附伝）
		諸葛鄧	233		令孤愚
		鍾伝	234	毌丘倹	
			235	諸葛誕	（附伝）
			236		唐咨
			237	鄧艾	（附伝）
			238		州泰
			239	鍾会	（附伝）
			240		王弼
29	29	方伎伝	241	華佗	（附伝）
			242		呉普
			243		樊阿
			244	杜夔	
			245	朱建平	
			246	周宣	
			247	管輅	
30	30	烏丸鮮	248	烏丸	
		卑東夷	249	鮮卑	
		伝	250	東夷	夫餘
					高句麗

通巻	巻号	巻名	No		
55	10	程黄韓蒋周陳董甘淩徐潘丁伝	400	程普	
			401	黄蓋	
			402	韓当	
			403	蒋欽	
			404	周泰	
			405	陳武	（附伝）
			406		陳表
			407	董襲	
			408	甘寧	
			409	淩統	
			410	徐盛	
			411	潘璋	
			412	丁奉	
56	11	朱治朱然呂範朱桓伝	413	朱治	
			414	朱然	（附伝）
			415		朱績
			416	呂範	（附伝）
			417		呂拠
			418	朱桓	（附伝）
			419		朱異
57	12	虞陸張駱呉朱伝	420	虞翻	（附伝）
			421		虞汜
			422		虞忠
			423		虞聳
			424		虞昺
			425	陸績	
			426	張温	
			427	駱統	
			428	陸瑁	
			429	呉粲	
			430	朱拠	
58	13	陸遜伝	431	陸遜	（附伝）
			432		陸抗
59	14	呉主五子伝	433	孫登	
			434	孫慮	
			435	孫和	
			436	孫覇	
			437	孫奮	
60	15	賀全呂周鍾離伝	438	賀斉	
			439	全琮	
			440	呂岱	
			441	周魴	
			442	鍾離牧	

通巻	巻号	巻名	No		
61	16	潘濬陸凱伝	443	潘濬	
			444	陸凱	（附伝）
			445		陸胤
62	17	是儀胡綜伝	446	是儀	
			447	胡綜	（附伝）
			448		徐詳
63	18	呉範劉惇趙達伝	449	呉範	
			450	劉惇	
			451	趙達	
64	19	諸葛滕二孫濮陽伝	452	諸葛恪	
			453	滕胤	
			454	孫峻	（附伝）
			455		留賛
			456	孫綝	
			457	濮陽興	
65	20	王楼賀韋華伝	458	王蕃	
			459	楼玄	
			460	賀邵	
			461	韋曜	
			462	華覈	

『三国志演義』回目（李卓吾批評本／毛宗崗本）

※毛本の回目は井波律子訳に拠るが、私意により改めた箇所がある

回数	版本	回目	
1	李	天地を祭りて桃園にて義を結び	劉玄徳　寇を斬りて功を立つ
	毛	桃園に宴し豪傑　三たり義を結び	黄巾を斬りて英雄　首めて功を立つ
2	李	安喜にて張飛　督郵を鞭ち	何進　謀りて十常侍を殺さんとす
	毛	張翼徳　怒って督郵を鞭うち	何国舅　宦豎を誅さんと謀る
3	李	董卓　議して陳留王を立てんとし	呂布　丁建陽を刺し殺す
	毛	温明に議して董卓　丁原を叱し	金珠を餽りて李粛　呂布に説く
4	李	漢帝を廃して董卓　権を弄し	曹孟徳　謀りて董卓を殺さんとす
	毛	漢帝を廃して陳留　位を践み	董賊を謀りて孟徳　刀を献ず
5	李	曹操　兵を起こし董卓を伐ち	虎牢関にて三たり呂布と戦う
	毛	矯の詔を発して諸鎮　曹公に応じ	関の兵を破って三英　呂布と戦う
6	李	董卓　火もて長楽宮を焼き	袁紹　孫権　玉璽を奪う
	毛	金闕を焚きて董卓　兇を行い	玉璽を匿して孫堅　約に背く
7	李	趙子龍　磐河にて大いに戦い	孫堅　江を跨ぎて劉表と戦う
	毛	袁紹　磐河にて公孫と戦い	孫堅　江を跨いで劉表を撃つ
8	李	司徒王允　貂蟬に説き	鳳儀亭にて布　貂蟬に戯れる
	毛	王司徒　巧みに連環の計を使い	太師　大いに鳳儀亭を閙がす
9	李	王允　計を定めて董卓を誅し	李傕　郭汜　長安を寇す
	毛	暴兇を除き　呂布　司徒を助け	長安を犯し　李傕　賈詡に聴く
10	李	李傕　郭汜　樊稠を殺し	曹操　兵を興して父の讐を報ゆ
	毛	王室のために勤めんとして馬騰　義を挙げ	父の讐を報いんとして曹操　師を興す
11	李	劉玄徳　北海にて囲を解き	呂温侯　濮陽にて大いに戦う
	毛	劉皇叔　北海にて孔融を救い	呂温侯　濮陽にて曹操を破る
12	李	陶恭祖　三たび徐州を譲り	曹操　定陶にて呂布を破る
	毛	陶恭祖　三たび徐州を譲り	曹孟徳　大いに呂布と戦う
13	李	李傕　郭汜　長安を乱し	楊奉　董承　双りして駕を救う
	毛	李傕　郭汜　大いに兵を交え	楊奉　董承　双りして駕を救う
14	李	鑾輿を遷して曹操　政を秉り	呂布　月夜　徐州を奪う
	毛	曹孟徳　駕を移して許都に幸し	呂奉先　夜に乗じて徐郡を襲う
15	李	孫策　大いに太史慈と戦い	孫策　大いに厳白虎と戦う
	毛	太史慈　酣んに小覇王と闘い	孫伯符　大いに厳白虎と戦う
16	李	呂奉先　轅門に戟を射	曹操　兵を興し張繡を撃つ
	毛	呂奉先　戟を轅門に射	曹孟徳　師を淯水に敗る
17	李	袁術　七路より徐州に下り	曹操　兵を会して袁術を撃ち
	毛	袁公路　大いに七軍を起こし	曹孟徳　三将を会合す
18	李	勝負を決せんとして賈詡　兵を談じ	夏侯惇　矢を抜きて睛を啖う
	毛	賈文和　敵を料って勝ちを決し	夏侯惇　矢を抜いて睛を啖う
19	李	呂布　破れて下邳城に走げ	白門楼　操　呂布を斬る
	毛	下邳城に曹操　兵を鏖にし	白門楼に呂布　命を殞す
20	李	曹孟徳　許田に鹿を射	董承　密かに衣を受け詔を帯ぶ
	毛	曹阿瞞　許田に打囲し	董国舅　内閣に詔を受く
21	李	青梅　酒を煮て英雄を論じ	関雲長　襲いて車冑を斬る
	毛	曹操　酒を煮て英雄を論じ	関公　城を賺きとって車冑を斬る

22	李	曹公　兵を分かちて袁紹を拒ぎ	関張　劉岱　王忠を擒う
	毛	袁曹　各おの馬歩三軍を起こし	関張　共に王劉二将を擒う
23	李	禰衡　衣を裸ぎて曹操を罵り	曹孟徳　三たび吉平を勘う
	毛	禰正平　衣を裸ぎて賊を罵り	吉太医　毒を下して刑に遭う
24	李	曹操　董貴妃を勒いて死なさしめ	玄徳　匹馬にて冀州に奔る
	毛	国賊　兇を行い貴妃を殺し	皇叔　敗走して袁紹に投
25	李	張遼　義もて関雲長を説き	雲長　馬を策て顔良を刺す
	毛	土山に屯して関公　三事を約し	白馬を救いて曹操　重囲を解く
26	李	雲長　延津に文醜を誅し	関雲長　金を封じて印を掛く
	毛	袁本初　兵を敗り将を折り	関雲長　印を挂け金を封ず
27	李	関雲長　千里を独行し	関雲長　五関に将を斬る
	毛	美髯公　千里　単騎を走らせ	漢寿侯　五関に六将を斬る
28	李	雲長　鼓を擂ちて蔡陽を斬り	劉玄徳　古城にて義に聚まる
	毛	蔡陽を斬りて兄弟　疑いを釈き	古城に会して主臣　義に聚まる
29	李	孫策　怒りて于神仙を斬り	孫権　衆を領して江東に拠す
	毛	小覇王　怒りて于吉を斬り	碧眼児　坐して江東を領す
30	李	曹操　官渡にて袁紹と戦い	曹操　烏巣にて糧草を焼く
	毛	官渡に戦いて本初　敗績し	烏巣を劫って孟徳　糧を焼く
31	李	曹操　倉亭にて袁紹を破り	劉玄徳　敗れて荊州に走る
	毛	曹操　倉亭にて本初を破り	玄徳　荊州にて劉表に依る
32	李	袁譚　袁尚　冀州を争い	曹操　水を決して冀州を渰す
	毛	冀州を奪いて袁尚　鋒を争い	漳河を決して許攸　計を献ず
33	李	曹操　兵を引きいて壺関を取り	郭嘉　計を遺して遼東を定む
	毛	曹丕　乱に乗じて甄氏を納め	郭嘉　計を遺して遼東を定む
34	李	劉玄徳　襄陽に会に赴き	玄徳　馬を躍らせて檀渓を跳ぶ
	毛	蔡夫人　屏を隔てて密語を聴き	劉皇叔　馬を躍らせて檀渓を過る
35	李	劉玄徳　司馬徽に遇い	玄徳　新野にて徐庶に遇う
	毛	玄徳　南漳にて隠淪に逢い	単福　新野にて英主に遇う
36	李	徐庶　計を定めて樊城を取り	徐庶　走りて諸葛亮を薦む
	毛	玄徳　計を用いて樊城を襲い	元直　馬を走らせて諸葛を薦む
37	李	劉玄徳　三たび茅廬を顧み	玄徳　風雪に孔明を請い
	毛	司馬徽　再び名士を薦め	劉玄徳　三たび草廬を顧みる
38	李	三分を定め亮　草廬を出で	孫権　江を跨いで黄祖と戦う
	毛	三分を定め隆中にて策を決し	長江に戦い孫氏　讐を報ず
39	李	孔明　計を遺して劉琦を救い	諸葛亮　博望に屯を焼く
	毛	荊州城にて公子　三たび計を求め	博望坡にて軍師　初めて兵を用う
40	李	荊州を献ぜんと粲　劉琮を説き	諸葛亮　火もて新野を焼く
	毛	蔡夫人　議して荊州を献じ	諸葛亮　火もて新野を焼く
41	李	劉玄徳　敗れて江陵に走り	長阪坡にて趙雲　主を救う
	毛	劉玄徳　民を携えて江を渡り	趙子龍　単騎　主を救う
42	李	張翼徳　水に拠りて橋を断ち	劉玄徳　敗れて夏口に走る
	毛	張翼徳　大いに長坂橋を鬧がせ	劉豫州　敗れて漢津口に走る
43	李	諸葛亮　群儒と舌戦し	諸葛亮　智もて孫権を激す
	毛	諸葛亮　群儒と舌戦し	魯子敬　力めて衆議を排す
44	李	諸葛亮　智もて周瑜を説き	周瑜　計を定めて曹操を破る
	毛	孔明　智を用いて周瑜を激し	孫権　計を決して曹操を破る

45	李	周瑜　三江にて曹操と戦い	群英会にて瑜　蔣幹を智す
	毛	三江口にて曹操　兵を折り	群英会にて蔣幹　計に中る
46	李	諸葛亮　計もて周瑜を伏し	黄蓋　計を献じて曹操を破る
	毛	奇謀を用いて孔明　箭を借り	密計を献じて黄蓋　刑を受く
47	李	闞沢　密かに詐降の書を献じ	龐統　進みて連環の計を献ず
	毛	闞沢　密かに詐降の書を献じ	龐統　巧みに連環の計を授く
48	李	曹孟徳　槊を横たえて詩を賦し	曹操　三江にて水軍を調う
	毛	長江に宴して曹操　詩を賦し	戦船に鎖して北軍　武を用う
49	李	七星壇に諸葛　風を祭り	周公瑾　赤壁に兵を鏖にす
	毛	七星壇に諸葛　風を祭り	三江口に周瑜　火を縦つ
50	李	曹操　敗れて華容道を走り	関雲長　義もて曹操を釈す
	毛	諸葛亮　智もて華容を算り	関雲長　義もて曹操を釈す
51	李	周瑜　南郡にて曹仁と戦い	諸葛亮　一たび周瑜を気らす
	毛	曹仁　大いに東呉の兵と戦い	孔明　一たび周公瑾を気らす
52	李	諸葛亮　四郡を傍略せんとし	趙子龍　智もて桂陽を取る
	毛	諸葛亮　智もて魯粛を辞み	趙子龍　計もて桂陽を取る
53	李	黄忠　魏延　長沙を献じ	孫仲謀　合淝にて大いに戦う
	毛	関雲長　義もて黄漢升を釈し	孫仲謀　大いに張文遠と戦う
54	李	周瑜　計を定めて荊州を取らんとし	劉玄徳　孫夫人を娶る
	毛	呉国太　仏寺に新郎を看	劉皇叔　洞房に佳偶を続ぐ
55	李	錦嚢計もて趙雲　主を救い	諸葛亮　二たび周瑜を気らす
	毛	玄徳　智もて孫夫人を激し	孔明　二たび周公瑾を気らす
56	李	曹操　大いに銅雀臺に宴し	諸葛亮　三たび周瑜を気らす
	毛	曹操　大いに銅雀臺に宴し	孔明　三たび周公瑾を気らす
57	李	諸葛亮　大いに周瑜を哭し	耒陽県に張飛　統を薦む
	毛	柴桑口にて臥龍　喪を弔い	耒陽県にて鳳雛　事を理む
58	李	馬超　兵を興し潼関を取り	馬孟起　渭橋に大いに戦う
	毛	馬孟起　兵を興して恨みを雪ぎ	曹阿瞞　鬚を割き袍を棄つ
59	李	許褚　大いに馬孟起と戦い	馬孟起　歩みて五将と戦う
	毛	許褚　衣を裸ぎて馬超と鬥い	曹操　書を抹りて韓遂を間つ
60	李	張永年　反って楊修を難じ	龐統　策を献じて西川を取らんとす
	毛	張永年　反って楊修を難じ	龐士元　西蜀を取らんと議る
61	李	趙雲　江を截りて幼主を奪い	曹操　兵を興して江南に下る
	毛	趙雲　江を截りて阿斗を奪い	孫権　書を遺って老瞞を退く
62	李	玄徳　楊懐・高沛を斬り	黄忠　魏延　大いに功を争う
	毛	涪関を取りて楊高　首を授け	雒城を攻めて黄魏　功を争う
63	李	落鳳坡　箭　龐統を射	張翼徳　義もて厳顔を釈す
	毛	諸葛亮　龐統を痛哭し	張翼徳　義もて厳顔を釈す
64	李	孔明　計を定めて張任を捉えんとし	楊阜　兵を借りて馬超を破る
	毛	孔明　計を定めて張任を捉え	楊阜　兵を借りて馬超を破る
65	李	葭萌にて張飛　馬超と戦い	劉玄徳　益州を平定す
	毛	馬超　大いに葭萌関に戦い	劉備　自ら益州牧を領す
66	李	関雲長　単刀もて会に赴き	曹操　杖もて伏皇后を殺す
	毛	関雲長　単刀もて会に赴き	伏皇后　国の為に生を捐つ
67	李	曹操　漢中にて張魯を破り	張遼　大いに逍遙津にて戦う
	毛	曹操　漢中の地を平定し	張遼　威を逍遙津に奮う

68	李	甘寧　百騎もて曹営を劫かし	魏王宮にて左慈　盃を擲つ
	毛	甘寧　百騎もて魏の営を劫かし	左慈　盃を擲ちて曹操に戯る
69	李	曹操　神を試さんとして管輅にトわせ	耿紀　韋晃　曹操を討つ
	毛	周易をトいて管輅　機を知り	漢賊を討って五臣　節に死す
70	李	瓦口にて張飛　張郃と戦い	黄忠　厳顔　双りにして功を立つ
	毛	猛張飛　智もて瓦口隘を取り	老黄忠　計もて天蕩山を奪う
71	李	黄忠　夏侯淵を馘斬し	趙子龍　漢水にて大いに戦う
	毛	対山を占めて黄忠　逸もて労を待ち	漢水に拠りて趙雲　寡なきもて衆きに勝つ
72	李	劉玄徳　智もて漢中を取り	曹孟徳　忌みて楊修を殺す
	毛	諸葛亮　智もて漢中を取り	曹阿瞞　兵を斜谷より退く
73	李	劉備　位を漢中王に進め	関雲長　威を華夏に震う
	毛	玄徳　位を漢中王に進め	雲長　攻めて襄陽郡を抜く
74	李	龐徳　櫬を擡いで関公と戦い	関雲長　水もて七軍を渰す
	毛	龐令明　櫬を擡いで死戦を決し	関雲長　水を放って七軍を渰れしむ
75	李	関雲長　骨を刮りて毒を療し	呂子明　智もて荊州を取る
	毛	関雲長　骨を刮りて毒を療し	呂子明　白衣もて江を渡る
76	李	関雲長　大いに徐晃と戦い	関雲長　夜　麦城に走る
	毛	徐公明　大いに沔水に戦い	関雲長　敗れて麦城に走る
77	李	玉泉山に関公　聖を顕わし	漢中王　関公を痛哭す
	毛	玉泉山に関公　聖を顕わし	洛陽城に曹操　神に感ず
78	李	曹操　神医華陀を殺し	魏太子曹丕　政を秉る
	毛	風疾を治さんとして神医　身　死し	遺命を伝えて奸雄　数　終る
79	李	曹子建　七歩にして章を成し	漢中王　怒りて劉封を殺す
	毛	兄　弟に逼りて曹植　詩を賦し	姪　叔を陥れて劉封　法に伏す
80	李	献帝を廃して曹丕　漢を簒い	漢中王　成都にて帝を称す
	毛	曹丕　帝を廃して炎劉を奪い	漢王　位を正して大統を続ぐ
81	李	范彊　張達　張飛を刺し	劉先主　兵を興して呉を伐つ
	毛	兄の讐に急りて張飛　害に遇い	弟の恨みを雪がんとして先主　兵を興す
82	李	呉臣趙咨　曹丕に説き	関興　将を斬りて張苞を救う
	毛	孫権　魏に降りて九錫を受け	先主　呉を征して六軍を賞す
83	李	劉先主　猇亭に大いに戦い	陸遜　計を定めて蜀兵を破る
	毛	猇亭に戦いて先主　讐人を得	江口を守りて書生　大将を拝す
84	李	先主　夜　白帝城に走り	八陣図石　陸遜を伏す
	毛	陸遜　営　七百里を焼き	孔明　巧みに八陣図を布く
85	李	白帝城に先主　孤を託し	曹丕　五路より西川に下る
	毛	劉先主　遺詔して孤児を託し	諸葛亮　安居して五路を平らぐ
86	李	張温を難じて秦宓　天を論じ	龍舟を泛べて魏主　呉を伐つ
	毛	張温を難じて秦宓　天辯を逞くし	曹丕を破るに徐盛　火攻を用う
87	李	孔明　兵を興して孟獲を征さんとし	諸葛亮　一たび孟獲を擒う
	毛	南寇を征せんとして丞相　大いに師を興し	天兵に抗して蛮王　初めて執えを受く
88	李	諸葛亮　二たび孟獲を擒え	諸葛亮　三たび孟獲を擒う
	毛	瀘水を渡って再び番王を縛し	詐り降るを識り　三たび孟獲を擒う
89	李	諸葛亮　四たび孟獲を擒え	諸葛亮　五たび孟獲を擒う
	毛	武郷侯　四番　計を用い	南蛮王　五次　擒に遭う
90	李	諸葛亮　六たび孟獲を擒え	諸葛亮　七たび孟獲を擒う
	毛	巨獣を駆りて　六たび蛮兵を破り	藤甲を焼き　七たび孟獲を擒う

91	李	孔明　秋夜　瀘水を祭り	孔明　初めて出師の表を上る
	毛	瀘水に祭って漢相　師を班し	中原を伐たんとして武侯　表を上る
92	李	趙子龍　大いに魏兵を破り	諸葛亮　智もて三郡を取る
	毛	趙子龍　力めて五将を斬り	諸葛亮　智もて三城を取る
93	李	孔明　智を以て姜維を伏し	孔明　祁山にて曹真を破る
	毛	姜伯約　孔明に帰降し	武郷侯　王朗を罵り死す
94	李	孔明　大いに鉄車兵と戦い	司馬懿　智もて孟達を擒う
	毛	諸葛亮　雪に乗じて羌兵を破り	司馬懿　日を剋めて孟達を擒う
95	李	司馬懿　計もて街亭を取り	孔明　智もて司馬懿を退く
	毛	馬謖　諫めを拒んで街亭を失い	武侯　琴を弾じて仲達を退く
96	李	孔明　涙を揮いて馬謖を斬り	陸遜　石亭にて曹休を破る
	毛	孔明　涙を揮って馬謖を斬り	周魴　髪を断って曹休を賺く
97	李	孔明　再び出師表を上り	諸葛亮　二たび祁山に出づ
	毛	魏国を討たんとして武侯　再び上表し	曹兵を破らんとして姜維　詐って書を献ず
98	李	諸葛亮　計を遺して王双を斬り	諸葛亮　三たび祁山に出づ
	毛	漢軍を追って王双　誅を受け	陳倉を襲って武侯　勝ちを取る
99	李	孔明　智もて司馬懿を敗り	仲達　兵を興して漢中に寇す
	毛	諸葛亮　大いに魏兵を破り	司馬懿　入りて西蜀に寇す
100	李	諸葛亮　四たび祁山に出で	孔明　祁山に八陣を布く
	毛	漢兵　寨を劫って曹真を破り	武侯　陣を鬥わせて仲達を辱しむ
101	李	諸葛亮　五たび祁山に出で	木門道にて弩　張郃を射る
	毛	隴上に出でて諸葛　神を妝い	剣閣に奔りて張郃　計に中る
102	李	諸葛亮　六たび祁山に出で	孔明　木牛　流馬を造る
	毛	司馬懿　北原　渭橋に戦い	諸葛亮　木牛　流馬を造る
103	李	孔明　火もて木柵寨を焼き	孔明　秋夜　北斗を祭る
	毛	上方谷にて司馬懿　困しみを受け	五丈原にて諸葛亮　星を禳う
104	李	孔明　秋風　五丈原	死せる諸葛　生ける仲達を走らす
	毛	大星　隕ちて漢丞相　天に帰り	木像を見て魏都督　胆を喪う
105	李	武侯　計を遺して魏延を斬り	魏　長安の水露盤を折つ
	毛	武侯　預め錦嚢の計を伏せ	魏主　拆ちて承露盤を取る
106	李	司馬懿　公孫淵を破り	司馬懿　謀りて曹爽を殺さんとす
	毛	公孫淵　兵敗れて襄平に死し	司馬懿　病を詐りて曹爽を賺す
107	李	司馬懿父子　政を秉り	姜維　大いに牛頭山に戦う（一犯中原）
	毛	魏主　政を司馬氏に帰し	姜維　兵を牛頭山に敗る
108	李	徐塘に戦して呉魏　兵を交え	孫峻　謀りて諸葛恪を殺す
	毛	丁奉　雪中に短兵を奮い	孫峻　席間に密計を施す
109	李	姜維　計もて司馬昭を困しめ（二犯中原）	司馬師　主を廃して君を立つ
	毛	司馬を困しむ漢将の奇謀	曹芳を廃す魏家の果報
110	李	文鴦　単騎にて雄兵を退け	姜維　洮西にて魏兵を破る（三犯中原）
	毛	文鴦　単騎にて雄兵を退け	姜維　水を背にして大敵を破る
111	李	鄧艾　段谷に姜維を破り（四犯中原）	司馬昭　諸葛誕を破る
	毛	鄧士載　智もて姜伯約を敗り	諸葛誕　義もて司馬昭を討つ
112	李	忠義の士　于詮　節に死し	姜維　長城にて鄧艾と戦う（五犯中原）
	毛	寿春を救わんとして于詮　節に死し	長城を取りて伯約　兵を鏖にす
113	李	孫綝　主を廃し孫休を立て	姜維　祁山にて鄧艾と戦う（六犯中原）
	毛	丁奉　計を定めて孫綝を斬り	姜維　陣を鬥わせて鄧艾を破る

114	李	司馬昭　南闕に曹髦を弑し	姜伯約　車を棄て大いに戦う（七犯中原）
	毛	曹髦　車を駆って南闕に死し	姜維　糧を棄てて魏兵に勝つ
115	李	姜伯約　洮陽にて大いに戦い（八犯中原）	姜維　禍を避く屯田の計（九犯中原）
	毛	班師を詔して後主　讒を信じ	屯田に託して姜維　禍を避く
116	李	鍾会　鄧艾　漢中を取り	姜維　大いに剣門関に戦う
	毛	鍾会　兵を漢中道に分かち	武侯　聖を定軍山に顕す
117	李	山嶺を鑿ちて鄧艾　川を襲い	諸葛瞻　大いに鄧艾と戦う
	毛	鄧士載　偸かに陰平を度り	諸葛瞻　戦って綿竹に死す
118	李	蜀後主　櫬に輿りて出降し	鄧艾　鍾会　大いに功争う
	毛	祖廟に哭して一王　孝に死し	西川に入りて二士　功を争う
119	李	姜維　一計もて三賢を害し	司馬　復た奪う受禅臺
	毛	投降を仮って巧計　虚話と成り	再び受禅して依様に葫蘆を画く
120	李	羊祜　病中に杜預を薦め	王濬　計もて石頭城を取る
	毛	杜預を薦めて老将　新謀を献じ	孫晧を降して三分　一統に帰す

【著者】竹内真彦（たけうち・まさひこ）
一九七一年、静岡県生まれ。神戸大学大学院文化学研究科博士課程修了。博士（学術）。二〇〇一年より龍谷大学経済学部講師、同助教授・准教授を経て、現在は教授。専門は『三国志演義』に関する文献研究。主宰する三国志研究会（全国版）は一般からの参加も歓迎。

最強の男――三国志を知るために

二〇二〇年九月二六日　初版発行

著者　竹内真彦《たけうちまさひこ》

発行者　三浦衛
発行所　春風社　Shumpusha Publishing Co.,Ltd.
横浜市西区紅葉ヶ丘五三　横浜市教育会館三階
〈電話〉〇四五・二六一・三一六八　〈FAX〉〇四五・二六一・三一六九
〈振替〉〇〇二〇〇・一・三七五二四
http://www.shumpu.com　✉ info@shumpu.com

装丁・レイアウト　桂川潤
印刷・製本　シナノ書籍印刷株式会社

乱丁・落丁本は送料小社負担でお取り替えいたします。

ISBN 978-4-86110-702-3 C0098 ¥2000E